1762

CONSIDERATIONS

SUR LES

CORPS ORGANISÉS,

Où l'on traite de leur Origine, de leur Développement,
de leur Réproduction, &c. & où l'on a rassemblé en
abrégé tout ce que l'Histoire Naturelle offre de plus
certain & de plus intéressant sur ce sujet.

Par C. BONNET,

*des Académies d'Angleterre, de Suède, de l'Institut
de Bologne, Correspondant de l'Acad. Royale
des Sciences, &c.*

TOME SECOND.

B. Picart del. 1728.

À AMSTERDAM,

Chez MARC-MICHEL REY,

MDCCLXII.

TABLE

DES

CHAPITRES et ARTICLES CONTENUS DANS CE SECOND TOME.

CHAPITRE I.

Expofition abrégée de divers Faits concernants les Boutures & les Greffes animales.

Obfervations fur la Réproduction des Vers de terre, fur celle des Vers d'eau douce, & fur la Régénération des Pattes de l'Ecreviffe.

   Effai d'explication de ces Faits.

Pag. i

* 3

CHAPITRE II.

Continuation de l'Histoire des Boutures
& des Greffes animales.

Essai d'explication des Polypes. Pag. 45

CHAPITRE III.

Idées fur le métaphyfique *des Infectes qui peuvent être multipliés de Bouture, &c.* Pag. 76

CHAPITRE IV.

De la Fécondation *& de la* Génération *des Animaux.*

*Variétés qu'on y obferve. Obfervations fur quelques endroits de l'*Hiftoite Naturelle *de Mr.* DE BUFFON. Pag. 88.

CHAPITRE V.

Suite des Variétés *qu'on observe dans la* Fécondation *& dans la* Génération *des* Animaux. **Pag. 147**

CHAPITRE VI.

* *

CHAPITRE VIII.

** 2

C O N C L U S I O N.

CON.

CONSIDERATIONS

SUR LES

CORPS ORGANISÉS.

CHAPITRE I.

*Exposition abrégée de divers Faits con-
cernants les Boutures & les Greffes
animales.*

*Observations sur la Réproduction des Vers
de terre, sur celle des Vers d'eau douce, & sur la Régénération des Pattes de l'Ecrevisse.*

Essai d'explication de ces Faits.

242. *Introduction.*

J'AI parcouru tout ce qui concerne les Réproductions *végétales* de différents genres ; j'ai
tiré des Faits les conséquences naturelles qui
pouvoient me conduire à une explication satisfaisante de ces Réproductions : je vais maintenant considérer dans la même vuë, tout ce qui
concerne les Réproductions *animales*, & m'aider des Faits que nous offrent les Végétaux.

pour effayer de répandre quelque jour fur la Régénération des *Polypes* & des autres Infectes, qui peuvent être *greffés* & multipliés *de Bouture* &c.

243. *Invitation à faire de nouvelles Expérien- ces fur les* Vers *de terre, pour perfectionner la Théorie des Réproductions animales & celle de la Génération.*

LES plus grands *Polypes* d'eau douce font encore de bien petits Infectes en comparaifon des *Vers de terre*: c'eft donc en étudiant avec foin ce qui fe paffe dans la Réproduction de ces derniers, qu'on peut efpérer d'acquérir des lumières fur la manière dont s'opèrent toutes les Réproductions du même genre. Ce fut en partie ce qui nous engagea, Mr. DE RÉAUMUR & Moi, à tenter des expériences fur les Vers de terre. Outre qu'ils font très gros & très communs, ils ont encore les deux fexes à la fois, & cette fingularité fi remarquable préparoit à de nouveaux prodiges. La mort de ce grand Obfervateur, qui avoit tant enrichi l'Hiftoire Naturelle, & qui en avoit répandu le goût, a privé le Public du détail de fes Expériences. Nous n'avons de lui fur ce fujet intéreffant, que le peu qu'il en a publié dans la belle Préface du Sixième Tome de fes *Mémoires pour fervir à l'Hiftoire des Infectes*, pages 64. & 65. Je ne tranfcrirai pas ici le paffage, parce qu'il ne nous apprend rien du tout fur la manière dont fe fait la Réproduction qui nous occupe. Mr. DE RÉAU-

MUR s'eſt contenté d'aſſurer qu'il réſultoit de ſes
Expériences, que les Vers de terre ſe réprodui-
ſoient après avoir été partagés, & il paroît qu'on
l'en a crû facilement ſur ſa parole ; au moins ne
connois-je aucun Naturaliſte qui ait vérifié le
Fait, & qui ait publié là deſſus de nouvelles Expériences. Je ſuis donc obligé de recourir à
mes propres Obſervations. Je les jugeai ſi imparfaites quand je donnai au Public mon *Traité
d'Inſectologie*, que j'évitai d'en faire un article
à part & de les annoncer dans le Titre : je les
rejettai à la fin du Livre, & dans un endroit
où peu de Lecteurs les auront aperçuës ; je
veux dire dans l'*Explication des Figures*. Qu'il
me ſoit permis aujourd'hui de les tirer de cette
eſpèce d'obſcurité ; car tout imparfaites qu'elles
ſont, elles renferment des particularités eſſentielles à mon but. Je ne les euſſe pas laiſſées
auſſi incomplettes, ſi mes yeux ne ſe fuſſent
pas uſés à contempler la Nature ; mais je ne
puis qu'exhorter fortement les Phyſiciens qui ont
à cœur d'éclaircir le grand myſtère de la Génération, à les reprendre & à s'y attacher par pré-
férence. Ce ſujet eſt ſi fécond en merveilles,
qu'ils ne tarderont pas à être récompenſés de
leurs travaux. Il y a lieu de s'étonner que depuis qu'on a ſçu que les Vers de terre ſe répro-
duiſoient de Bouture, il ne ſe ſoit pas trouvé
des Obſervateurs qui en ayent fait l'objet principal de leurs recherches : mais parmi le petit
nombre d'Hommes qui cultivent l'Hiſtoire Na-

turelle, combien en eſt-il qui ſe plaiſent à l'é-
tude des Inſectes? & parmi ces derniers, combien en eſt-il qui veuillent ſe conſacrer à l'étu-
de d'un ſeul Inſecte? Cependant il y a telle eſpèce d'Inſectes qui pourroit épuiſer la patience
& la ſagacité de l'Obſervateur le plus laborieux
& le plus intelligent: le Polype en fournit un
bel exemple, & le Ver de terre, ſi vil en apparence, ne le cède point à cet égard au Polype. L'AUTEUR de la Nature a imprimé, pour
ainſi dire, à toutes ſes Oeuvres la marque de
SON INFINITE', & il n'en eſt aucune dont nous
puiſſions eſpérer d'atteindre le fond.

244. Expériences de l'Auteur ſur la Répro-
duction des Vers de terre.

UN Ver de terre partagé transverſalement en
deux ou pluſieurs portions, ne meurt pas; mais,
ſi l'on a ſoin de tenir chaque portion dans un
lieu convenable, elle s'y régénérera au bout d'un
tems plus ou moins long. Souvent néanmoins
il arrivera que toutes, ou preſque toutes péri-
ront ſans avoir donné aucune preuve de Régénération; c'eſt ce que j'éprouvai en 1742. Je
fus plus heureux en 1743; & ſi je ne vis pas
alors tout ce que je déſirois de voir, j'en vis au
moins aſſez pour être très ſur, que le Ver de terre ſe réproduit *de Bouture.*

UN Ver de cette eſpèce que j'avois partagé
transverſalement par le milieu du Corps le 27e.
de Juillet, commença le 15. d'Aouſt à ſatisfai-

re ma curiofité. Du bout poftérieur de la Partie antérieure, de celle où tenoit la Tête de l'Infecte, fortoit un appendice vermiforme, fort délié, long de 8. à 9. lignes, & d'une couleur plus
claire que le refte du Corps. Obfervé de plus
près, il paroiffoit être un petit Ver qui pouffoit
à l'extrémité du grand & fur la même ligne. Je
puis affurer que cette comparaifon eft exacte, &
ceux qui répéteront cette Expérience, en con-
viendront facilement. Cet appendice, ou pour
m'exprimer plus éxactement, cette nouvelle Partie poftérieure étoit très organifée. Elle étoit
formée d'une fuite d'anneaux fort ferrés, & fur
les côtés defquels on apercevoit les ouvertures
deftinées à la Refpiration, & qu'on a nommées
des *Stigmates.* On fçait qu'à chacun de ces Stigmates, répond un paquet de *Trachées* qui imitent
parfaitement celles des Plantes dont j'ai parlé dans
l'Article 220. La Régénération des Stigmates
fuppofe donc celle des Trachées & de leurs Ramifications. Mais, ce que la production de
cette nouvelle Partie poftérieure m'offrit de plus
intéreffant, fut la grande *Artère,* ou ce Vais-
feau qui tient lieu de *Cœur* aux Infectes. Il
règnoit d'un bout à l'autre de cette nouvelle
Partie, & fes mouvements alternatifs de *fyftole*
& de *dyaftole* étoient extrêmement fenfibles. Il
paroiffoit fe contracter & fe dilater fur une plus
grande partie de fon étenduë, que ne le fait
la principale Artère des Vers d'eau douce, que

j'ai multipliés *de Bouture* (*a*). Dans ceux-ci
l'Artère paroît se contracter & se dilater d'anneau en anneau. On diroit que chaque anneau
renferme un petit Cœur qui a ses systoles & ses
dyastoles, & que toute l'Artère n'est ainsi qu'u-
ne suite de petits Cœurs mis bout à bout, &
qui se transmettent le sang successivement. On
voit quelque chose d'analogue dans l'Artère du
Ver à Soye, & c'est ce qui avoit fait croire à
MALPIGHI qu'elle étoit une chaîne de Cœurs (*b*).
Mais, quand l'injection de ce Vaisseau n'auroit
pas prouvé le contraire à Mr. DE REAUMUR (*c*),
l'Artère de nos Vers de terre suffiroit pour nous
convaincre de son *unité*; chaque systole & chaque dyastole n'étoient point renfermées dans la
longueur d'un anneau; elles paroissoient mani-
festement en embrasser plusieurs. La circulation du sang se faisoit dans cette nouvelle Production, comme dans le reste du Corps, de
l'extrêmité postérieure vers l'antérieure. Le
sang de la plûpart des Insectes est une liqueur
transparente, presque sans couleur, & qui sans
être spiritueuse peut dans quelques espèces re-
sister à un froid supérieur à celui de 1709. (*d*);
le sang des Vers de terre a la couleur propre
au sang des Animaux les plus connus; il est
d'un assés beau rouge: il m'étoit donc d'autant

(*a*) Voyez l'Article 192. & mon *Traité d'Insectologie* page
10. & 11. de la 2de. Partie.
(*b*) *Dissert. de Bombyce.*
(*c*) Mém. pour servir à l'Histoire des Insectes Tom 1.
(*d*) *Ibid.* Tom. 2.

plus facile de m'affurer de la direction de fon mouvement dans la production que j'examinois.

Au bout d'un mois & demi à compter du jour de l'opération, cette nouvelle Partie poſté-rieure, d'abord ſi effilée, avoit acquis une groſ-ſeur égale ou à peu près, à celle du reſte du Corps, & elle avoit crû proportionnellement en longueur. Sa couleur avoit pris une teinte plus foncée, & les nouveaux *Inteſtins* étoient pleins de terre. On fait que cette eſpèce de Ver s'en nourrit. Les Inteſtins nouvellement régénérés étoient donc capables de s'acquitter de leurs fonctions.

Après avoir vû ce que je viens de raporter, il n'étoit pas douteux qu'il n'eut été accordé au Ver de terre de ſe réproduire *de Boutûre:* il ne s'agiſſoit plus que de ſuivre les progrès de cette Réproduction.

On ſe rappelle que le Ver dont je parle, a-voit été partagé tranſverſalement par le milieu du Corps: j'ai raconté les progrès de la premiè-re moitié: la ſeconde avoit à réproduire une nouvelle Partie antérieure, où devoit ſe trou-ver une Tête, & à peu de diſtance de celle-ci des Organes très compoſés, je veux dire, ceux qui caractériſent les deux ſexes. Je l'obſervai plus de neuf mois ſans qu'elle m'offrit aucun ſig-ne de Réproduction, & quoi qu'elle n'eut point pû prendre de nourriture pendant un tems ſi long, elle ne paroiſſoit pas avoir rien perdu de

fon agilité. Elle étoit ordinairement immobile
& repliée fur elle-même; mais dès que je la
mettois fur ma main, elle s'y donnoit des mouvements très vifs. Je la voyois même s'enfoncer en terre comme l'auroit pû faire un Ver complet. On juge bien que fa taille avoit fouffert
une diminution confidérable. Elle avoit pris
une couleur blanchâtre & affés de tranfparence.
Elle périt enfin d'inanition. Comme la Partie
antérieure du Ver de terre renferme un beaucoup plus grand appareil d'Organes que la Partie poftérieure, la Réproduction de celle-là ne
peut fe faire auffi promptement que la Réproduction de celle-ci; la Nature a donc mis le
Ver de terre en état de foutenir de très longs
jeûnes.

DANS la vûe de parvenir à obferver la Réproduction de la Partie antérieure, je fis plufieurs
autres Expériences. Je rétranchai à un Ver de
terre fur la fin de Juillet, la Tête & les premiers
anneaux. Vers le milieu d'Aouft cette énorme
playe s'étoit parfaitement cicatrifée; mais l'A-
nimal ne donnoit encore aucune marque de Réproduction. La playe étoit circonfcripte par
un rebord affés faillant que formoient les anciennes chairs, & l'aire de la coupe paroiffoit
creufée en manière de baffinet. Au bout de
plufieurs jours j'aperçûs au centre de cet enfoncement un point blanc, qui en groffiffant peu
à peu, prit la forme d'un petit Bouton. C'étoit
une nouvelle Partie antérieure qui commençoit
à fe développer. Le vingtième de Septembre

ce Bouton s'étoit allongé & il se terminoit en
pointe mousse. Le 2. d'Octobre l'allongement
étoit bien plus sensible ; la nouvelle Production
se montroit alors sous l'apparence d'un petit
Ver, qui naissoit du milieu de la cicatrice. Dans
les mois de Novembre & de Decembre, la nouvelle Partie antérieure continua à se prolonger ;
elle grossit proportionnellement, & l'enfoncement de la cicatrice s'effaça insensiblement. La
mort de l'Insecte vint interrompre ces observations. Si l'on veut acquérir une idée plus nette
des progrès de ce développement, il faut con-
sulter les Figures I. II. III. IV. de la Planche
3me. de la 2de. Partie de mon Traité d'*Insectologie*. Quoique ces Figures ne soient que des
esquisses assés grossières, je puis dire que les
proportions en sont exactes.

J'OBSERVAI les mêmes phénomènes sur des
Vers de terre partagés en 3, 4, ou 5. portions.
Je vis des portions intermédiaires pousser à la
fois une Partie antérieure & une Partie postérieure ; mais les progrès de celle-ci furent constamment plus grands, en temps égal, que les
progrès de celle-là. Lorsque la Partie postérieure avoit déjà trois lignes de longueur, la
Partie antérieure ne se montroit encore que sous
la forme d'un petit Bouton ; & lorsque cette
dernière avoit acquis une longueur de deux à
trois lignes, l'autre en avoit au moins six.

Tous ces Vers périrent avant qu'il me fut

A 5

permis de voir la Réproduction complette d'u-
ne Partie antérieure. J'étois au moins parvenu à me satisfaire sur les premiers progrès de
la Régénération ; & je prie mon Lecteur de
se rendre attentif aux conséquences qui en découlent.

245. *Conséquences de ces Expériences. Pa-rallèle des Réproductions des Vers de terre avec celles des Végétaux. Conformités des unes & des autres.*

LORSQU'ON étête un Arbre, ou qu'on coupe
une de ses maîtresses Branches à quelque distan-
ce de son origine, le Tronçon ne se prolonge
pas ; mais il se forme sur les bords de l'aire de
la coupe un Bourlet, d'où sortent de petits Boutons qui donnent naissance à de nouveaux Bourgeons. Ces Bourgeons ne sont pas proprement
des prolongements du Tronçon : ils ont une
Organisation particulière ; ils offrent des Parties
qui les distinguent, & que l'on voit renfermées
très en petit dans le Bouton. En un mot ils
sont eux-mêmes des Arbres très complets, &
qui ne diffèrent de celui sur lequel ils ont crû,
que par leur délicatesse & leur petitesse extrêmes. Mon Lecteur n'a pas oublié ce qu'il a
vû là-dessus dans le Chapitre précédent & dans
plusieurs endroits de cet Ouvrage. Je le renvoye surtout à ce que j'ai dit, dans l'Article
238.

J'AI rappellé à dessein ce qui se passe dans la

Régénération des Végétaux; fi on le compare
avec ce qui fe paffe dans la Régénération des
Vers de terre, l'on fera frappé, je m'affure,
de l'analogie qu'on remarquera à cet égard entre le Végétal & l'Animal. Dans les Vers de
terre qu'on a partagés, le tronçon ne fe prolonge point non plus, il demeure tel qu'il étoit a-
vant l'opération; mais du centre de la cicatrice
fort un petit Bouton qui groffit & s'allonge de
jour en jour, & fe montre enfin fous l'apparence d'un Ver naiffant greffé en quelque forte fur
le tronçon. On reconnoit évidemment que ce
ne font point les anciennes Chairs du tronçon qui
en fe prolongeant ont fourni à cette Production.
On ne peut fe diffimuler que ce ne foit ici un
nouveau Tout organique qui fe développe, un
Tout dont les Parties conftituantes, renfermées
d'abord très en petit dans un Bouton, s'étendent en tout fens & fe montrent peu à peu fous
la forme d'un petit Ver enté fur le grand. On
ne peut s'empêcher de comparer ce Bouton *a-
nimal* au Bouton *végétal*, & le petit Ver au
Bourgeon. La nouvelle Production dans l'Animal comme dans le Végétal, eft à fa naiffance
d'un tiffu fort délicat; tout y eft mol ou her-
bacé, & fa couleur d'abord très claire fe ren-
force par dégrés.

Je n'indique que les traits les plus frappants
de cette analogie : ils fuffifent, ce me femble,
pour en faire fentir la vérité. Ils me ferviront
bientôt à expliquer des cas plus difficiles.

246. *Expériences de l'Auteur sur la Répro-*
duction d'une espèce de Vers *d'eau douce.*

LA Réproduction des Vers d'eau douce que
j'ai multipliés de *Bouture*, offre les mêmes particularités essentielles que celle des Vers de terre ; mais, tout s'opere bien plus promptement
dans ceux-là que dans ceux-ci. Il ne faut
ordinairement que peu de jours en été pour que
des Portions de nos Vers d'eau douce deviennent des Animaux complets, & auxquels il ne
reste plus qu'à prendre plus d'accroissement.
Les Parties antérieures & postérieures, que
ces Vers réproduisent, se montrent de même
successivement sous les formes de Bouton, de
Pointe mousse, de Ver naissant. L'ancien tronçon comme je l'ai dit dans l'Article 167. ne
se prolonge point. Je l'ai mesuré bien des fois
immédiatement après l'opération, & au bout
de deux ans je lui ai trouvé les mêmes dimensions. Pendant tout ce long intervalle de temps
il m'a toûjours été facile de le distinguer par la
couleur, des Parties *réproduites.* Il est d'un
rouge brun ; les Parties qui repoussent à ses
extrémités, sont d'abord blanchâtres ou jaunâ-
tres, & ce n'est que fort à la longue qu'elles
se rembrunissent.

247. *Manière dont se fait la Réproduction.*
Circonstances qui la précedent & qui la
suivent,

AVANT que des Portions de ces Vers com-

mençaffent à fe completter ; j'ai fouvent aper-
çû aux extrèmités du tronçon un petit renflement ; une efpèce de *Bourlet* qui me paroiffoit analogue à celui que nous avons vû fe
former fur les playes des Arbres.   Il étoit plus
apparent à l'extrèmité antérieure qu'à l'extrêmité oppofée. Du centre de ce Bourlet fortoit bientôt un petit *Bouton*, qui en fe déve-
loppant devenoit une nouvelle Partie antérieure
ou poftérieure.

Il y avoit cette différence remarquable entre
l'accroiffement de la Partie antérieure & celui
de la poftérieure, que la première ceffoit de
croître dès qu'elle avoit atteint la longueur d'u-
ne ligne à une ligne & demi ; l'autre au contraire continuoit à fe prolonger, & acquéroit
quelquefois une longueur de plufieurs pouces.
La Partie antérieure de ces Vers contient la
Tête & un affemblage d'anneaux qui fe développent à fa fuite. J'ai décrit dans mon Traité
la figure de cette *Tête* & les différentes formes
fous lefquelles fe montre la *Bouche* : j'ai décrit
auffi celles de l'*Anus* (*a*).

Lors que j'ai féparé la Partie antérieure du
refte du Corps, elle eft morte au bout d'un
jour ou deux fans faire aucune production. Je
n'ai jamais vû d'exception à cette Loi, & mes
Expériences fur ce point font en grand nombre. Il en a été de même de la Partie poftérieure : je donne ici cette dénomination à l'ex-

(*a*) Obf. I. page 7, 8, 9. de la feconde Partie.

trèmité du Corps où tient l'Anus & une suite
d'anneaux de la longueur d'une ligne à une ligne & demi.   On ne doit pas chercher la raison de ce Fait dans le peu de longueur des
Parties, car des Portions beaucoup plus cour-
tes, mais prises sur le milieu du tronc, parviennent fort bien à réproduire une Tête & une
Queuë (*a*).   Nous verrons bientôt ce que
l'on peut penser de plus probable sur ce sujet.

248. *Tubercules que pouſſent les Portions de*
cette Eſpèce de Vers.
Conjectures ſur leur nature.

TANDIS que j'étois occupé à ſuivre la végétation des différentes Portions de mes Vers a-
quatiques, j'aperçûs ſur le dos de pluſieurs,
près du bout antérieur ou à l'origine de la Partie nouvellement réproduite, une eſpèce de
Bouton ou de Tubercule, de couleur blanchâtre, & qui formoît avec le Corps, un Angle plus
ou moins ouvert.   J'obſervai encore de ces Tubercules aux deux côtés de la Tête & à peu
de diſtance de l'Anus.   Ils me rappellèrent la
multiplication des Polypes par rejettons.   Je
ne pûs m'empêcher de ſoupçonner qu'ils étoient
des Vers naiſſants, des Vers qui venoient au
jour à la manière des Polypes.   Je m'attendois
donc à les voir croître & ſe ſéparer enſuite de
leur Mère : mais je fus trompé dans mon at-
tente, & tous ces Boutons ou Tubercules diſ-

(*a*) Obſerv. XIII.

parurent au bout d'environ trois femaines, fans avoir rien produit (*a*). Je communiquai mon obfervation & ma conjecture à Mr. DE REAU-MUR, qui me fit cette réponfe en datte du 11eme. 9bre. 1742. *Mes Vers affez femblables aux vôtres, que j'ai trouvés en quantité aux en-virons de Reaumur, & qu'on trouve auffi ici, m'ont fait voir de ces Tubercules, qu'il étoit affez naturel de foupçonner être des Petits qui com-mençoient à pouffer. Mais fur mes Vers com-me fur les vôtres, ces Tubercules n'ont rien don-né.*

249. *Continuation du même fujet.*
Ver à deux Têtes, & à deux volontés.

JE ne déciderai pas cependant fi ces Tuber-cules ne font point des Parties antérieures ou poftérieures furnuméraires qui commencent à fe développer. Ils fe montrent au moins fous la forme qu'elles affectent en naiffant. Ce qui fembleroit le confirmer c'eft une Expérience que j'ai rapportée affez en détail à la page 113. & fuivantes de la 2de. Partie de mon *Traité d'In-fectologie.* J'y ai fait mention d'un de ces Vers aquatiques à qui j'étois parvenu à donner deux Têtes, en coupant l'extrèmité d'un Tubercule qui s'étoit élevé près de la Partie antérieure nouvellement régénérée. La Partie que je nom-merai *furnuméraire* formoit un angle à peu près droit avec le tronc. Elle paroiffoit au Micros-

(*a*) Obferv. XIX, XX, pag. 111, 120, 121, 2de. Part.

cope auffi parfaite que celle qui s'étoit dévelop-
pée dans l'ordre naturel : mais ayant retranché
cette dernière, l'ancien Eftomach ne fe remplit
point de terre ; ce qui prouve, ou que cette
Partie furnuméraire n'étoit pas auffi parfaite
qu'elle le paroiffoit, ou qu'elle n'avoit point de
communication avec l'ancien Eftomach ; car ces
Vers fe nourriffent du même limon dans lequel
ils font leur demeure.   J'ai fait remarquer dans
mon Livre „ que les deux Têtes n'avoient pas
„ une même volonté; que lors que l'une tiroit
„ d'un côté, l'autre tiroit du côté oppofé ; &
„ qu'ordinairement la plus ancienne, ou celle
„ qui avoit pouffé la première, l'emportoit fur
„ la plus jeune”. J'ajouterai que celle - ci étoit
un peu inférieure à l'autre en grandeur; mais,
elle n'étoit pas à beaucoup près auffi petite qu'un
Ver naiffant auroit dû le paroître ; & elle n'ob-
fervoit point dans fes accroîffements les mêmes
proportions qu'il auroit dû fuivre. Elle avoit
toutes les proportions ou à peu près, qui font
propres à la Partie antérieure. On peut confül-
ter la Figure 16e. de la 1re. Planche de mes *Obfervations fur les Vers d'eau douce* &c. (a).
Ce furent ces confidérations qui ne me permi-
rent pas de la regarder comme un petit Ver qui
étoit refté enté fur le grand. Mr. DE REAU-
MUR n'a pas laiffé néanmoins de préférer cette
dernière conjecture, comme on le voit par l'extrait

_____

(a) 2de. Partie du *Traité d'Infectologie.*

trait fuivant d'une Lettre qu'il m'écrivit le 11e. 9bre. 1743. *Deux Têtes que vous êtes parvenu à donner à un Ver, fur le Corps duquel il y avoit de ces Tubercules femblables à ceux que nous avons obfervés vous & moi fur des Portions de Vers coupés; ces deux Têtes dis-je, ne me paroiffent point contraires à l'idée qui nous parût alors la plus probable par rapport à la nature de ces Tubercules; à celle qui nous les fit foupçonner des Vers naiffants; car au moyen de la fection, il femble que le Ver qui devoit naitre, foit refté enté fur l'autre: les deux volontés différentes que vous croyez avoir obfervées dans les deux Têtes, favorifent ce fentiment.* Je n'infifterai pas actuellement fur les deux volontés dont parle Mr. DE REAUMUR; je m'expliquerai ailleurs fur ce point de Métaphyfique.

250. *Très petits Vers fortis de l'intérieur de quelques Portions du grand Ver.*

EN partageant de ces Vers, il m'eft arrivé plus d'une fois de voir fortir de l'intérieur de quelques-unes de leurs Portions, de petits Vers vivants, d'un blanc affés vif, & qui nageoient avec beaucoup de viteffe. Dans l'obfervation XVII. de la 2de. Partie de mon Traité, je me fuis arrêté à décrire la figure & les mouvements variés d'un de ces petits Vers venu au jour fous mes yeux, par une opération équivalente à la céfarienne. J'ai cherché à prouver que ce petit Ver étoit de la même efpèce que celui de l'intérieur duquel je l'avois en quelque forte extrait, & j'ai parû en inférer que cette efpèce eft *vivipare*. Mais un examen plus fcrupuleux du fait, me porte aujourd'hui à penfer que je n'ai pas été exact dans la conféquence que j'en ai tirée. L'extérieur du petit Ver offroit des particularités qu'on ne voit point dans l'efpèce dont je parle : fes Anneaux étoient fort marqués , & fa Queuë fe terminoit par une houppe de petits poils en manière de nageoires , & qui paroiffoient en faire les fonctions. Ses mouvemens différoient auffi beaucoup de ceux qui font propres à l'efpèce dont il s'agit. Je foupçonnerois donc plus volontiers que ce petit Ver avoit été avalé par celui de l'Eftomach duquel je l'avois fait fortir. Ce qui confirme encore ce foupçon, c'eft qu'il étoit enveloppé à fa naiffance de la même matière terreufe dont l'Eftomach de l'Infecte eft ordinairement rempli. Un accident imprévu me l'ayant enlevé au bout de fix femaines , je ne pûs avoir la fuite de fon hiftoire : mais , je dirai qu'il avoit pris un accroiffement très fenfible.

251. *Expériences de l'Auteur fur une autre Efpèce de* Ver *d'eau douce.*
Combien cette Efpèce eft remarquable par la fingularité de fes Réproductions, & en quoi confifte cette fingularité. Qu'elle pouffe auffi des Tubercules.

L'ESPECE de Vers d'eau douce, & fans Jambes, fur laquelle j'ai fait le plus grand nombre

de mes Expériences, est d'un brun rougeâtre:
j'en ai découvert une autre qui n'en diffère
presque que par la couleur : celle dont je veux
parler à présent est blancheâtre ou grisâtre. J'ai
fait voir dans la 2de. Partie de mon Traité,
Obs. XXIII, XXIV, XXV, XXVI, XXVII,
combien cette nouvelle Espèce mérite l'attention des Naturalistes. Lors que j'ai partagé
transversalement le Tronc en deux ou plusieurs
Portions, chaque Portion a poussé à son bout
antérieur une Queuë au lieu d'une Tête ; mais
lors que je n'ai fait que rétrancher la Tête ou
la Partie antérieure, l'Insècte en a réproduit u-
ne nouvelle semblable, à celle qui lui avoit été
enlevée. On ne doit pas présumer que je m'en
sois laissé imposer à l'égard de cette Queuë sur-
numéraire : j'ai vû ce fait singulier un trop
grand nombre de fois, & je l'ai observé avec
trop d'attention pour que j'aye pû m'y méprendre. Si on lit ce que j'en ai rapporté à la page
152. de la 2de. Partie de mon Traité, il ne res-
tera, je pense, aucun doute sur la vérité de
l'observation. ,, Ce n'étoit point, ai-je dit,
,, comme on pourroit le soupçonner, une Tê-
,, te plus effilée qu'à l'ordinaire, une façon
,, pour ainsi dire, de Tête & de Queuë : c'é-
,, toit une Queuë très bien formée où l'Anus
,, étoit très distinct ; en un mot, une Queuë
,, absolument telle que doit l'être celle de ces
,, sortes de Vers. Et pour achever de met-
,, tre la chose hors de toute contéstation, cet-

„ te Partie qui avoit pouffé à la place de la
„ Tête, n'étoit capable d'aucun des mouve-
„ mens qu'on voit faire à celle-ci : elle ne fe
„ raccourciffoit ni ne s'allongeoit, elle ne fe
„ contractoit ni ne fe dilatoit. Le Ver n'en
„ faifoit aucun ufage ni pour fe nourrir, ni
„ pour s'aider à ramper ; on le voyoit feule-
„ ment agiter de tems en tems fa Partie anté-
„ rieure, la porter à droite & à gauche, mais
„ fans faire la moindre tentative pour changer
„ de place. On auroit dit qu'il fentoit fon é-
„ tat : il avoit l'air, pour ainfi dire, embarraf-
„ fé. Au refte, & c'eft ce que je ne dois pas
„ négliger de faire remarquer, le cours du
„ Sang n'avoit point changé de direction. Il
„ continuoit à fe faire du bout poftérieur au
„ bout antérieur ". Enfin, pour ne laiffer
rien à défirer, je dirai encore, que les Portions
de ces Vers à qui il étoit arrivé de pouffer une
Queuë au lieu d'une Tête, n'ont pris aucune
nourriture ; leur Eftomach & leurs Inteftins
font toûjours demeurés fort tranfparents, & ce
qui eft affés remarquable, j'en ai eû qui ont vécû environ fept mois dans cet état. Ce cas revient à celui de cette moitié de Ver de terre
dont j'ai parlé, & qui avoit foutenu un jeûne
encore plus long.

Au refte, cette Efpèce de Vers d'eau douce pouffe auffi de ces *Tubercules* qui paroiffent
analogues aux Réjettons des Polypes *à Bras* ;
j'en ai compté jufqu'à huit fur la même Portion, quatre de chaque côté ; mais, ils ont

difparû peu à peu fans rien produire, comme je l'ai raconté de ceux des Vers d'eau douce de la première Efpèce.

252. *Phénomènes de la Réproduction des Pattes de l'Ecrevisse.*

Je n'ai placé ici mes Obfervations fur les Vers d'eau douce à la fuite de celles fur les Vers de terre, que par la raifon des rapports qu'on obferve dans la manière dont les uns & les autres fe régénèrent. Car mon but avoit d'abord été de chercher dans des Animaux plus grands que les Polypes, des faits, qui puffent m'aider à expliquer la réproduction de ces der- niers : mais, les Vers aquatiques que j'ai le plus fuivis, ne font pas plus gros que les Poly- pes. Je reviens donc maintenant à mon pre- mier but ; & je vais dire quelque chofe d'une Régénération fingulière que nous offre un Ani- mal d'une grandeur monftrueufe en comparaifon des Polypes; j'ai en vuë l'*Ecreviffe* d'eau dou- ce.

Long-tems avant qu'on connut la Répro- duction du Polype, les Phyficiens admiroient celle des Pattes de l'Ecreviffe : mais, perfon- ne ne l'avoit fuivie avec plus d'exactitude & de fagacité que Mr. de Reaumur (*a*).

Les Pattes de l'Ecreviffe ont cinq articula-

(*a*) *Mémoires de l'Acad. Royale des Sciences:* An. 1712,

B 3

tions: fi l'on compte du bout de la Pince, c'eſt
à la quatrième que la Patte ſe caſſe le plus fréquemment & qu'elle ſe réproduit le plus facilement.

Lors que la Patte a été caſſée à cet endroit
ou près de cet endroit, par accident ou à
deſſein, la Partie qui reſte attachée au Corps
& qui contient deux articulations, montre à ſon
bout antérieur une ouverture ronde, qu'on
peut comparer à celle d'un Etui d'écaille. Une
ſubſtance charnuë occupe tout l'intérieur de
cet Etui. Au bout d'un jour ou deux, ſi c'eſt
en été, une Membrane rougeâtre vient fermer
l'ouverture, en s'étendant deſſus comme un
morceau d'étoffe. Elle eſt d'abord plane; quatre à cinq jours après, elle prend de la convexité. Cette convexité augmente. Le milieu
ou le centre, s'élève plus que le reſte; il s'élève de plus en plus : un petit cône paroît; &
ce cône n'a guères qu'une ligne de hauteur.
Il s'allonge ſans que la baze s'élargiſſe, & au
bout d'environ dix jours, il a quelquefois plus
de trois lignes de hauteur. Il n'eſt pas creux;
des Chairs le rempliſſent; & ces Chairs ſont les
élémens d'une nouvelle Patte. La Membrane qui les enveloppe fait à l'égard de la Patte
naiſſante l'office des Membranes du Fœtus. Elle s'étend à meſure que l'Embryon croît. Comme elle eſt aſſés épaiſſe, elle ne laiſſe voir
qu'un cône allongé. Quinze jours s'étant é-
coulés ce cône s'incline vers la Tête de l'Animal. Il ſe recourbe de plus en plus les jours

fuivants. Il commence à prendre la figure d'u-
ne Patte d'Ecreviffe morte. Cette Patte encore incapable d'action, acquiert jufqu'à fix à fept
lignes de longueur dans un mois ou cinq femaines. La Membrane qui la renferme deve-
nant plus mince à mefure qu'elle s'étend, permet d'apercevoir les Parties propres à la Patte,
& l'on reconnoit alors que cette maffe conique
n'eft pas une fimple carnofité. Le moment eft
venu où la Patte va éclorre, A force de s'a-
mincir la Membrane fe déchire , & laiffe à découvert la nouvelle Patte encore molle , & qui
au bout de peu de jours fe trouve recouverte
d'une Ecaille auffi dure que celle de l'ancienne
Patte. Elle n'a guères que la moitié de fa longueur, & elle eft fort déliée ; déja néanmoins
elle s'acquitte de toutes fes fonctions.

Si au lieu de caffer la Patte à la 4me. jointu-
re, on la caffe ailleurs , ou fi on ne fait fimplement qu'emporter la Pince , ou une partie
de la Pince, l'Animal recouvrera précifément ce
qu'il aura perdu.

La même Réproduction s'opère dans les Jambes & dans les Cornes ; mais la Queuë ne fe
régénère point, & l'Ecreviffe à qui on l'a coupée, ne furvit que peu de jours à l'opération.

253. *Effai d'explication des Faits expofés*
dans ce Chapitre. Principes importans ti-
rés des Réproductions végétales.

Aplication de ces Principes aux Répro-
ductions animales dont il est ici question.

AVANT que d'essayer d'appliquer ces Observations à la multiplication des Polypes, re-
venons sur nos pas & tâchons à déduire des
faits, les conséquences naturelles qui peuvent
nous conduire à une explication philosophique des Réproductions que je viens de décrire.

J'AI fait voir dans ce Chapitre combien la
Réproduction des Vers de terre est analogue
à celle des Végétaux : j'ai montré ensuite qu'il
n'y a pas moins d'analogie entre la Réproduction des Vers d'eau douce & celle des
Vers de terre. Une nouvelle Ecorce, un nouveau Bois, doivent leur naissance à des espèces de filaments cachés dans l'ancienne Ecorce
ou dans l'ancien Bois, qui s'étendent, s'é-
paississent & forment peu à peu des lames minces concentriques les unes aux autres. Une
nouvelle Branche tire son origine d'un Bouton qui renferme un Bourgeon, & ce Bourgeon est une Branche en raccourci, ou dont
toutes les Parties déjà préformées coëxistent
ensemble. Je nomme ce Bourgeon un *Tout
organique*, parce qu'il représente *l'Espèce* en
petit. Il est aisé de voir qu'une Branche est
un petit Arbre qui croît sur un grand Arbre
de même espèce. Je ne regarde pas comme
de vrais *Touts organiques* les filaments, ou les
lamelles dont l'Ecorce & le Bois tirent leur

origine. L'Ecorce ou le Bois ne font à proprement parler que des Parties conftituantes
d'un Tout organique. Ils ne le repréfentent
point en petit, parce que cette repréfentation
tient à des formes, à des proportions, à un
arrangement, à une organifation qui ne fe
trouvent point dans de fimples feuillets corticaux ou ligneux. Mais, ces feuillets font repréfentés en petit par les filaments gélatineux
qui les produifent, & qui fe développent de
la manière que j'ai décrite dans le Chapitre
précédent.

AINSI dans l'Animal la Régénération d'une
nouvelle Peau tient comme celle d'une nouvelle Ecorce à des filaments gélatineux, qu'-
une dérivation accidentelle des fucs nourriciers met en état de fe développer. C'eft ce
que l'on reconnoit en obfervant tout ce qui
fe paffe dans la confolidation des Playes. On
voit affez que ces filaments étoient des Parties infiniment petites de l'ancienne Peau, qui
ne fe feroient peut-être jamais développées
fans l'intervention d'une circonftance accidentelle, & qui avoient été mifes en referve pour
cette circonftance ou pour d'autres circonftances analogues. Je renvoye fur cela à l'Article 236.

MAIS, quand il s'agit de produire dans
l'Animal un nouveau Tout organique, ou une
nouvelle Partie *intégrante*, qui eft elle même

à quelques égards un petit Tout organique,
la Nature paroît s'y prendre de la même manière que pour produire dans le Végétal une
nouvelle Branche. Elle a préformé cette Branche, elle l'a renfermée en petit dans un Bouton, & sa production est moins une vraye
Génération que le simple développement de ce
qui étoit déjà tout formé. La Nature paroît a-
voir de même renfermé en petit dans une espé-
ce de Bouton les Parties que les Insectes réproduisent à la place de celles qu'ils ont perduës.
C'est ce que l'on voit pour ainsi dire à l'œil
dans la Multiplication des Vers de Boutûre
& dans la Réproduction des Pattes de l'Ecrevisse. La nouvelle Partie passe par tous les
dégrés d'accroissement par lesquels l'Animal
lui même a passé pour parvenir à l'état de
perfection. On lui retrouve dans les premiers
tems la même forme essentielle, les mêmes
Organes qu'elle offrira dans la suite plus en
grand. La circulation du Sang est très visi-
ble dans cet appendice vermiforme si délié,
qui pousse au bout postérieur d'un Ver de Terre, & qui doit devenir une nouvelle Partie
postérieure. Des Artères supposent des Veines; les unes & les autres supposent des Nerfs
& bien d'autres Organes. Tout cela coëxiste
donc à la fois, car comment concevoir que
différentes Parties destinées à former un même
Tout, à concourir ensemble au même but, &
dont par conséquent toutes les actions sont
conspirantes ou rélatives, soient produites les

unes après les autres *par appofition*, ou par une
méchanique fecrette? Comment pourroit-on
admettre une telle formation, quand on eft parvenu à s'affurer que toutes les Parties du Poulet coëxiftent enfemble long-tems avant qu'elles tombent fous nos fens (*a*) ? Pourquoi la
Partie qui fe réproduit eft-elle fi difpropor-
tionnée à celle qu'elle va remplacer? pourquoi
eft-elle fi molle, fi délicate, fi déliée? pourquoi fes articulations font-elles fi ferrées, fi
rapprochées les unes des autres? C'eft que
ce n'eft pas l'ancien Tout, ou le Tronçon qui
croît & forme cette nouvelle production; c'eft
un nouveau Tout qui fe développe dans l'ancien & à l'aide des fucs que celui-ci lui fournit. Je ne crois pas qu'il foit poffible de fe
refufer à cette conféquence lors qu'on a fuivi
avec foin la Régénération des Vers qui multiplient de Boutûre, & qu'on a vû & revû
cent fois par fes propres yeux cette Régénération merveilleufe. Mais les Phyficiens qui
ont combattu le fentiment que j'adopte, paroiffent avoir été plus touchés de la gloire d'en-
fanter un nouveau Syftème, que du plaifir
plus philofophique & moins bruyant d'étudier
la Nature dans un Infecte. Je ne fais point
ici de Syftème; car je n'entreprens point d'expliquer comment l'Animal fe forme: je le fuppofe préformé dès le commencement, & ma
fuppofition repofe fur des Faits qui ont été bien

(*a*) Voyez le Chap. IX. du Tome I.

obſervés.   Ce feroit en vain qu'on objecteroit
que ſi l'on pouvoit prendre l'Animal de plus
haut , on ne le trouveroit pas préformé : je
n'imagine pas qu'on puiſſe le prendre de plus
haut que l'a fait Mr. de HALLER , quand il a
démontré que le Poulet préexiſte dans l'Oeuf
à la fécondation (a).

254. *Conféquence.*

L'AUTEUR de la Nature a donc renfermé
dans les Ovaires de la Poule les Germes des
Poulets qui en doivent naître.   L'on peut dire
qu'IL a de même placé dans le Corps de dif-
fèrents Vers des eſpèces d'Ovaires qui contiennent des Germes prolifiques.   Mais , au lieu
que les Ovaires de la Poule occupent une région particulière , ceux de nos Vers font répandus dans tout le Tronc.   L'expérience le
démontre , puiſqu'en quelque endroit du Tronc
qu'on faſſe la ſection , il réproduit de nouveaux
Organes.

255. *Examen de la queſtion , ſi les mêmes
Germes ſervent & à la Multiplication
naturelle de l'Eſpèce & à la Réproduction des Parties coupées?
Comparaiſon tirée de la différence eſſentielle
qui eſt entre la Plantule logée dans la
Graîne , & celle qui eſt logée dans le Bouton à Bois.*

SI l'on regarde les Tubercules que j'ai vûs

(a) *Ibid.* PREMIER FAIT.

s'élever fur le Corps des Vers d'eau douce, comme étant analogues aux Rejettons des Polypes *à Bras*, ce feront de petits Vers dont les Germes cachés dans l'intérieur de la Mère fe développeront fuivant certaines loix.

CES Germes doivent repréfenter en petit un Animal entier, puifqu'ils font préparés pour la multiplication naturelle de l'Infecte. Mais, en eft-il de même des Germes deftinés à reparer la perte de l'une ou de l'autre des Extrèmités ? Ces Germes contiennent-ils auffi les Eléments de toutes les Parties propres à l'Infecte? Sont-ils l'Infecte lui-même très en petit? N'y-a-t-il que la Partie antérieure qui fe développe dans le Germe deftiné à reparer la perte de la Tête? &c. J'ai parû l'admettre dans le Chapitre IV, Articles 50, 51, & 52. & j'ai indiqué quelques Caufes qui peuvent empêcher l'accroîffement de la Partie du Germe qui ne doit point fe développer. Aujourd'hui que j'y réfléchis davantage, je ne vois aucun inconvénient à fuppofer dans ces fortes de Vers, des Germes de Parties antérieures & des Germes de Parties poftérieures. Cette hypothèfe me paroît fujette à moins de difficultés que celle de l'oblitération d'une partie du Germe. Si l'on admet des Germes particuliers pour la production des Dents, pourquoi refuferoit-on d'en admettre pour la production des Parties beaucoup plus compofées, & dont la formation repugne encore davantage aux explications méchaniques?

UNE obſervation priſe des Végétaux pâroît confirmer cette diverſité des Germes dans le même Individu. La Graîne qui opère la multiplication la plus naturelle du Végétal, renferme une Plante en entier. Une diſſection groſſière ſuffit pour mettre en évidence les principales Parties de cette petite Plante, je veux dire la *Plumule* & la Radicule. On ſçait que le développement de la première produit la Tige & ſes Branches, & que le développement de la ſeconde produit la maîtreſſe Racine & ſes Ramifications. Le Germe contenu originairement dans la Graîne eſt donc une Plante entière en raccourci. Un Bouton *à Bois* ne renferme au contraire que la *Plumule*; j'en ai dit ailleurs la raiſon. Les Racines qui partent des Bourlets, tirent leur origine de *Mamelons*, & ces Mamelons ſemblent faire à leur égard l'office de Boutons. Un ſemblable Bouton ne contient non plus que la *Radicule*. Il eſt donc dans le Végétal des Germes de Plumules & des Germes de Radicules, comme il en eſt qui contiennent à la fois & la Plumule & la Radicule.

DANS les Vers qu'on multiplie de Bouture, les Germes qui ne contiennent que des Parties antérieures ou poſtérieures, peuvent être comparés aux Germes végétaux qui ne contiennent que des Plumules ou des Radicules. Les Germes deſtinés à opérer la multiplication naturelle de l'Inſecte, peuvent être comparés de même aux Germes contenus dans les Graînes.

ON peut être curieux de favoir ce que Mr. DE REAUMUR penfoit fur la queſtion dont il s'agit : on le verra dans l'extrait fuivant d'une Lettre qu'il m'écrivit le 21me. Décembre 1742. *La ſuite de vos Obſervations fur les Boutures des Vers aquatiques, contient un grand nombre de faits extrèmement curieux, ce ne ſera qu'après qu'il y en aura beaucoup de raſſemblés, de tels que ceux que vous avez raportés dans vôtre Lettre, que nous pourrons raiſonner fur une réproduction ſi étrange. Ces obſervations, de Queuës qui ſont nées où des Têtes devoient naître, ſont extrèmement ſingulières, & je ne déſeſpère pas qu'il ne vous arrive de les refaire plus d'une fois. Le fait étant bien conſtaté, l'embaras ne ſera pas de trouver le Germe de la Partie poſtérieure qui a été produite, car il faut qu'il y ait partout dans ces Animaux des Germes de Parties antérieures & de Parties poſtérieures qui ſe touchent, & les unes ne ſont déterminées à ſe développer préférablement aux autres, que lors que le bout où elles ſe trouvent eſt le plus favorable à leur développement; reſtera à ſçavoir ce qui peut en quelques circonſtances faciliter le développement d'une Partie poſtérieure fur un bout antérieur, j'appelle ainſi, le plus proche de la Tête.*

256. *Indifférence de la queſtion au but de l'Auteur: Raiſons de la laiſſer indécife.*

QUOI qu'il en ſoit de la fimilarité ou de la diffimilarité organique des Germes dans le mê-

me Individu , je dirai que cette queſtion eſt
très indifférente à mon but, & nous ne ſommes
pas à portée de la décider. Si la ſtructure intime des Parties les plus groſſières nous échappe, comment pourrions - nous atteindre à la
connoiſſance de Parties d'une fineſſe & d'une
petiteſſe extrêmes? La matière a été prodigieuſement diviſée, & les Germes ſont en quelque
ſorte les dernières diviſions de la matière orga-
niſée. Je n'ai ici d'autre objet que de chercher
à établir que, ce que nous nommons Production
ou Réproduction dans nos eſpèces de *Zoophytes* , n'eſt que le développement de petits Touts
organiques qui préexiſtoient dans le grand Tout
dont ils réparent les pertes. Ainſi, ſoit que cette réparation dépende de Germes qui ne contiennent préciſément que ce qu'il s'agit de réparer; ſoit qu'elle dépende de Germes qui contiennent un Animal entier & dont il ne ſe développe qu'une Partie , préciſément ſemblable
à celle qui a été enlevée , tout revient au même dans l'une & l'autre ſuppoſition : ce n'eſt
jamais une *Génération* proprement ditte ; c'eſt
toûjours la ſimple *Evolution* de ce qui étoit déjà engendré. Tant de Faits très certains que
j'ai raſſemblés dans cet Ouvrage, concourrent ſi
évidemment à établir ce grand Principe , qu'il
n'y a que la plus forte prédilection pour de
nouvelles idées , qui puiſſe engager à le combattre. Je rappellerai encore ici ce que j'ai dit dans
le Chapitre X. du Tome I. ſur la préexiſtence du Papillon

pillon dans la Chenille. Un-Ver qui fe nourrit de l'intérieur de celle-ci, fait n'attaquer que
les Parties propres au Papillon: la Chenille continuë à s'acquiter de toutes fes manœuvres; elle vit & fait vivre fon ennemi, mais elle ne
donne point de Papillon.

257. *Réflexions fur la préexiftence des Parties ou des Touts qui paroiffent réproduits
ou engendrés.*

Tout nous indique que la Nature a préparé
de loin dans les Corps organifés, les diverfes Productions qu'elle y doit mettre au jour. Tandis
qu'elles commencent déjà à fe développer, nous
ne nous doutons point de leur exiftence, &
nous difons qu'elles *naiffent* lors qu'elles fe font
affés développées pour tomber fous nos fens.
Une Intelligence qui auroit des yeux plus perçants que les nôtres, reculeroit bien loin le moment de cette prétendue naiffance. Il peut nous
être permis de raifonner fur les Fins de l'Auteur de la Nature, quand ces Fins font éviden-
tes. Il paroît qu'il a voulu que des Infectes
dont le Corps eft très caffant, ou dont l'une
& l'autre des Extrèmités étoient expofées à
fervir de pâture à différents Animaux voraces,
puffent réparer les pertes que ces accidents devoient leur occafionner. Sa Sagesse a donc
ménagé dans ces Infectes des fources fécondes
de réparation. Elle a conftruit leur Corps
fur un modèle particulier : Elle y a femé des

Töm. II.   C

Germes dont le développement opère ces Réproductions que nous ne nous laſſons point d'admirer. Le retranchement d'une Partie antérieure ou poſtérieure détourne au profit du Germe placé au bout correſpondant du Tronçon,
les ſucs nourriciers qui auroient été employés
à l'entretien de cette Partie. Ce Germe commence donc à ſe développer ; il ſe montre d'a-
bord ſous l'aſpect d'un petit Bouton arrondi,
qui décèle en quelque ſorte ſon premier état de
Corps *oviforme*.

258. *De l'union de la Partie réproduite a-*
vec le Tronçon: comment elle s'opère.

L'union que la nouvelle Partie contraĉte a-
vec le Tronçon, n'a rien de plus embaraſſant
que celle du Bourgeon avec l'Arbre, ou de la
Greffe avec le Sujet. On voit aſſés qu'à meſure que les Vaiſſeaux du Germe ſe développent, ils peuvent s'aboucher par différents points
à ceux du Tronçon, & de cet abouchement
doit réſulter une circulation commune. Mais
la petiteſſe & la tranſparence des Vaiſſeaux ne
permettent pas d'obſerver ici ces *anaſtomoſes*
comme on les obſerve dans les Greffes végétales. La réunion qui s'opère quelquefois dans
les Chairs des grands Animaux, répand encore
du jour ſur celle dont il s'agit: j'en parlerai ailleurs.

259. *Régularité parfaite des Réproductions*

dans les Vers d'eau douce, de la 1re. Efpèce.

CE font apparemment des loix très fimples que celles qui préfident aux Réproductions de mes Vers aquatiques de la première Efpèce, ou de ceux que j'ai nommés *rougeâtres* (*a*) : il eft remarquable que parmi un grand nombre d'expériences que j'ai tentées fur cette Efpèce, il n'y en ait eu aucune qui ait été fuivie de production monftrueufe. J'ai vû conftamment une nouvelle Partie antérieure fe développer au bout antérieur de l'ancien Tronçon, & une nouvelle Partie poftérieure pouffer au bout correfpondant de ce même Tronçon. La Partie réproduite a toûjours été précifément femblable à celle que j'avois retranchée, & capable des mêmes fonctions; nulle irrégularité apparente, nulle différence fenfible dans l'Organifation; identité parfaite dans la forme, dans la pofition, dans les mouvements foit extérieurs, foit intérieurs.

260. *Recherches fur les caufes qui déterminent ici le développement d'un Germe préférablement à celui d'un autre dans un lieu donné.*

MAIS quelle eft la caufe qui détermine une Partie antérieure à fe développer préférablement

(*a*) *Traité d'Infectologie*, Seconde Partie, Obf. I.

à une Partie postérieure ? Pourquoi une Tête
se développe-t-elle sur le bout antérieur, une
Queuë sur le postérieur ? Il est très manifes-
te que le bout qui est l'antérieur dans un Tronçon quelconque, auroit pû devenir le postérieur si la section avoit été faite dans un autre
point ; le hazard seul en a décidé. Il y a donc
à chaque bout un Germe de Tête & un Germe de Queuë : d'où vient que ces deux Germes ne se développent pas à la fois sur le même bout ? pourquoi le Tronçon ne pousse-t-il
pas à la fois à ses deux extrêmités une Tête &
une Queuë ? J'essayerai de répondre à cette
question par une conjecture qui ne me paroît
pas dépourvuë de vraisemblance & que je tire
d'un Fait très certain.

J'AI dit que la circulation du Sang s'exécute
dans ces Vers de la Queuë vers la Tête, du
bout postérieur vers l'antérieur. J'ai fait admirer ailleurs la régularité constante de ce mouvement que les sections les plus multipliées ne
troublent jamais (*a*). Il y a donc dans cette
Espèce de Vers un suc *ascendant* ; je nomme
ainsi ce suc dont la direction constante est de
la Queuë vers la Tête. Seroit-ce abuser de la
permission de conjecturer que de supposer qu'il
y a aussi un suc *descendant*, ou dont la direction est en sens opposé ? car il faut bien que
la Partie postérieure de l'Insecte reçoive la nourriture qui lui est nécessaire : il est donc pro-

(*a*) Voyez le Tome I. page 189.

bable qu'elle la reçoit par des Artères qu'on peut nommer *descendantes* & qui tirent leur origine de la principale Artère. J'ai fait remarquer dans mes observations sur ces Vers, *que la Tête est à l'ordinaire la Partie qui se développe la première* (*a*). Le développement est toûjours l'effet de la nutrition : le Germe de la Tête reçoit donc à l'ordinaire le premier les sucs appropriés au développement. Il paroit qu'il les recevra le premier, s'il les reçoit par ce Vaisseau qui pousse continuellement le Sang vers le bout antérieur. Le Germe de la Tête a donc probablement avec ce Vaisseau des liaisons directes & immédiates que n'a pas le Germe destiné à produire une Queuë. Celui-ci nourri probablement par des Vaisseaux descendants, ne se développe qu'au bout où ces Vaisseaux tendent. Ceci a quelque analogie avec ce qu'on observe dans les Arbres : on a vû dans le Chapitre précédent, que les Branches sont nourries par un suc ascendant, les Racines par un suc descendant. Mais les Branches peuvent se développer sur les Racines, les Racines sur les Branches; il ne faut donc pas trop presser cette comparaison.

261. *Conjectures sur cette Espèce de Vers d'eau douce qui, dans certaines circonstances, poussent une Queuë au lieu d'une Tête.*

MES Vers aquatiques de la seconde Espèce,

(*a*) *Traité d'Insectologie*, 2de. Part. page 24.

C 3

ou dont la couleur eſt *blanchâtre* (*a*), ne ſe
réproduiſent pas avec la même régularité. Si
l'on ne fait que retrancher à un de ces Vers
la Partie antérieure, il en réproduit une nouvelle. Mais ſi on le partage transverſalement
en deux ou pluſieurs Portions, toutes réproduiſent une Queuë à la place où elles auroient
dû réproduire une Tête. L'eſpèce de con-
ſtance du phénomène ne permet pas de le
mettre au rang de ces productions fortuïtes &
monſtrueuſes que l'on voit quelquefois dans le
Règne animal. Les Polypes *à Bras* offrent
de ſemblables productions : on voit s'élever
ſur leur Corps des Queues ſurnuméraires, dont
ils ſe ſervent comme de leur bout poſtérieur
pour ſe cramponner. Mais Mr. TREMBLEY fait
aſſez ſentir que c'eſt-là un cas extraordinaire en
diſant, *qu'on ne l'obſerve que quelquefois ;* ce ſont
ſes termes (*b*). Je ne chercherai point à deviner pourquoi les Portions de nos Vers blanchâtres pouſſent une Queuë à la place où elles auroient dû pouſſer une Tête ; je ne connois aucun Fait qui puiſſe m'éclairer là-deſſus ;
je ferai ſeulement remarquer que cette Queuë
ſurnuméraire étant auſſi bien conformée que
celle qui croît au bout poſtérieur, il eſt vraiſemblable qu'elle a la même origine. Elle provient d'un Germe qui s'eſt développé à la place où une Partie antérieure auroit dû naître.
Il ſemble qu'on puiſſe inférer de mes Expérien-

(*a*) *Ibid.* Obſ. XXII, XXIII.
(*b*) *Mém. ſur les Pol. à Bras;* in 8vo. Tom. 2. pag. 112.

ces que cette Efpèce de Ver a été conftruite de manière qu'il ne fe trouve des Germes de Tête que vers la Partie antérieure de l'Infecte, & que par-tout ailleurs il n'y ait que des Germes de Queuë. Nous ignorons pourquoi l'AUTEUR de la Nature a refferré ici la Réproduction dans de telles limites, & pourquoi IL les a fi fort étendües dans d'autres Infectes; mais nous voyons au moins, qu'IL a mis nos Vers *blanchâtres* en état de reparer la perte qu'ils étoient le plus fouvent expofés à faire, je veux dire celle de leur Partie poftérieure. Ils la tiennent ordinairement hors du limon dans lequel ils font leur demeure: elle eft donc plus expofée à être mangée par des Infectes voraces que ne l'eft le refte du Corps.

A l'égard du développement de la Queuë furnuméraire, il peut dépendre en partie de l'abfence d'un Germe de Tête. Le Germe de Queuë placé au bout antérieur reçoit feul les fucs nourriciers qui vont à ce bout pour la nourriture des Parties qu'il renferme. Mais tout ceci n'eft que conjecture, & je n'y infifterai pas davantage: la ftructure de ces Vers m'eft trop peu connuë.

262. *Tentatives pour expliquer la Réproduction des Pattes de l'Ecreviffe.*

CE que la Réproduction d'une Tête & d'une Queuë eft aux Vers que j'ai multipliés de Boutûre, la Réproduction des Jambes & des

C 4

Cornes l'eſt à l'Ecreviſſe. Nous avons vû que la Patte naiſſante ſe montre d'abord ſous la forme d'un Mamelon conique qui s'allonge de jour en jour. Une Membrane aſſez épaiſſe qui recouvre les Chairs, & l'extrême délicateſſe de celles-ci, ne permettent pas dans ces premiers tems à l'Obſervateur, de diſtinguer les Parties propres à la Patte. Mais lors qu'elles ſe ſont un peu fortifiées, elles deviennent ſenſibles, & en perçant alors l'enveloppe, on met à découvert des articulations très reconnoiſſables. Nous ſommes donc fondés à regarder la nouvelle Patte comme un nouveau Tout organique, dont le Germe exiſtoit dans le Tronçon de l'ancienne Patte. La rupture de celle-ci a donné lieu au développement de ce Germe, en détournant à ſon profit des ſucs qui ſe ſeroient portés à d'autres Parties.

IL ſe préſente ici une difficulté qui mérite que je m'y arrête. J'ai dit ci-deſſus, qu'en quelqu'endroit qu'on coupe la Patte, ce qui ſe réproduit eſt toûjours préciſément ſemblable à ce qu'on a retranché. Mr. DE REAUMUR a beaucoup inſiſté ſur cette difficulté, & il convient de l'entendre lui-même.

„ DEVONS-NOUS entreprendre, dit-il (a), „ d'expliquer comment ſe font ces Réproduc- „ tions! Nous ne pourrions tout au plus que „ hazarder quelques conjectures; & quelle foi „ ajoûteroit-on à des conjectures, lors qu'il

(a) Mém. de l'Acad. Royale des Sciences. An. 1712.

„ s'agit de rendre raifon de Faits, dont les rai-
„ fonnemens clairs fembloient prouver l'impof-
„ fibilité! Nous dirions bien que vers la Partie
„ coupée il fe porte beaucoup de fuc nourri-
„ cier, & affez pour former de nouvelles Chairs.
„ Mais où trouver la caufe qui divife ces Chairs
„ par diverfes articulations, qui en forme des
„ Nerfs, des Mufcles, des Tendons différents.
„ Tout ce que nous pourrions avancer & de
„ plus commode, & peut-être de plus raifon-
„ nable; ce feroit de fuppofer que ces petites
„ Jambes que nous voyons naître, étoient cha-
„ cune renfermées dans de petits Oeufs, &
„ qu'ayant coupé une Partie de la Jambe, les
„ mêmes fucs qui fervoient à nourrir & faire
„ croître cette Partie, font employés à faire dé-
„ velopper & naître l'efpèce de petit Germe
„ de Jambe renfermé dans cet Oeuf. Quelque
„ commode après tout que foit cette fuppofi-
„ tion, peu de gens fe refoudront à l'admettre.
„ Elle engageroit à fuppofer encore, qu'il n'eft
„ point d'endroit de la Jambe d'une Ecreviffe,
„ où il n'y ait un Oeuf qui renferme une autre
„ Jambe; ou ce qui eft plus merveilleux, une
„ Partie de Jambe femblable à celle qui eft de-
„ puis l'endroit où cet Oeuf eft placé jusqu'au
„ bout de la Jambe: de forte que quelque en-
„ droit de la Jambe que l'on affignât, il s'y
„ trouveroit un de ces Oeufs, qui contiendroit
„ une autre Partie de Jambe, que l'Oeuf qui
„ eft un peu au-deffus, ou que celui qui eft

„ un peu au - deſſous. Les Oeufs qui ſeroient
„ à l'origine de chaque Pince, par exemple,
„ ne contiendroient qu'une Pince ; près du
„ bout des Pinces il en faudroit placer d'autres
„ qui ne continſſent que des bouts de Pinces.
„ Peut-être aimeroit-on mieux croire que cha-
„ cun de ces Oeufs contient une Jambe entiè-
„ re: mais ne ſeroit-on pas encore plus em-
„ barraſſé, lors qu'il faudroit rendre raiſon pour-
„ quoi de chacune de ces petites Jambes, il
„ n'en renaîtroit qu'une Partie ſemblable à celle
„ que l'on a retranchée à l'Ecreviſſe? Ce ne ſe-
„ roit pas même aſſez de ſuppoſer qu'il y a un
„ Oeuf à chaque endroit de la Jambe d'une E-
„ creviſſe, il faudroit y en imaginer pluſieurs,
„ & nous ne ſaurions déterminer combien. Si
„ l'on coupe la nouvelle Jambe, il en renaît une
„ autre dans la même place. Enfin il faudroit
„ encore admettre que chaque nouvelle Jambe
„ eſt comme l'ancienne, remplie d'une infinité
„ d'Oeufs, qui chacun peuvent ſervir à renou-
„ veller la Partie de la Jambe qui pourroit lui
„ être enlevée.

„ PEUT-ETRE pourtant, que dans chaque Jambe
„ l'Ecreviſſe il n'y a qu'une certaine proviſion
„ de Jambes nouvelles, ou de Parties de Jam-
„ bes. Comme la plûpart des jeunes Animaux
„ ont une petite Dent cachée au-deſſous de
„ chacune des leurs: de là il arrive que ſi on
„ leur arrache une Dent, il en revient une au-
„ tre dans la place; mais ſi on arrache cette
„ dernière, ſa place demeure vuide, la Nature

,, n'en a pas mis d'autres en referve fous cel-
,, le-ci. Il feroit curieux de favoir fi de mê-
,, me les Ecreviffes ont en chaque endroit de
,, leurs Jambes, une provifion de Parties de Jam-
,, bes qui puiffe s'épuifer. C'eft fur quoi je
,, ne faurois encore rien décider ".

On ne peut affurément fe diffimuler que la
Régénération des Pattes de l'Ecreviffe ne préfente comme toutes les autres Réproductions
de même genre des côtés obfcurs ; mais ces
ombres n'éteignent pas la lumière que réflèchif-
fent divers Faits , & c'eft à la clarté de cette
lumière que le Philofophe doit marcher. J'ai
établi les fondemens de la préexiftence des Germes , & j'ai fait fentir l'infuffifance des explications purement méchaniques. Mr. DE RE-
AUMUR étoit bien éloigné de recourir à de
femblables explications , comme on le voit par
le paffage que je viens de citer , & mieux encore par l'extrait de la Lettre qu'il m'écrivit
le 21. de Décembre 1742. que j'ai rapporté
ci-deffus. Toute la difficulté fe réduit donc
à expliquer fuivant l'hypothèfe des Germes, la
Régénération d'une Partie déterminée de Patte, d'une moitié , d'un quart &c. Si la Réproduction de la Patte entière ne peut être le
produit d'une méchanique fecrette , la Régénération d'une Partie de cette Patte ne fauroit
l'être non plus. Il faut donc que ce qui fe régénère préexiftât originairement en petit , car
nous ne concevons pas mieux la production
méchanique d'une Partie de Patte , que celle d'u-

ne Patte entière, & l'une & l'autre sont également oppofées aux Faits qui prouvent la préexistence des Germes. Je ne vois d'ailleurs aucun inconvénient à admettre qu'il y a dans chaque Patte de l'Ecreviffe une fuite de Germes qui renferment en petit des Parties femblables à celles que la Nature a intention de remplacer. Je conçois donc que le Germe placé à l'origine de l'ancienne Patte, contient une Patte entière, ou cinq articulations ; que celui qui le fuit immédiatement contient une Patte qui n'a que quatre articulations, & ainfi des autres. Si Mr. DE REAUMUR nous eut dit tout ce qui fe paffe dans la Régénération d'une fimple Pince, nous ferions plus en état d'analyfer ceci. Je me propofe de tenter quelques expériences pour m'en inftruire, & j'invite les Phyficiens à remanier ce fujet intéreffant & qui a tant d'analogie avec l'importante matière de la Génération. La nouvelle Patte femblable en tout à l'ancienne, contient auffi des Germes deftinés aux mêmes fins, & l'emboîtement de ces Germes les uns dans les autres, n'effraye que l'Imagination comme je l'ai dit ailleurs. Le Philofophe ne mettra pas ici les Sens à la place de l'Entendement pur ; raifonner n'eft pas imaginer.

CHAPITRE II.

Continuation de l'Histoire des Boutures & des Greffes animales.

Essai d'explication des Polypes.

263. *Introduction à la Théorie des Réproductions du Polype.*

Vuës de l'Auteur.

IL est tems enfin que je revienne aux *Polypes* : on ne me reprochera pas d'avoir différé jusqu'ici à essayer d'expliquer les Faits qu'ils nous offrent , & dont j'ai crayoné le tableau dans le Ch. XI. du Tome I. Je voulois me faciliter à moi-même cette entreprise en puisant dans l'examen de Faits analogues, des principes de solution, dont je pusse faire une application heureuse aux Polypes. Tel a été le but de mon travail dans les deux Chapitres qui ont précédé immédiatement celui-ci : j'ai comparé entre eux les Faits que me fournissoient les Végétaux ; j'ai étendu les comparaisons aux Faits que j'ai observés dans différentes espèces de Vers qui peuvent être multipliés de Bouture, & de cet examen réflèchi j'ai vû naître une conséquence générale en faveur de l'*Evolution*. Cette conséquence ne paroîtra pas précipitée à ceux de mes Lecteurs qui se donneront la peine de suivre ma marche , & de méditer mes idées. Ils jugeront, comme moi, que les Faits concourent à établir le grand principe de la Préexistence des Germes. Ils ne croiront pas devoir l'abandonner à la vuë des prodiges que l'Histoire des Polypes nous présente ; mais ils préféreront de chercher avec moi comment ces Faits étranges se concilient avec la loi de l'Evolution. Je ne forcerai point ces Faits a venir se ranger sous cette loi ; je me bornerai à les comparer aux Faits analogues qui lui sont évidemment soumis , & là où je n'entreverrai point de solution satisfaisante, j'en avertirai ; je tâcherai à ne jamais confondre le douteux avec le probable , & l'aveu de mon ignorance ne me coutera point d'effort. Nous ne sommes encore qu'à la naissance des choses ; pourquoi un Philosophe rougiroit-il de ne pas expliquer tout ? il y a mille cas où un *je n'en sçais rien* vaut mieux qu'une tentative présomptueuse.

> 264. *Comment s'opère la Réproduction du Polype partagé transversalement. Energie de la Force* réproductrice.

IL n'y a pas de difficulté à l'égard de la Réproduction du Polype coupé transversalement; on voit assez que ce Fait revient à celui des Vers que j'ai coupés de cette manière, & avoir expliqué l'un c'est avoir expliqué l'autre. Seulement tout paroît s'opérer plus promptement & plus facilement dans le Polype. La force réproductrice y est douée d'une plus grande énergie, & elle y exerce son activité jusques dans les moindres Parties. En quelqu'endroit qu'on coupe le Polype, & quelque petite que foit la Partie qu'on retranche, la Réproduction a lieu ordinairement & dans cette Partie & dans le Tronc. Un Polype haché fe réproduit pareillement, & donne autant de Polypes que la divifion a fait de portioncules. Enfin, Mr. ROEZEL, bon Obfervateur, affure qu'il a vû les Bras du Polype divifés, devenir des Polypes complets. Mr. TREMBLEY avoit cherché à voir ce Fait, il n'y avoit pas reüffi; mais il a averti qu'il ne le jugeoit pas impoffible (a).

LE Polype eft donc un Tout organique dont chaque Partie, chaque molécule, chaque atome tend continuellement à produire. Il eft, pour ainfi dire, tout Ovaire, tout Germes. En mettant un Polype en pièces, on détourne au profit des Germes cachés dans chaque portioncule, le fuc nourricier, qui auroit été employé à l'accroîffement du Tout ou à d'autres ufages.

CECI n'a pas befoin d'explication après ce qu'on a lû dans les Chapitres précédents fur les Réproductions des Végétaux, & fur celles des Vers que j'ai multipliés en les coupant transverfalement, je paffe donc à d'autres Faits.

265. *Comment on peut concevoir que s'opère la Réproduction du Polype partagé par le milieu fuivant fa longueur.*

C'EST une chofe indifférente à la Réproduc-

(a) *Mém. fur les Polypes à Bras* in 8o, T. 2. p. 171.

tion du Polype, qu'il foit coupé fuivant fa longueur ou fuivant fa largeur : dans un Polype
partagé par le milieu fuivant fa longueur, chaque moitié repréfente d'abord un demi tuyau ;
les bords oppofés de ce demi-tuyau fe raprochent bientôt, & en moins d'une heure il devient
un tuyau parfait. La réünion des bords eft fi
exacte qu'elle ne laiffe fur le Corps aucune
marque de cicatrice. Tout cela va fi vîte, qu'il
n'a pas été poffible à Mr. Trembley de fuivre
les progrès de cette régénération : au bout de trois
heures il a vû le Polype régénéré prendre de la
nourriture ; la Tête s'étoit refaite ; mais elle
n'avoit que la moitié des Bras qui avoient ap-
partenus à l'ancien Polype. De nouveaux Bras
ne tardèrent pas à pouffer à l'oppofite des anciens, & rien ne manqua plus à la perfection
de l'Infecte (*a*).

Quoique des yeux perçants & éclairés n'ayent
pû découvrir tout ce qui fe paffe dans la réünion des bords d'une moitié de Polype partagé
fuivant fa longueur, on peut fans préfomption,
chercher à fe faire une idée de la manière dont
cette réünion s'opère. Au fond, elle n'a de
furprenant que fon extrême promptitude, &
elle revient d'ailleurs pour l'effentiel, à celle de
deux Ecorces ou de deux Peaux qui végètent
encore. Un certain dégré de contraction, ou
certains mouvements de l'Infecte, peuvent fuffire pour raprocher l'un de l'autre les bords oppofés,

(*a*) *Ibid.* p. 168. &c.

poſés, & même pour en procurer le contact. Dès que les bords de la playe ſe touchent, les Vaiſſeaux correſpondants s'abouchent ; de nouveaux Vaiſſeaux ſe développent, comme dans les Greffes, & multiplient les points de liaiſon ou d'abouchement ; le cours des Liqueurs eſt rétabli & avec lui l'œconomie vitale. Dans un Inſecte, qui n'eſt preſque qu'une gelée épaiſſie, les Fibres ont tant de ſoupleſſe, tant de ductilité, qu'il n'eſt pas étonnant que des playes énormes s'y conſolident ſans cicatrice apparente. Il ne l'eſt pas davantage que la conſolidation y ſoit très prompte : les tems du développement répondent à la délicateſſe des Organes ; plus ils ſont délicats ou extenſibles, & plus le développement eſt prompt (*a*). L'Élément que le Polype habite, contribuë encore à la rapidité de l'accroîſſement en conſervant aux Fibres leur extrême ſoupleſſe.

266. *Explication des* Hydres, *& de la manière dont ſe forme un nouvel Eſtomach dans de très petits fragmens du Polype.*

CE que je viens de dire s'applique facilement aux *Hydres* dont j'ai parlé Article 190. Si une Portion de Polype coupé en partie ſuivant ſa longueur, conſerve aſſez de largeur, pour que les bords oppoſés puiſſent ſe raprocher juſqu'à ſe toucher, cette Portion prendra bientôt la forme d'un tuyau, & ce tuyau deviendra un

(*a*) Voyez l'Article 167.

Polype. Mais il n'en va pas de même de Portions fort étroites ou de très petits fragments: j'ai dit d'après Mr. TREMBLEY, que ces Portions ou fragments se renflent, & que l'intérieur du renflement est le nouvel Estomach (*a*).

ICI l'on ne peut pas tout voir; il faut souvent se contenter d'entrevoir. J'ai assez prouvé que la Nature ne crée rien; elle ne crée donc pas ce nouvel Estomach: mais l'on comprend que la Peau du Polype peut n'être pas simple, qu'elle peut être composée de deux Membranes principales dont la duplicature fournit au nouvel Estomach. Je ne sçais pas précisément pourquoi ces deux Membranes se séparent dans de très petites Portions, & pourquoi elles ne se séparent pas dans des Portions plus larges: j'entrevois seulement que dans celles-ci, les bords opposés se raprochant promptement, ces Membranes peuvent n'avoir ni le tems ni les moyens de se séparer. Dans le premier cas, les Chairs ont des points d'appui qui leur permettent les mouvements nécessaires à la réünion des bords; dans le second, elles en sont dépourvuës, & la cause qui opère la séparation peut agir. J'ignore quelle est cette cause & je ne cherche point à la pénétrer; il me suffit que ce petit Fait ne choque point mes principes.

267. *Grande singularité qu'offrent les fragmens du Polype devenus eux-mêmes de véritables Polypes.*

(*a*) *Mém. sur les Polypes à Bras in 8°.* Tom. 2, page 206. &c.

Conféquence rélative à la ftructure de l'Infecte & à fon retournement.

CES fragments de Polype, devenus eux-mêmes des Polypes, nous offrent une grande fingularité; ce qui formoit l'intérieur de l'ancien Eftomach, compofe à préfent une partie de l'extérieur de l'Infecte: car un des côtés de chaque fragment appartenoit à l'intérieur de l'ancien Polype. Le dedans du Polype eft donc fi femblable au dehors, qu'ils peuvent être fubftitués l'un à l'autre, fans que les fonctions vitales en fouffrent. Il régne donc beaucoup de fimplicité & d'uniformité dans les Organes. L'obfervation, comme l'expérience, conduit à ce réfultat: je l'ai déjà remarqué; à l'aide des meilleurs Microfcopes on ne voit dans le Polype qu'un amas de petits grains répandus partout. Sans doute qu'il y en a encore dans toute l'épaiffeur de la Peau, & dans cette duplicature qu'on peut y foupçonner. Quand on connoit cette ftructure, & qu'on fçait ce qui arrive aux fragments du Polype, l'on n'eft plus furpris du fuccès de ce *retournement* que j'ai décrit dans l'Article 205.; mais on ne ceffe point d'admirer le Génie qui a conçû & exécuté le premier une opération fi neuve & fi délicate. Le Polype n'étoit pas appellé par la Nature à être retourné & *déretourné*, mais il étoit fait de manière qu'il pouvoit l'être. Son Organifation étoit en rapport avec différents cas poffibles, dont plufieurs fuppofoient la main de l'Homme.

D 2

268. *Comment des Portions du Polype parviennent à fe greffer les unes aux autres.*

Nous avons vû combien les Vaiffeaux du Polype ont de difpofition à s'aboucher & à s'unir : ils ne la doivent peut-être qu'à leur confiftence prefque gélatineufe. Des Parties folides de l'Embrion, des Doigts, par exemple, s'uniffent dans la Matrice : des Fruits, des Feuilles encore tendres, s'uniffent pareillement. Il eft donc très naturel que les Portions du même Polype, & que des Portions de Polypes différents, raprochées & mifes bout à bout, fe greffent les unes aux autres *par aproche.* Un Polype ne diffère apparemment pas plus d'un autre Polype, que le Prunier ne diffère de l'Amandier. J'ai prouvé que l'union de la *Greffe* avec le *Sujet*, s'opère par le développement de petits Vaiffeaux, d'abord gélatineux, puis herbacés, enfuite corticaux, qui paffent réciproquement de l'un à l'autre. Il y a lieu de préfumer qu'il fe fait quelque chofe d'analogue dans les Portions d'un ou de plufieurs Polypes, qu'on force à fe toucher. Elles ne s'uniffent d'abord que par un fil délié, mais l'union devient plus intime & plus parfaite à mefure qu'il fe développe de nouveaux Vaiffeaux, & que les points de communication fe multiplient. Le Fait n'eft pas plus merveilleux dans l'Animal que dans le Végétal ; car le Polype eft prefque une Plante par la fimplicité de fa ftructure. Elle eft d'ailleurs telle, que des Portions de Polype prifes à volonté, contiennent, comme un

Rameau , ou une Feuille , tous les Organes effentiels à la Vie végétative. Elles peuvent donc végéter à part & faire de nouvelles productions. Ifolées , elles poufferoient une Tête , des Bras , une Queuë ; mifes bout à bout, elles ne font que s'unir. La molleffe de l'Infecte rend même cette Greffe moins fingulière que celle du Végétal : mais on étoit familiarifé avec les Greffes végétales , & on ne l'étoit pas encore avec les Greffes animales.

269. *Comment on peut concevoir que s'opère l'Union ou la Greffe de deux Polypes mis l'un dans l'autre.*

EN avallant une proye , le Polype avalle fouvent fes propres Bras ; quelquefois deux Polypes fe difputent la même proye & l'un avalle les Bras de l'autre : on s'attend qu'ils vont être digérés avec la proye ; point du tout , ils reffortent de l'Eftomach fans altération apparente. Ce qui opère la digeftion dans le Polype, n'a donc pas de prife fur les Parties propres à l'Infecte. Mr. TREMBLEY a vû un Polype demeurer quatre jours dans l'Eftomach d'un autre Polype & en reffortir plein de vie (*a*). L'Obfervateur, toûjours fécond en vuës fines, l'avoit introduit dans le Corps de l'autre pour tenter par ce moyen ingénieux une nouvelle forte de Greffe. Il femble donc qu'un Polype

(*a*) *Ibid.* page 274.

D 3

ne puiſſe en diſſoudre un autre ; mais une portion de Polype peut s'unir extérieurement à u-
ne autre, & l'intérieur de quelque portion que
ce ſoit ne diffère point de ſon extérieur : enfin, il n'eſt aucun point de l'extérieur ou de
l'intérieur d'un Polype qui ne puiſſe faire des
productions. Si donc on parvenoit à retenir un
Polype dans un autre Polype, il eſt probable
qu'il s'y grefferoit, & qu'il doubleroit, en quelque ſorte, le Polype extérieur. Mr. TREM-
BLEY a ſçû l'exécuter, comme je l'ai raconté
Article 202.: les deux Polypes ſe ſont exactement confondus, & les deux Têtes n'en ont
formé ſûrement qu'une ſeule ; mais la ſage défiance de l'Auteur ne lui a pas permis de prononcer ſur la réalité de l'union des deux Corps:
je ne ſaurois dire, remarque-t-il *(a)*, *ce qu'eſt
devenu le Corps du Polype intérieur, s'il a été
diſſous dans l'Eſtomach du Polype extérieur ou
s'il s'eſt incorporé avec ce dernier Polype : mais
je puis aſſurer que j'ai vû ce Corps de Polype
intérieur dans le Polype extérieur pluſieurs jours
après qu'il y a été introduit. Par rapport à la
Tête du Polype intérieur, je ſuis aſſuré qu'elle
s'eſt réunie avec celle du Polype extérieur.* Je
ne raiſonne ici que ſur les Faits que nôtre excellent Obſervateur me fournit, & je ne dois
pas tirer de ces Faits des conſéquences que lui
même n'a pas oſé tirer. Ainſi, je me bornerai
à faire obſerver, qu'en admettant la réalité de

(a) *Ibid.* page 283.

l'union dont il s'agit, elle s'expliqueroit heureu-
fement par les principes que nous offrent divers Faits analogues. Cette efpèce de Greffe
en flute ne diffère pas extrêmement de celle
qu'on exécute fur le Végétal ; & s'il étoit une
fois prouvé que le Polype qu'on retient dans
l'intérieur d'un autre, ne s'y diffout pas, on
comprendroit que les deux Polypes devroient
s'unir plus facilement que deux Ecorces ; car
les deux côtés d'une Ecorce, ne fe reffemblent
pas autant que les deux côtés d'un Polype, &
une Ecorce n'a ni la moleffe ni la ductilité de
la Peau de cet Infecte. Je prie qu'on fe rappelle ici ce que j'ai dit dans le Chapitre XII.,
du Volume précédent, fur la néceffité de l'*Analogie* entre la *Greffe* & le *Sujet*.

270. *Apréciation des merveilles du Polype.
Que la régénération des playes des grands A-
nimaux nous offre des Faits auffi merveilleux.
Belle Expérience de Mr.* DUHAMEL *fur ce
fujet.*

Lors qu'on entend dire qu'un Phyficien a
greffé la Tête d'un Animal fur le Tronc d'un
autre, qu'il a introduit un Animal dans l'intérieur d'un autre Animal, & que les deux Animaux n'en ont fait qu'un, qui a vécû & multiplié, le merveilleux s'empare de l'efprit au
point qu'il n'y refte pas de place pour des explications fimples & naturelles. Cependant dès

qu'un Philofophe examine de fens froid les Faits,
qu'il les compare entre eux , qu'il les compare
aux Faits rélatifs , & furtout , dès qu'il réflê-
chit fur la nature du Polype , le merveilleux dif-
paroit, & il ne refte plus que l'impreffion paffa-
gère de la nouveauté. Je ne dis point ceci
pour affoiblir la jufte admiration que les Polypes doivent nous infpirer , non pour eux - mêmes , mais pour l'étonnante fagacité de celui qui
nous les a fait connoitre. Les grands Animaux
nous offrent des particularités , qu'un Anato-
mifte inftruit jugeroit plus remarquables encore
que celles que renferment les Polypes. Je difois il y a 13. ans, dans ce *Parallèle des Plantes & des Animaux* , que je publierai peut-être un jour , *que fi l'on pouffoit les recherches
fur les playes , on y découvriroit plus de merveilles que dans le Polype.* Je fondois ma réflexion fur la compofition & fur la variété des
Parties qui peuvent fe régénérer & s'unir. J'i-
gnorois alors une belle Expérience de Mr. Du-
HAMEL (*a*) , qui met cette réflexion dans un
grand jour , & la juftifie. Après avoir rompu
l'Os de la Jambe d'un Poulet , & avoir donné
au *Cal* le tems de fe former , il a coupé les
Chairs vis - à - vis dans un tiers de la circonférence de la Jambe , en pénétrant jufqu'à l'Os,
qu'il a même ratiffé. La confolidation s'étant
faite , il a coupé de même , les Chairs du fecond
tiers , en anticipant un peu fur l'ancienne playe.

(*a*) *Mém. de l'Acad.* An. 1746.

Il en a fait autant dans l'autre tiers. Par là, toutes les Parties folides ont fouffert une folution de continuité, & pourtant la Nature a réparé ce grand défordre : toutes ces Parties fe font régénérées, réünies, greffées ; de nouvelles Fibres, de nouveaux Vaiffeaux fe font développés au-deffus & au-deffous de l'incifion ; ils fe font abouchés ; la circulation a été rétablie, & l'*injection* a paffé librement d'un bout à l'autre de la Jambe. Qu'on médite un peu cette Expérience, qu'on réflêchiffe fur le nombre de Veines, d'Artères, de Vaiffeaux lymphatiques, de Fibres charnuës, tendineu-fes, mufculaires, qui ont dû fe réproduire, croître, fe réünir, & l'on conviendra, je m'af-fure, que la régénération de tant de Parties *diffimilaires* eft plus remarquable encore que celle du Polype dont toutes les Parties font prefque *fimilaires*. J'ai indiqué en plufieurs endroits de ce Livre, ce qu'on peut penfer de plus raifonnable fur la manière dont ces fortes de réproductions s'opèrent : confultez en particulier l'Article 236.

271. *Explication de la Greffe de l'Ergot du Coq fur fa Crête.*

Il ne faut pas aller dans le cabinet d'un Ob-fervateur de Polypes pour voir un exemple frappant de Greffes *animales* ; il en eft une que les Gens de la campagne exécutent dans les baffes-cours, & qui a dequoi épuifer la fagacité

D 5

du plus habile Phyſicien. Mon Lecteur comprend que j'ai en vuë cette Greffe de l'Ergot
du Coq ſur ſa Crête, dont j'ai parlé dans le
Ch. XI. du Tome I. ; j'ai réſervé pour celui-ci ce
qu'elle offre de plus ſingulier & de plus embaraſſant. Cet Ergot qui n'eſt pas plus gros qu'un
grain de Chenevis quand on l'inſère dans la duplicature de la Crête coupée, y prend racine,
& croît en ſix mois de demi pouce. Au bout
de quatre ans, il devient une *Corne* de trois à
quatre pouces de longueur. L'expreſſion eſt
exacte ; c'eſt une véritable Corne, ſemblable
à celle du Bœuf, & qui a comme elle, un noy-
au oſſeux. Elle parvient à s'articuler avec la
Tête par un ligament capſulaire & par diverſes
bandes ligamenteuſes. Mais, ce ligament &
ces bandes n'exiſtent point dans l'Ergot ni dans
la Crête : la plus fine Anatomie ne peut les y
retrouver. En conclurons-nous que la Nature crée ces nouveaux Organes ? je ne le penſe pas ; elle ne crée ni le Bourlet des Greffes,
ni le Cal, ni la Patte de l'Ecreviſſe, ni la Tête du Polype, &c. Nous admettrons plus volontiers que ces Organes préexiſtoient inviſibles
dans l'Ergot & dans la Crête, mais avec des
déterminations différentes de celles qu'ils ont
reçuës de la Greffe. La Tête eſt pour l'Ergot, un terrein bien différent de celui où il é-
toit appellé à croître. L'on n'ignore pas combien la qualité des ſucs, leur abondance ou leur
diſette modifient les productions. On ſait encore qu'une légère altération qui ſurvient à des

Fibres tendres, porte sur toute la durée de l'accroissement, & suffit pour changer les formes,
les proportions, la consistence.   La substance
cornée de l'Ergot, se mêlant à la substance
charnuë de la Crête, peut donner naissance à
de nouvelles variétés.   Le tissu d'un Ergot imite assés celui d'une Corne, & si la Crête est
charnuë, combien de Parties molles qui s'ossi-
fient par accident ? Combien de monstruosités
qui scéleroient leur origine, si un examen attentif ne la dévoiloit ? C'est ici une monstruosité par art.   Rappellerai-je les *Exostoses* ? Par-
lerai-je de Cornes qui ont poussé sur différents
endroits du Corps humain ? Je dois éviter ces
détails, qui m'éloigneroient de mon objet principal.   Si des Parties aussi peu analogues qu'un
Ergot & une Crête, se greffent, y a-t-il lieu
de s'étonner que cela arrive à des Portions du
Polype ?   L'Auteur de la Nature n'a pas
plus fait l'Ergot pour être greffé, que le Polype pour être retourné ; mais il leur a donné
une Structure qui répond à divers cas possibles.
Il a pourvû aux circonstances les plus rares,
comme aux plus communes ; & les conditions
rélatives aux premières, embrassoient des circonstances plus rares encore.

272. *Tentatives pour rendre raison des divers phénoménes que présentent les Polypes déretournés en partie.*

Un Polype *déretourné* (*a*) en partie se gref-

(*a*) Voyez l'Article 205.

fe fur lui-même en partie; au moins les deux
Peaux s'appliquent-elles immédiatement l'une
à l'autre & paroiffent-elles s'unir. Ce Fait rentre donc dans la théorie des Greffes, & il n'eft
pas plus fingulier que deux Peaux s'uniffent,
qu'il ne l'eft que deux Têtes fe greffent. Mais
pourquoi le bout antérieur fe ferme-t-il? pourquoi une ou plufieurs Bouches fe forment-elles
fur le milieu du Corps, près des anciennes Lèvres? pourquoi ces formes bizarres que les Polypes déretournés en partie revêtent fucceffive-
ment? pourquoi . . . . car il n'y a point ici
de fin aux pourquoi. Je pourrois répondre à
toutes ces queftions & à beaucoup d'autres,
que *je n'en fais rien*. Combien de connoiffances qui nous manquent encore fur le Polype!
combien de circonftances particulières, combien de petits Faits inftructifs qui ont échapé à
la pénétration de Mr. TREMBLEY, & qui
échaperont par conféquent à bien d'autres! Ce
que je vois clairement & que l'expérience m'apprend, c'eft qu'il n'eft aucun point dans le Polype, qui ne puiffe faire des productions; qu'il
n'eft aucun point où il ne puiffe fe former une
Tête, une Bouche, des Bras. Une multitude
d'autres Faits m'apprend qu'il n'eft point de
Génération proprement dite; mais que tout ce
qui paroît engendré, étoit auparavant préformé. Les nouvelles Têtes, les nouvelles Bouches qui paroiffent fur le Polype déretourné en
partie, préexiftoient donc à cette apparition. Il
refte à affigner les caufes de leur développe-

ment; je ne chercherai point à les deviner: je me contenterai de rappeller deux Faits; l'un, que la moindre déchirure suffit pour faire développer une nouvelle Tête (*a*) ; l'autre, que dans le Polype déretourné en partie, l'extrèmité antérieure forme une espèce de Bourlet (*b*); les anciennes Lèvres font donc diftenduës; il peut s'y faire des déchirûres invisibles à l'Obfervateur, & nous avons vu combien les *Bourlets* favorifent l'éruption des Germes.   Qu'une Bouche foit formée eu partie par les anciennes Lèvres, & en partie par de nouvelles Lèvres qui fe développent; que cette Bouche foit garnie d'une partie des anciens Bras, & qu'il s'en développe de nouveaux à l'oppofite; c'eft un Fait qui fuppofe qu'un développement qui fe feroit fait en entier dans un Polype coupé transverfalement, ne fe fait qu'à moitié dans le Polype déretourné en partie.   Là nouvelle Bouche, où les nouvelles Bouches prennent de la nourriture; cette nourriture fe répand de tous cotés; le bout antérieur fe prolonge donc, & voilà une Queuë furnuméraire.   Je ne fçais pas pourquoi le bout antérieur fe ferme; je ne fçais pas non plus, pourquoi l'Infecte fe coude; j'entrevois feulement que les mouvements de la nouvelle Partie antérieure peuvent contribuer à cette inflexion.   Mais il m'importe fort peu de favoir la raifon de toutes les bizarreries du Polype; probablement elles ne font qu'apparentes,

(*a*) *Mém. fur les Polyp. à Bras*, T. 2. Pag. 224 & 225. in 80;
(*b*) *Ibid.* page 236.

& un Etre qui connoîtroit la nature intime de l'Infecte, les rameneroit, peut-être, à des loix conftantes.

273. *Explication du Polype coupé, retourné, recoupé, &c.*
Réflexions fur nos Idées d'Animalité.

Je ne reprends ici que les Faits effentiels, & rélatifs au plan que je me fuis propofé dans cet Ouvrage : je fuppofe toûjours que mon Lecteur n'a pas oublié l'Abrégé que j'ai donné de l'Histoire des Polypes dans le Ch. XI. du Tome I. Un Polype coupé, retourné, recoupé, retourné encore, ne préfente qu'une répétition de la même merveille, fi à préfent c'en eft une au fens du vulgaire. Ce n'eft jamais qu'une efpèce de Boyau qu'on retourne & qu'on recoupe : il eft vrai que ce Boyau a une Tête, une Bouche, des Bras ; qu'il eft un véritable Animal ; mais l'intérieur de cet Animal eft comme fon extérieur, fes Vifcéres font logés dans l'épaiffeur de fa Peau, & il répare facilement ce qu'il a perdu. Il eft donc après l'opération ce qu'il étoit auparavant. Tout cela fuit naturellement de fon Organifation ; l'adreffe de l'Obfervateur fait le refte. Le plus fingulier pour nous, eft donc qu'il exifte un Animal fait de cette manière : nous n'avions pas foupçonné le moins du monde fon exiftence, & quand il a parû, il n'a trouvé dans nôtre Cerveau aucune idée analogue du Régne animal. Nous ne jugeons des chofes que par comparaifon : nous avions pris nos idées *d'Animalité* chez les grands Animaux , & un Animal qu'on coupe , qu'on retourne , qu'on recoupe & qui fe porte bien , les choquoient directement.   Combien de Faits, encore ignorés , & qui viendront un jour déranger nos idées fur des fujets que nous croyons connoître ! Nous en fçavons au moins affez pour que nous ne devions être furpris de rien.   La furprife fied peu à un Philofophe ; ce qui lui fied eft d'obferver, de fe fouvenir de fon ignorance , & de s'attendre à tout.

274. *Explication de la multiplication du Polype* par Rejettons. *Argument en faveur de* l'Emboitement.

DANS les Animaux dont la ftructure nous eft la plus familière, la Nature a affigné un lieu particulier pour le développement des Embrions & pour leur fortie.   Mais, dans un Animal dont tout le Corps, comme celui d'un Arbre , eft femé de Germes prolifiques, il eft naturel que les Petits naiffent comme les Branches.   Le Polype multiplie donc *par Rejettons :* il met fes Petits au jour, comme un Arbre y met fes Branches (*a*).   La Mère & les Petits ne forment qu'un même Tout ; elle les nourrit & ils la nourriffent : un Arbre nourrit fes Branches & il en eft nourri ; les Feuilles mêmes fe nourriffent réciproquement.

LE Polype chargé de fa nombreufe poftérité ,

(*a*) Voyez l'Article 185.

compofe avec elle une efpèce d'Arbre généa-
logique, qui paroît favorable au Syftême de
l'Emboitement. Il nous montre plufieurs Générations liées encore les unes aux autres, & qui
toutes le font à la première. L'affemblage de
tous ces Etres organifés, qui tiennent à un Tronc
commun, femble nous dire, qu'ils étoient tous
renfermés originairement dans ce Tronc. L'exemple n'eft que nouveau dans le Règne animal;
le Végétal en montroit un pareil aux yeux les
moins attentifs. Il eft peu philofophique d'op-
pofer à cette réflexion des calculs fans fin, &
de remplir des pages de zéros pour prouver que
l'Emboitement eft abfurde. Nous ne favons
point dans quelle proportion précifément les divers Ordres de Générations fe dégradent. Nous
ne fommes pas plus inftruits du rapport des
tems de leurs accroiffements. Nous calculons
fur des fuppofitions plus ou moins incertaines : &
le répéterai-je encore? tous ces calculs effray-
ants ne terraffent que l'Imagination, & la Raifon trouve toûjours un refuge affuré dans la divifion indéfinie de la matière. Nous ne fommes pas faits pour connoitre les derniers termes
de cette divifion : nôtre vuë obtufe ne découvre que les Cordelières du Monde des infini-
ments petits, & quand nous recourons à nos
meilleures Lunettes, nous n'apercevons que les
Montagnes fubalternes, que quelques-uns s'a-
vifent de prendre pour des Coteaux; que dis-
je! pour des Taupinières.

275. *Comment de simples Portions du Polype font par elles-mêmes de nouvelles productions. Effet des dérivations.*

Sɪ de simples Boutures de Polype, je veux dire, des Portions qui n'ont encore ni Tête ni Bras, poussent des Rejettons ; c'est qu'elles ont, comme les Boutures des Plantes, tout ce qui leur est nécessaire pour végéter à part, & pour faire de nouvelles productions. Je l'ai expliqué dans le Chapitre IV, Art. 47. du Tome I. & dans le Chapitre XII. Article 240.

Sɪ un Polype qui demeure retourné ou qui se déretourne en partie, pousse de même des Petits ; c'est que l'opération singulière qu'on lui a fait subir, ne dérange point l'œconomie vitale, & qu'il est toûjours en pleine végétation.

Eɴꜰɪɴ, si la sortie des Rejettons a parû quelquefois retarder celle des Bras de la Bouture *(a)*, c'est que les Rejettons attirent à eux une partie des sucs &c. Tout cela est à présent si simple & si clair, qu'il ne vaut plus la peine que je m'y arrête.

276. *Nouvelles considérations sur la question, si la multiplication naturelle par Rejettons, & celle de Bouture, s'opèrent par des Germes identiques.*

Lᴇs Germes qui donnent naissance aux *Re-*

(a) Mém. sur les Polyp. T. 2. p. 167. in 8o.

jettons, font-ils les mêmes qui opèrent la réproduction de *Bouture*? J'ai difcuté cette queftion dans le Chapitre précédent, j'y renvoye;
je renvoye en particulier à l'Article 256. où
j'ai montré que la [décifion de [ce point obf-
cur, eft indifférente au principe de l'*Evolution*.
Le Polype me fournit là-deffus de nouvelles
remarques que j'indiquerai.

Lors que l'on compare ce qui fe paffe dans
la multiplication de Bouture, avec ce qui fe
paffe dans la multiplication par Rejettons, on
feroit tenté de foupçonner que ces deux manières de multiplier, ne dépendent pas de Germes *identiques*.   Pour en faire juger, je n'ai
qu'à rapporter les propres termes de Mr. TREM-
BLEY: voici comment il décrit la réproduction
de *Bouture* (*a*).

„ LA feconde Partie, après s'être un peu
„ étenduë, eft pour l'ordinaire ouverte à fon
„ bout antérieur, les bords de l'ouverture
„ font un peu renverfés en dehors. Ils fe re-
„ plient enfuite en dedans ; & le replis qu'ils
„ forment, fert à boucher l'ouverture dont je
„ viens de parler. Le bout antérieur paroît a-
„ lors fimplement renflé; & il l'eft ordinaire-
„ ment plus ou moins, jufqu'à ce que la ré-
„ production qui doit s'y faire, foit achevée...
„ Les Bras qui pouffent à l'extrèmité antérieu-
„ re de la feconde Partie, croiffent précifément

(a) *Ibid.* page 164, 165.

„ comme ceux des jeunes Polypes. On voit
„ d'abord les pointes de trois ou quatre qui
„ fortent des bords de cette extrèmité; & pen-
„ dant que ces premiers croiſſent, il en pa-
„ roit d'autres dans les intervalles qu'ils laiſſent
„ entr'eux ".

Voici maintenant comment l'Auteur s'exprime fur la multiplication *par Rejettons* (a).

„ Lors qu'un jeune Polype commence à
„ pouſſer, on ne voit d'abord qu'une petite
„ excreſcence, qui ordinairement ſe termine
„ en pointe. Elle a à peu près la figure d'un
„ cône, mais d'un cône dont la baſe eſt gran-
„ de à proportion de ſa hauteur. La couleur
„ de cette excreſcence, de ce petit Bouton, eſt
„ d'ordinaire plus foncée que celle du Corps de
„ la Mère. Peu à peu ce Bouton s'élève da-
„ vantage, & à meſure qu'il s'allonge, il forme
„ un cône dont la baſe devient plus petite, à
„ meſure qu'il augmente en hauteur. Ce cô-
„ ne eſt ſouvent mal formé, ſa pointe eſt ar-
„ rondie, ou bien il paroit tronqué. Quel-
„ ques dégrés d'accroiſſement de plus, font en-
„ fin perdre au jeune Polype la forme cônique:
„ il devient à peu près cylindrique ; & c'eſt
„ alors, ou environ ce tems-là, que les Bras
„ commencent à pouſſer à ſon extrèmité anté-
„ rieure. Ce jeune Polype ne conſerve pas
„ long-tems la figure d'un cylindre, ſon bout
„ poſtérieur par lequel il tient à ſa Mère, s'é-

(a) *Ibid.* pages 9, & 10.

E 2

„ treſſit peu à peu , il s'étrangle , & enfin il
„ nè paroit la toucher que par un point. Le
„ jeune Polype qui dans ſes commencemens
„ étoit beaucoup plus large à ſon bout poſté-
„ rieur , n'eſt nulle part ſi mince après qu'il eſt
„ formé ".

LES Chairs du bout antérieur d'une ſeconde
Partie ſe réplient donc en dehors, puis en dedans, & ferment l'ouverture.   Ce bout ſe ren-
fle ; nous l'avons vû ſe renfler dans mes Vers.
Une nouvelle Bouche ſe forme ; des Bras pouſſent autour , & voilà le Polype en état de manger.   Il ſemble donc qu'il en ſoit de ces Bras
comme des Pattes de l'Ecreviſſe ; qu'il y ait
auſſi des Germes appropriés à leur production.
Au moins voit-on quelquefois un Bras pouſſer
ſeul hors de ſa place naturelle , & ce Bras eſt
un Corps très organiſé.

AINSI la nouvelle Tête de la Bouture , ne
ſe montre pas ſous la forme d'un Mamelon ;
car le renflement n'en eſt point un.   Le Rejetton , au contraire , paroit d'abord ſous cette
forme ; l'on voit un petit Bouton cônique s'é-
lever ſur la Mère ; ce Bouton s'allonge ; ſa
baſe diminuë ; il devient cylindrique ; ſon extrèmité groſſit un peu , de petits Bras en ſortent , & voilà les progrès d'un jeune Polype.

LA différence de ces deux productions eſt
ſenſible.   D'un autre côté, on obſerve des *Hydres* dont les Têtes & les Queuës ſe détachent
d'elles-mêmes de leur Tronc & deviennent des

Polypes parfaits (*a*). On a vû deux Têtes se former à la fois sur un jeune Polype, s'allonger infenfiblement, *& fe trouver enfuite au bout d'une Branche. Chaque Branche fe réuniffoit au refte du Corps qui étoit commun* (*b*). Je cite les termes mêmes de Mr. TREMBLEY. Il ajoute que fi ces Têtes étoient deux jeunes Polypes qui commençoient à pouffer, ils auroient dû fe féparer enfin l'un de l'autre, & *que c'eft ce qui n'eft point arrivé à l'égard de plufieurs* (*c*). On voit encore la Tête d'un jeune Polype prendre la place de celle qui auroit dû venir à la Bouture (*d*). Enfin, j'ai parlé Article 205. d'un Rejetton de Polype déretourné en partie, qui fe greffa avec celui-ci & ne compofa plus qu'un même Tout.

CES Faits ne paroiffent-ils pas indiquer que les Têtes ont la même origine que les Rejettons, puisqu'en certains cas, elles affectent toutes les apparences de Rejettons, & que ceux-ci femblent quelquefois prendre la place de celles-là? Je laiffe donc cette queftion indécife, & je fufpendrai fans peine mon jugement, jufques à ce que la Nature elle-même veuille bien prononcer par la bouche d'un autre TREMBLEY; mais elle ne prodigue pas de tels Hommes.

(*a*) *Ibid.* page 197.
(*b*) *Ibid.* page 108.
(*c*) *Ibid.* page 109.
(*d*) Voyez l'Article 190.

277. *Monstruosités. Quelle Idée on peut se faire de la multiplication naturelle de Bouture.*

J'OMETS quelques *monstruosités* du Polype : les monstruosités ne combattent point les Germes ; elles sont des écarts de la Nature, qui ont eux-mêmes leurs loix à nous inconnuës.

LA multiplication naturelle par Boutures pourroit n'être que l'effet d'une maladie, qui occasionne de profonds étranglements (*a*). Je nomme cette multiplication *naturelle*, par opposition à celle que la section produit. Mais il y a lieu de présumer, que la première est aussi *accidentelle*; Mr. TREMBLEY semble l'insinuer, lors qu'il remarque (*b*), *que cela est arrivé trop rarement, pour qu'on puisse dire que cette manière de se multiplier soit ordinaire & naturelle aux Polypes.* Ce qui paroitroit confirmer que cette sorte de multiplication est l'effet de quelque maladie ou de quelque dérangement extraordinaire, qui survient dans l'intérieur du Polype, c'est ce qu'ajoute l'Auteur (*c*), *que la réproduction qui devoit se faire dans des Portions qui s'étoient partagées d'elles-mêmes, n'a eu lieu, même en été, qu'au bout de quinze jours ou trois semaines.*

278. *Conclusion. Raison de la grande fécondité du Polype.*

VOILA ce que j'avois à exposer pour essayer

(*a*) Voyez l'Article 197.
(*b*) *Mém. sur les Polypes à Bras* Tom. 2. page 147. & 148.
(*c*) *Ibid.* page 95.

de rendre raiſon des principaux Phénomènes des Polypes *à Bras*. Si nous ne voulons pas recourir à des explications purement méchaniques, que l'Experience ne juſtifie point & que la bonne Philoſophie reprouve, nous penſerons, que le Polype eſt, pour ainſi dire, formé de la répétition d'une infinité de petits Polypes, qui n'attendent, pour venir au jour, que des circonſtances favorables.

CET Inſecte eſt très vorace : des Parties animales fourniſſent plus de ſucs nourriciers que toutes autres ; elles ſont plus analogues à l'Animal, & *s'aſſimilent* mieux. Le Polype ſe régénère donc très promptement & multiplie prodigieuſement. Il multiplie d'autant plus, qu'il conſume davantage.

MES Vers aquatiques qui ſe nourriſſent ſurtout de terre, ne ſont pas ſi féconds : je n'ai vû ordinairement qu'un ſeul Rejetton ſur leur Corps.

279. *Comment on peut rendre raiſon de la multiplication naturelle par Bouture d'une Eſpèce de* Mille-pié.

COMME il ſe développe une Tête au bout antérieur d'un Vers ou d'un Polype, il s'en développe une près du bout poſtérieur du Mille-pié *à Dard;* mais au lieu que dans les premiers, ce développement eſt occaſionné par la ſection ou par quelqu'accident analogue; dans le ſecond au contraire, ce développement eſt d'inſtitution de la Nature, qui s'eſt plû à varier les moyens de multiplication, comme les caractères, les formes & les couleurs. Il ſe forme donc une nouvelle Tête vers le bout poſtérieur de ce Mille-pié: on voit un nouveau Dard s'élever peu à peu ſur le Dos de l'Inſecte. Des Organes qui ne paroiſſoient point exiſter, commencent à devenir ſenſibles. A meſure qu'ils ſe développent, les Vaiſſeaux qui uniſſoient le bout poſtérieur au reſte de l'Animal, s'effacent ou s'oblitèrent: la nouvelle Tête les preſſe apparemment, & intercepte les ſucs nourriciers; c'eſt au moins ce qu'on peut conjecturer de plus vraiſemblable. Dès que toute liaiſon eſt rompuë, le bout poſtérieur, pourvu de la nouvelle Tête, ſe ſépare du Mille-pié, & déjà il eſt lui-même un petit Mille-pié qui n'a plus qu'à croître. Cet Inſecte ſingulier ne nous eſt pas bien connu encore: le peu que j'en ai rapporté (*a*), d'après Mr. TREMBLEY (*b*), ne ſüffit point pour nous ſatisfaire ſur la manière dont s'opère cette multiplication naturelle *par Bouture*. Mr. TREMBLEY ſe propoſe d'aprofondir davantage tout ce qui concerne ce ſujet intéréſſant, & que ne pouvons-nous pas nous promettre de l'habileté de l'Auteur des Polypes!

280. *Analogie entre la multiplication du Po-*

(*a*) Article 198.
(*b*) *Mém. ſur les Polypes à Bras*, Tom. 2. pages 152, 153;
in 8°.

lype en Entonnoir & celle *du Mille - pié* à
Dard.

IL y a une forte d'analogie entre la multiplication des Polypes *en · Entonnoir*, & celle du
Mille - pié *à Dard*. On peut dire que le Polype en Entonnoir multiplie naturellement *par Bouture*. Il se partage de lui - même & d'un seul
Polype il s'en forme deux. Une nouvelle Tête, de nouvelles Lèvres se développent sur le
milieu du Corps de l'ancien Polype, & ce développement qui est très rapide, prépare la séparation des deux moitiés de l'Insecte : bientôt
ce ne sont plus deux moitiés, mais deux *Touts*
très complets & plus petits que le premier. Si
l'accroissement est prompt dans les Polypes *à
Bras*, il doit l'être bien davantage dans les Polypes *en Entonnoir*, plus délicats & plus gélatineux encore. Les progrès du Fœtus sont tout
autrement rapides que ceux de l'Enfant ou de
l'Adulte. Ainsi dans ces Atomes organisés, qui
ne sont presque qu'une goutte de Liqueur é-
paissie, l'*Evolution* est si rapide, qu'on croiroit
voir une *création*, si le raisonnement n'éclairoit
la marche de la Nature.

281. *Difficultés d'expliquer la multiplication
par division naturelle du Polype à Bulbe.
Motif du silence que l'Auteur s'impose à cet
égard.*

LES Polypes *en Cloche* se partagent aussi d'eux-mêmes ; mais diffèremment des Polypes *en En-tonnoir*, comme je l'ai expliqué dans un autre endroit (*a*).   Les Polypes en Cloche, qui doivent leur naiffance à des Boutons en forme de *Galles* (*b*), multiplient d'une façon encore plus extraordinaire.   Ici commence un nouvel ordre de chofes ; l'Analogie nous abandonne, & l'Obfervateur n'a pas même des termes propres pour repréfenter ce qu'il aperçoit.   Je me tairai donc fur ce Polype ; car il eft plus raifonnable de fe taire, que de hazarder des conjectures vagues, fur des objets qu'on entrevoit à peine, & qui s'éloignent de tous les objets connus.   Les Partifans les plus zélés de *l'Epigénéfe* ne fe prévaudront pas contre moi du filence que je m'impofe ; l'ignorance fur un objet, ne peut devenir un titre en faveur de quelque Syftème que ce foit ; & fi je voulois effayer de tirer des découvertes en queftion, les conféquences qui en découlent le plus naturellement, je ferois affez fentir, qu'elles ne font point contraires à *l'Evolution*.

282. *Pourquoi les Infeƈtes qui fubiffent des transformations ne paroiffent pas propres à être multipliés de Bouture. . Réflexion fur ce fujet.*

Au refte, tous les Infeƈtes, connus jufqu'ici, qui peuvent être multipliés de Bouture, appartiennent à la claffe de ceux qui ne fe *métamor-*

(*a*) Article 199.
(*b*) Article 201.

phosent point. J'ai donné dans le Ch. X. du Tom.
I. les Principes généraux de ces Métamorphoses,
on pourroit en inférer, que les Insectes appellés à les subir, ne font pas propres à être multipliés de Bouture. Ils ont plus de Parties *diffi-*
milaires, & celles dont ils font pourvûs, ont pour
dernière fin le développement d'un autre Tout
organique logé dans un lieu particulier : c'est ce
Tout qui conftitue proprement *l'Espèce*, & qui
eft destiné à la conferver. Mais comme tous les
Infectes qui ne fe transforment point, ne multiplient pas de Bouture; de même auffi, parmi
ceux qui fe transforment, il pourroit s'en trouver qui multiplieroient par cette voye. Ne
nous preffons pas de faire des Règles générales; les Pucerons & les Polypes nous ont appris
à nous en défier.

CHAPITRE III.

Idées fur le métaphyfique *des Infectes qui peuvent être multipliés de Bouture, &c.*

283. *Que le Polype n'eft pas plus favorable au Matérialifte qu'au Cartéfien.*

Fauffes idées qu'on s'eft faites fur ce fujet pour ne l'avoir pas affez médité.

But de l'Auteur.

DESCARTES auroit triomphé à la vuë du Po-lype : un Animal qu'on multiplie en le coupant par morceaux, fourniffoit un bel argument en faveur du Syftème ingénieux de ce Philofophe. Je ne foutiendrai pourtant pas ici ce Syftème; quoiqu'il nous débaraffe de bien des difficultés; il eft, d'un autre côté, trop contraire à l'ana-logie que nous obfervons entre nôtre Organifa-tion & celle des grands Animaux ; & s'il eft au moins probable que ces Animaux ont une Ame, il l'eft que tout ce qui eft *Animal,* en a une auffi. Je ne regarde donc l'exiftence de l'Ame des Bêtes que comme probable, puis qu'elle ne repofe que fur l'analogie : le Peuple, conduit par le fentiment, va plus loin ; il décide fur la réalité de cette exiftence, & le Philofophe mê-me, a bien de la peine à ne pas le fuivre. Mais, en accordant une Ame au Polype, mon Lecteur craint apparemment que je ne me prépare des tortures. Prefque tous les Hommes ont dans l'Efprit, certaines idées métaphyfiques fur lefquelles ils raifonnent : prefque tous fçavent, à peu près, que l'Ame eft un Etre *fimple*, d'où ils concluent facilement qu'elle ne peut être divifée. Comment donc, par un coup de fcalpel, d'un feul Ver ou d'un feul Polype, fait-on plufieurs Animaux ? Ce qui m'étonne le plus ici, eft que les Philofophes, comme le Vulgaire, fe foient, en quelque forte, bornés à fentir la difficulté, & qu'ils n'ayent pas fait d'heureux efforts pour la refoudre. Il me paroît qu'en général, on l'a regardée comme irréfoluble. Auffi n'eft-il rien fur quoi on ait plus infifté dès que la découverte du Polype a été répanduë. On s'en eft tenu à admirer, & à déclamer fur l'incertitude de nos connoiffances en Métaphyfique. On auroit mieux fait d'employer à méditer, le tems qu'on a perdu à difcourir. Je ne finirois point, fi je voulois refuter tous les mauvais raifonnemens dont le Polype a été le fujet ou l'occafion : peu de gens fçavent fe faire des idées nettes fur cette matière abftraite ; il en eft même qui traiteroient volontiers de téméraire quiconque oferoit en promettre de telles. Je ne promets rien ; mais je vais expofer fimplement les principes que mes Méditations m'ont fournis.

284. *Siége de l'Ame. Senfations.* Moi
du Polype.

LA découverte de *l'origine* des Nerfs a donné lieu de placer l'Ame dans le Cerveau. Il n'est pas besoin que je dise qu'elle n'y reside pas à la manière d'un Corps; elle n'est pas Corps: mais elle y est présente à la manière d'une substance simple. Qu'on ne me demande pas ce que c'est que cette *présence*; je fais profession d'ignorer profondément la Nature *intime* de l'Ame, & je ne la connois un peu elle-même que par quelques-unes de ses Facultés.

Je suppose donc une Ame dans la Tête du Polype. Cette Ame a des sensations, que lui procurent les Organes dont l'Insecte est doué. Elle a un *sentiment* de la *présence* de ses sensations; car une Ame ne peut avoir une sensation, qu'elle ne *sente*, en même tems qu'elle l'a. Je ne puis dire ce que c'est que ce *sentiment*; mon Ame n'est pas faite pour sentir à la manière de celle du Polype: mais, je vois assez qu'il n'est pas précisément ce que nous nommons en nous *Conscience* ou *Aperception*. La *Conscience* suppose toûjours un peu de *Réflexion*; & l'on n'accordera pas la Réflexion à un Insecte. Tout ce qu'on peut raisonnablement lui accorder, c'est une sorte de *Réminiscence*. Le Polype sent qu'il saisit une proye, qu'il l'avale, il sent encore qu'il a du plaisir à la saisir & à l'avaler: il en conserve un certain *souvenir*, qui lie les sensations qui surviennent à celles qui ont précédé. Ce souvenir constitue l'espèce de *Personnalité* de l'Insecte. Il ne peut dire *Moi*; mais il possède un *Moi* à sa manière. Ce *Moi* s'approprie toutes les sensations; il *s'identifie* avec toutes. Il est le *Moi* qui saisit un Puceron, qui l'avale, qui l'a saisi, qui l'a avalé.

285. *Où réside le* Moi *dans l'Insecte qu'on vient de partager en deux transversalement? Des mouvemens qui paroissent* spontanés *& qui ne font que* machinaux.

Principes propres à les expliquer tirés de la Doctrine de l'Irritabilité.

JE partage l'Insecte par le milieu suivant sa largeur : il est bien évident que la Portion où tient la Tête, est la seule qui conserve le *Moi* ou la *Personnalité.*

IL n'y a donc plus de *Moi* dans l'autre Portion ; car nous avons admis que l'Ame réside dans la Tête ; mais, cette Portion paroit pourtant *sentir* ; elle se donne divers mouvemens, & j'ai vû une moitié de Ver de terre (*a*), & des tronçons de mes Vers aquatiques, ramper comme l'auroit fait un Ver complet ; il y a plus, ils sembloient conserver encore toutes les inclinations propres à leur Espèce. Je ne veux rien dissimuler ; je vais donc augmenter la difficulté en transcrivant ici un passage très remarquable de mon *Traité d'Insectologie*, Partie 2. pages 93. & 94. (*b*).

,, DANS le compte que j'ai rendu (Obs. II.) ,, de ma première Expérience sur ces Vers,

(*a*) Voyez l'Article 244.
(*b*) Observ. XIV.

,, je me fuis arrêté quelque tems à décrire les
,, mouvements de chaque moitié pendant les
,, premiers jours après l'opération.   J'ai fait re-
,, marquer que la feconde , celle qui n'avoit
,, point de Tête , alloit en avant à peu près
,, comme fi elle en avoit eu une ; qu'elle fem-
,, bloit chercher à fe cacher , qu'elle favoit fe
,, détourner à la rencontre de quelque obfta-
,, cle , &c.   Tout cela , quoique fort remar-
,, quable , ne l'eft pas néanmoins autant que
,, ce que j'ai obfervé fur de femblables Vers,
,, peu de tems après leur avoir coupé la Tête.
,, Je les ai vus , à mon grand étonnement ,
,, s'enfoncer dans la bouë en fe fervant de leur
,, bout antérieur comme d'une Tête, pour s'y
,, frayer un chemin.   J'ai vû le Ver N°. II.
,, de la Tab. II. ramper le long des parois du
,, vafe de verre , où je le tenois renfermé , &
,, faire effort pour en fortir, quoiqu'il n'eut ni
,, Tête ni Queuë ".

CEUX de mes Lecteurs qui ont lû les beaux
Mémoires de Mr. DE HALLER fur l'*Irritabilité*,
entrevoyent déjà ce qu'on peut dire pour tâcher à réfoudre la difficulté dont il s'agit ici.
On fait que l'*Irritabilité* eft cette propriété de
la Fibre mufculaire en vertu de laquelle elle fe
contracte d'elle-même , à l'attouchement de
tout Corps , foit folide, foit fluïde.   C'eft par
elle , que le Cœur , détaché de la Poitrine,
continuë quelque tems à battre.   C'eft par elle , que les Inteftins, féparés du Bas-Ventre,
&

& partagés en plufieurs portions , comme nos Vers, continuent pendant un tems, à exercer leur mouvement *périftaltique*. C'eft par elle enfin , que les Membres de quantité d'Animaux, continuent à fe mouvoir, après avoir été féparés de leur Tronc. Dira-t-on que ces portions d'Inteftins, qu'on voit ramper fur une Table comme des Vers , font mifes en mouvement par une Ame qui réfide dans leurs Membranes ? Admettra-t-on auffi une Ame dans la Queuë du Lézard, pour rendre raifon des mouvements fi vifs & fi durables qu'on y obferve après qu'on l'a coupée ? Voudra-t-on encore que ce foit une Ame logée dans l'Aiguillon de la Guêpe , qui le darde au dehors, affés long-tems après que le Ventre a été féparé du Corcelet ? Affurément ces Faits font bien auffi finguliers & auffi embarraffants , que ceux que j'ai raportés dans le paffage cité ci-deffus: qui ne voit pourtant que les uns & les autres ne font que les réfultats d'une méchanique fecrette ? Mr. DE HALLER a prouvé , que le Cœur, féparé de la Poitrine , ceffe de battre, dès qu'on purge les Ventricules du peu de Sang qu'ils renfermoient encore : l'*Irritabilité*, cette Force dont la nature nous eft inconnuë , n'agit plus alors ; rien ne l'excite. C'eft donc par les contractions que l'attouchement d'un Corps étranger, produit dans les Fibres mufculaires de nos Vers, dans celles des portions d'Inteftins , dans celles de la Queuë du Lézard

Tom. II.   F

zard, &c. que s'opèrent ces mouvements qui nous paroiffent *volontaires*, & qui ne font pourtant que purement *machinaux*. La Machine eft montée pour les exécuter, & elle les exécute dès qu'elle eft mife en jeu.

286. *Nouveau* Moi *qui eft produit & comment.*

CETTE Portion du Polype qui n'avoit ni Tête ni Bras, ne tarde pas à en poufer de nouveaux, & déjà elle eft un Polype parfait, qui faifit des proyes & les avale. S'il n'eft point de nouvelle *création* dans les Corps, pourquoi en fuppoferions-nous dans les Ames ? Si l'AuTEUR de la Nature a jugé convenable de renfermer d'abord tous les Corps organifés dans des *Germes*, n'eft-il pas probable qu'IL y a renfermé aufi, dès le commencement, les Ames qui y deviendront un jour le principe du fentiment & des mouvements *volontaires* ? Imaginera-t-on qu'à chaque nouveau coup de fcalpel, DIEU crée une Ame pour le Germe qui va fe développer ? Cela feroit certes bien peu philofophique ; furtout fi l'on admettoit des Volontés *fucceffives* dans la RAISON SUPRÊME. Comment fuppofer une fucceffion d'actes dans cette VOLONTE' qui a pû créer tout par un *feul* acte ?

LE Polype qui vient de fe développer fous nos yeux, eft donc *une nouvelle Perfonne;* qu'on me permette ces expreffions : il n'a pû

conferver aucun *fouvenir* des fenfations qui a-
voient affecté le Polype dont il faifoit auparavant partie. Ce fouvenir eft demeuré attaché
au Cerveau de l'ancien Polype : un nouveau
Cerveau s'eft développé dans le Polype que
nous confidérons ; & les premières impreffions
qui affectent le Polype naiffant, font le fondement d'une nouvelle *Perfonalité.* Il en eft précifément de ce Polype comme du *Fœtus* de
quelque Animal que ce foit : l'Ame de la Mère ne fe partage pas entr'elle & le Fœtus ; mais
celui-ci poffédoit déjà dans fon état de Germe , une Ame qui lui étoit propre , & qui
commence à *fentir* dès que les Organes fe font
développés à un certain point.

287. *Que les* Hydres *font des Perfonnes* compofées.

*Explication du Ver à deux Têtes & à deux
Volontés.*

*Remarque fur le phénomène métaphyfique
que préfentent les* Hydres.

UNE *Hydre* eft un compofé de plufieurs *Perfonnes* réunies fur un Tronc commun. Quand
on partage un Polype fuivant fa longueur, en
commençant par la Tête, on ne divife pas l'A-
me ; mais elle demeure dans celle des deux
moitiés où fon *fiége* continue à réfider. L'o-
pération peut néanmoins occafionner un tel dérangement dans cet Organe , que la Perfona-

lité en soit entièrement détruite. Il s'en formera donc une nouvelle, dès que l'Organe aura acquis ce qui lui manquoit pour transmettre à l'Ame de nouvelles sensations.

IL seroit inutile que je m'arrêtasse ici à prouver que le *souvenir* tient, non à l'Ame, mais au Corps : ceux de mes Lecteurs qui auront médité les Principes que j'ai exposés dans mon *Essai Analytique* (*a*), n'auront pas de peine à en convenir.

CE Ver à deux Têtes & à deux Volontés, dont il a été beaucoup parlé cy devant (*b*), renfermoit en effet, deux *Personalités*. Deux Têtes s'étoient développées sur le même Tronc, & chaque Tête ayant son Ame propre, il n'est pas étonnant que ce Ver ait parû avoir deux Volontés.

S'IL en faut croire Mr. ROEZEL, cette *multiplicité* de Volontés est bien plus frappante dans les *Hydres*. Je n'ai pas lû cet Auteur; mais voici ce que m'en écrivoit Mr. de HALLER. *Il a vû des Têtes de Polypes fendues, & devenus Hydres, se faire la guerre, & une Tête du même Animal dévorer une autre Tête, qui avoit fait partie d'elle-même quelques jours auparavant. Ce Phénomène fait de la peine: fendre des Volontés? en faire deux d'une seule*

(*a*) *Essai Analytique sur les Facultés de l'Ame* : à Copenhague & à Genève, chez les Frères Philibert, 1760. in 4º. Chap. VII. paragr. 57. &c. Chap. XXII. paragr. 626. & suivants.

(*b*) Article 249.

avec des *cizeaux !* La manière fimple dont
j'explique ce phénomène, lève la difficulté qui
faifoit de la peine à Mr. DE HALLER. *On ne
fend pas des Volontés ;* mais d'une feule Tête
l'on en fait deux, & dans le Germe de chaque
Tête réfidoit originairement une Ame.

288. *Du* Moi *dans les Polypes greffés.*

QUAND on greffe la Tête d'un Polype fur le
Tronçon d'un autre Polype, il eft bien clair
que la *Perfonalité* ne change pas, puifque
cette opération n'intéreffe point le Cerveau.

QUAND on met bout à bout plufieurs Portions de Polypes, elles fe greffent les unes aux
autres, & ne forment enfuite qu'un feul Animal. La Tête qui fe développe dans la première Portion, devient le fiége d'une nouvelle *Perfonalité.*

JE ne fais pas ce qui arrive au Cerveau de deux
Polypes que l'on infère l'un dans l'autre, &
dont les Têtes fe greffent. Mais je conçois
qu'il peut y furvenir l'une ou l'autre de ces
trois chofes :

1°. ou les deux Cerveaux fubfiftent fans altération, & alors il y a deux *Perfonalités* dis-
tinctes :

2°. ou l'un des Cerveaux s'oblitère par la
preffion de l'autre, & alors il n'y a qu'une feule *Perfonalité :*

F 3

3°. ou les deux Cerveaux font détruits, & alors il fe forme une nouvelle *Perfonalité* par le développement d'un autre Cerveau.

IL pourroit y avoir un quatrième cas plus rare & plus embaraffant ; ce feroit celui où les deux Cerveaux fe confondroient l'un dans l'autre fans périr. Alors il y auroit deux *Moi* dans le même Cerveau. Mais il n'y a pas d'apparence que les deux *Moi* puffent avoir la même fenfation au même inftant indivifible ; parce qu'il n'y a pas d'apparence que la confufion pût être affés parfaite, pour que toutes les Fibres des deux Cerveaux allaffent fe réunir dans un point commun, & ne formaffent ainfi qu'un feul *Senforium*.

289. *Du* Moi *dans les Rejettons*.

SI la production d'une nouvelle Tête fuppofe la préexiftence d'un *Germe*, la production d'un Rejetton la fuppofe auffi. J'ai établi les fondemens de l'une & de l'autre fuppofition. Dans le Germe du Rejetton eft donc logée une Ame, qui commence à *fentir* dès que le Germe a pris un certain accroiffement.

UNE Mère Polype, chargée de fa nombreufe Poftérité, compofe bien avec elle un feul Tout *phyfique*, mais non une feule *Perfonne*. Chaque Rejetton a fon *Moi*, puifqu'il a fon Cerveau propre, & l'on obferve qu'il pourvoit par lui-même à fa fubfiftance, en faififfant de petites proyes, & en les avalant, comme le feroit tout autre Polype.

L'Union étroite de la Mère & de ses Petits & des Petits entr'eux, établit dans ce Tout singulier, une sorte de communauté de sentimens & de besoins. L'état de la Mère influe sur celui des Petits, & l'état des Petits sur celui de la Mère, &c.

290. *Du* Moi *dans les Insectes qui se métamorphosent.*

L'Insecte qui est d'abord *Chenille*, puis *Chrysalide*, & enfin *Papillon*, ne revêt pas autant de *Personalités* différentes qu'il revêt de *formes*; ou pour m'exprimer plus correctement, il n'y a pas trois *Moi* dans la *Chenille*. On a vû dans le Ch. X. du Tome I. à quoi se réduisent ces *Métamorphoses*. Les lumières que nous avons acquises sur le *physique* du phénomène, nous éclairent sur le *psychologique*. La Chenille n'est que le masque du Papillon : c'est donc toûjours la même *Individualité*, le même *Moi*, mais qui est appellé à *sentir* & à *agir* par différents Organes en différents périodes de sa vie. Je renvoye là-dessus à mon *Essai analytique sur les Facultés de l'Ame* (a).

(a) Chap. XXIV. Paragr. 714. & suivans.

F 4

CHAPITRE IV.

De la Fécondation & *de la* Génération *des Animaux.*

Variétés *qu'on y obferve.*

Obfervations fur quelques endroits de l'Histoire Naturelle *de* Mr. DE BUFFON.

291. *Deffein de ce Chapitre.*

JE ne veux que parcourir rapidement les
particularités les plus remarquables que renferme ce fujet. J'indiquerai les analogies & les
exceptions : j'infifterai un peu plus fur celles-
ci ; elles font de bons préfervatifs contre les
conféquences trop générales. Si je voulois décrire tout, je ferois une Hiftoire Naturelle, &
j'oublierois que je compofe un Ecrit fur la *Génération.*

292. *Bornes étroites de nos connoiffances fur le Syftème général. Conféquence pratique.*

NOUS ignorons pourquoi L'AUTEUR de la
Nature a établi que la plûpart des Animaux fe
perpétueroient par le concours de deux Individus. J'ai hazardé là deffus quelques réflexions
à la fin du Chapitre V. du Tome I, j'étois jeune
encore quand je faifois ces réflexions : aujour-

dhui que ma Raifon a meuri, je n'en hazarde-
rai aucune. Pour avoir fur ce point, comme
fur une infinité d'autres, plus que des conjectures & des foupçons, il faudroit que nous puf-
fions embraffer d'une feule vuë, la totalité des
Etres. C'eft de leur enchaînement que réfulte
le *Syftème général*, & dans le Syftème général
eft la *raifon* des Syftèmes *particuliers*. Nous
n'entrevoyons encore que quelques-uns de ce`s
Syftèmes, & leur *liaifon* avec le grand Tout
nous échappe. Nous appercevons bien affez
de *Raports* & de *Fins* pour juger que la Cause
Premiere eft *Intelligente*, mais nous n'en dé-
couvrons point affez pour juger de fon *Plan*.
Pourquoi tel ou tel Animal ne peut-il perpétuer
fon efpèce, qu'en fe joignant à fon femblable?
pourquoi un autre Animal eft-il Hermaphrodite fans pouvoir néanmoins fe féconder lui-même? pourquoi en eft-il une autre efpèce chez
qui on obferve une diftinction de Sexes & un
accouplement, & qui multiplie pourtant fans le
concours des Sexes? Ce font là autant d'énig-
mes, dont nous n'aurons le mot, que lors que
nous aurons acquis d'autres yeux, & une Intelligence fupérieure à celle de nôtre état préfent. En attendant, obfervons avec foin tout
ce qui eft à nôtre portée. Plus les obfervations
fe multiplieront, & plus nos connoiffances s'é-
tendront & fe perfectionneront. S'il ne nous eft
pas permis encore de lire d'un bout à l'autre le
Livre de la Nature, tâchons au moins à tirer

F 5

le meilleur parti poffible du petit nombre de pages qu'elle offre à nôtre examen. Le feul moyen
d'y parvenir, eft de fe fouvenir que nous n'a-
vons point *l'Index* de ce Livre, & que nous
fommes reduits, pour ne pas nous égarer, à
confidérer chaque objet en lui - même, & dans
fes rapports aux objets les plus voifins. La lumière qui fe réfléchit de proche en proche,
augmente la clarté de la lumière directe.

293. *Manière dont s'opère la Fécondation dans la plûpart des Animaux.*

Dans l'Homme, dans les Quadrupèdes, dans
les grands Poiffons, connus fous le nom général de *Cétacées*, dans différentes Efpèces d'Oifeaux, de *Teftacées*, de Reptiles, d'Infectes,
&c. le *Mâle* eft pourvu d'une Partie, qu'il introduit dans celle de la *Femelle*, deftinée à la
recevoir, & qui opère la *Fécondation*.

Dans beaucoup d'Efpèces d'Oifeaux, par
exemple, dans la Poule, le Moineau, le Pi-
geon, l'intromiffion eft équivoque. Le Coq,
pourvu d'un double Membre, femble ne faire
que comprimer fortement la Femelle (*a*), &
cet accouplement toûjours inftantané, fuffit pour
mettre la Poule en état de pondre des Oeufs
féconds, au moins pendant plufieurs femaines (*b*).

(*a*) *Hift. Nat. Gen.* &c. Tom. 2. pag. 311. in 4°.
(*b*) *Art. de faire éclorre les Poulets*, &c. 2de Edit. 1751. Paris, Tom. 2. pag. 328.

294. *Manière singulière dont s'opère la Fé-*
condation dans les Poissons à Ecailles.

Les Poissons paroissent encore plus chastes
dans leurs amours. Il n'est guéres douteux qu'ils
ne s'accouplent point, puisque le Mâle est dé-
pourvu de la Partie nécessaire à la Copulation.
Quelquefois il se retourne sur le dos afin de
rencontrer le ventre de la Femelle, & ce n'est
pourtant que pour répandre ses *Laites* sur les
Oeufs qu'elle va pondre. Eux seuls l'excitent;
il les arrose, lors même qu'ils flottent au gré
des eaux, & qu'il ne peut découvrir la Femelle
qui les a pondus (*a*).

295. *Exception remarquable à la règle de*
l'intromission.
Mouche des appartemens.

Chez les Espèces où l'on observe une véritable *intromission*, c'est le Mâle qui *introduit*.
L'Espèce de *Mouches* la plus commune dans nos
appartemens, forme une exception très remarquable à cette règle estimée générale. Ici c'est
la Femelle qui *introduit*, & le Mâle qui *reçoit*.
Pour cet effet; le Mâle est pourvu d'une Partie analogue à celle des Femelles, & la Femelle
d'une Partie analogue à celle des Mâles (*b*):
tant il a plû à L'Auteur de la Nature de varier les moyens qui conduisoient à la même fin.

(*a*) *Hist. Nat. Gen.* &c. T. 2. p. 311., &c.
(*b*) *Mém. pour servir à l'Hist. des Insectes* : Tom. 4. pag.
384, 385, *in Quarto.*

296. *Autre exception remarquable dans la
fituation des Organes de la Génération.
Amours des* Demoifelles *& ceux des* Araignées.

C'est encore une règle qu'on juge générale, que dans les Efpèces dont les Individus
font diftingués de Sexes, la Partie qui caracté-
rife le *Sexe*, foit placée à l'extrêmité du Corps.
Les Mouches nommées *Demoifelles*, nous offrent une exception à cette règle. La Partie
propre à la Femelle, y eft bien placée comme
à l'ordinaire; mais, celle qui eft propre au Mâle, eft placée affez près de fon Corcelet & à
une grande diftance de l'extrêmité du Corps.
Cette fituation femble peu favorable à la Copulation; auffi le Mâle a-t-il été inftruit à forçer
la Femelle à venir loger le bout de fon derrière
où il doit l'être pour qu'elle foit fécondée. A-
vec deux crochets dont l'extrêmité de fon Corps
eft armée, il faifit le Col de la Femelle, &
l'emporte dans les Airs. Gagnée par fes careffes, vaincuë par fa longue conftance, animée
enfin du même defir, elle ceffe de refifter &
devient féconde (*a*).

L'araignee nous offre une exception plus
fingulière encore, & qu'un bon Obfervateur (*b*)
affure avoir vuë plus d'une fois. On connoit
en général les *Antennes* des Infectes : on fçait
que ce font ces deux petites Cornes mobiles

(*a*) *Ibid.* Tom. 6. pag. 426, &c.
(*b*) Mr. Lyonet, *Théol. des Infect.* de Lesser, T. 1. pag.
184. T. 2. pag. 48. à la Haye 1742. in 8º.

qu'ils portent fur le devant de la Tête, & dont on ignore l'ufage. Souvent elles font formées d'une fuite de Vertèbres ou de Nœuds : telles font en particulier celles de l'Araignée. Mais ce qui eft fort étrange, c'eft que les Parties de la Génération du Mâle font dans fes Antennes ; tandis que celles de la Femelle font placées fous le Ventre, affez près du Corcelet. Le Mâle & la Femelle femblent craindre de s'aprocher : les Araignées fe dévorent les unes les autres, & leur naturel féroce & cruel n'eft adouci que par l'Amour. Après s'être données réciproquement bien des marques de défiance, les deux Araignées s'aprochent peu à peu jusqu'à fe toucher, & comme fi une frayeur fubite les faififfoit, elles fe laiffent tomber, & demeurent quelque tems fufpendües à leurs fils : elles remontent enfuite fur la toile, fe tâtent encore, fe raprochent de nouveau & fe joignent enfin. *Un des Nœuds des Antennes du Mâle s'ouvre tout d'un coup, & comme par reffort ;* il laiffe paroître *un corps blanc, l'Antenne fe plie par un mouvement tortueux, ce Corps fe joint au Ventre de la Femelle,* & c'eft ainfi que s'opère l'accouplement.

297. *Fécondation & Ponte de la* Reine-Abeille.

IL femble qu'il ait été généralement établi, que le Mâle feroit les avances : dans la République des *Abeilles,* cette République fi célèbre, c'eft la Femelle qui oblige le Mâle à condescendre à fes défirs. On fçait que pendant presque toute l'année, il n'y a dans chaque Ruche, qu'une feule Femelle : c'eft cette Mouche, fi chere aux autres Abeilles, que l'on nomme la *Reine*, & que les Anciens peu inftruits, avoient nommée le *Roi*. J'ai été témoin mille fois de l'attachement fingulier des Abeilles pour leur Reine, & je puis affurer que tout ce que Mr. DE REAUMUR en a raconté, n'eft point exaggéré (*a*). Mais cette Reine, l'objet continuel des attentions, des prévenances & des careffes des autres Abeilles, prodigue les fiennes au Mâle qu'elle veut exciter, & qui y demeure long tems infenfible. Placée vis à vis de lui, elle le lëche avec fa Trompe, elle lui préfente du Miel, elle le flatte avec fes Pattes, elle tourne autour de lui, & toûjours en redoublant fes agaceries; enfin, reduite à prendre la pofture qu'il devroit prendre, elle monte fur fon Dos, & tâche à appliquer le bout de fon derrière contre celui du Mâle, & elle l'y applique. Cet accouplement, fi c'en eft un, ne dure comme celui du Coq, qu'un inftant, & fe réïtere plufieurs fois. On a vu des Mâles, qui l'avoient fouffert, périr immediatement après, & la Reine redoubler fes careffes pour les rappeller à la vie; elle paroiffoit même indiffèrente pour les Mâles vivants qu'on lui fubftituoit (*b*). Mr. DE REAUMUR n'a pû s'affurer, s'il y a ici une véritable *Copulation*. L'appareil prodigieux des

(*a*) *Mém. pour fervir à l' Hift. des Infectes.* Mém. 5. du Tome 5.
(*b*) *Ibid.* pag. 503. & fuivantes.

Parties propres au Mâle, leur retournement furprenant, leur apparition au dehors fous la forme de deux Cornes affez longues & charnues,
au milieu desquelles fe trouve placé un petit
Corps recourbé en enhaut, une Liqueur blanche & un peu vifqueufe qui fe rend à ces Parties (a); tout, en un mot, femble indiquer que
l'accouplement des Abeilles ne fe reduit point
à ce que je viens d'en rapporter d'après nôtre
Illuftre Auteur. D'ailleurs les *Bourdons* s'accouplent réellement, & les Bourdons appartiennent au Genre des Abeilles, avec lefquelles ils
ont de grands rapports (b). Quoiqu'il en foit,
& c'eft une autre fingularité que nous offre la
Reine-Abeille, dès qu'une fois elle a été fécondée, je fuppofe que ce foit au printemps, elle
ne ceffe point de pondre des Oeufs féconds, au
moins jufqu'au printemps fuivant. Une expérience décifive prouve qu'il eft des Ruches où
il n'y a pas un feul Mâle pendant tout ce long
intervalle de tems (c), & la Reine ne fort
point de la Ruche. Sa fécondité furpaffe encore fon incontinence; au bout d'un an la République peut compter 20, 30 ou 40. mille Ci-
toyens qui lui doivent la naiffance. Elle eft à
la lettre, la Mère, la feule Mère de tout ce
grand Peuple.

298. *Continuation du même fujet.*

(a) *Ibid.* pag. 486. & fuivantes.
(b) *Ibid.* Tom. 6. pag. 20, 21.
(c) *Ibid.* Mém. 10. du Tom. 5.

Individus privés de Sexe.

Principe de la Police des Abeilles. *Idées fur leur Inftinct.*

Obfervation fur le fentiment de Mr. DE BUFFON *, touchant la conftruction des Alvéoles.*

LA République, ou fi l'on aime mieux, la Monarchie des Abeilles, me donne lieu de parler d'une exception très remarquable. Dans prefque toutes les efpèces d'Animaux, les Individus font tous Mâles ou Femelles, ou bien ils poffèdent les deux Sexes à la fois. Chez les Abeilles, les Guèpes, &c. le plus grand nombre des Individus eft abfolument dépourvû de *Sexe.* Ils n'ont aucune des Parties rélatives à la Génération ; mais ils font pourvûs d'Organes & d'Inftruments rélatifs à la conftruction des gâteaux, & à plufieurs autres fonctions auxquelles la Nature les a deftinés. On les a nommés *Mulets* , & improprement ; car le *Mulet* a un Sexe : ils ont été mieux défignés par l'épithète de *Neutres.*

LES *Ovaires* de la Mère Abeille contiennent donc trois fortes d'Oeufs, d'où éclorront trois fortes d'*Individus* ; des *Reines*, des Mâles ou *faux Bourdons,* & des *Neutres.* Les Mâles font ordinairement au nombre de 5 à 600, affés fouvent de mille. La Reine a donc un Serrail de Mâles : leur grand nombre nous apprend pourquoi la Nature les a faits fi froids ; s'ils euffent été auffi ardents que ceux de la plûpart

des

des Animaux, la Reine n'eut pas eu le tems de pondre.

LE nombre des Reines qui éclosent dans chaque Ruche, est toûjours très petit ; ce font ces jeunes Reines qui conservent l'espèce, & qui fondent, pour ainsi dire, de nouvelles colonies. Peu de tems après être éclofes & avoir été fécondées, elles fortent de la Ruehe, accompagnées de plusieurs milliers de Neutres, qui composent ce qu'on nomme un *Essaim*.

CHAQUE Essaim a sa Reine, & ce n'est qu'autant qu'il en possède une, que les Neutres se mettent à l'ouvrage. L'Essaim le plus laborieux qu'on prive de sa Reine, cesse tout travail, & ne le reprend que lors qu'elle lui est rendue. Il semble même qu'il proportionne le travail à la fécondité de celle-ci : plus elle est féconde, & plus les Neutres construisent de cellules ou de gâteaux.

C'EST dans ces cellules que la Mère va déposer ses Oeufs, & elles servent de berceaux aux Petits qui en éclofent. Mais comme la Mère met au jour de trois fortes d'Individus, dont les tailles diffèrent, les Neutres construisent de trois fortes de cellules, dont les dimensions diffèrent dans un raport déterminé & constant à la diversité de taille des trois fortes d'Individus. Instruite par la Nature, la Mère fait précisément quelle forte d'Oeuf elle va pondre,

TOM. II.   G

& elle ne se méprend point dans le choix de la cellule.

NON-seulement les Neutres sont chargés de recueillir le Miel & la Cire, & de la mettre en œuvre ; ce sont eux encore qui élèvent les Petits & qui pourvoyent à leur nécessaire, ainsi qu'à celui de toute la Communauté. Rien ne surpasse l'attachement des Neutres pour ces Petits qu'ils n'ont point faits, & qu'ils n'ont pû faire. La Reine n'étoit point appellée à partager ces soins, la ponte devoit l'occuper assés ; & les services que rendent les Faux Bourdons, se bornent à la fécondation. Il n'y a donc qu'un tems où ils soient utiles, & ce tems est assés court : dès qu'ils cessent de l'être, les Neutres les mettent à mort, & en peu de jours il ne reste pas un seul Individu Mâle dans la Ruche.

TOUTES les jeunes Reines ne parviennent pas à sortir à la tête d'un Essaim ; plusieurs demeurent dans la Ruche & y périssent. De quelque manière que la chose se passe, il est sûr que toutes les Reines surnuméraires sont sacrifiées, & qu'il ne reste jamais dans la Ruche qu'une seule Reine (a).

NE cherchons pas dans les Abeilles un merveilleux qui n'y est point ; on s'est plû à l'y prodiguer ; mais on s'est plû aussi à y réduire tout à la pure Méchanique. Gardons un milieu : nous avons accordé une Ame au Polype

(a) Ibid. Mém. 5.

presque Plante ; nous n'en refuserons pas une à l'industrieuse Abeille. Nous lui accorderons du Sentiment, mais non de l'Intelligence, encore moins de la Géométrie.

La Reine affecte, peut-être, l'Odorat ou quelque autre Sens des Neutres, d'une manière analogue à celle dont le *Rût* affecte les Mâles de la plûpart des Animaux : je veux dire, que l'impreſſion que la Reine fait ſur les Neutres, eſt purement *phyſique*, & telle qu'elle les excite au travail.

Les Petits font apparemment ſur eux quelque impreſſion ſemblable & qui les détermine à dégorger dans leurs cellules l'eſpèce de boullie qui eſt la nourriture appropriée à cet âge tendre.

Les Oeufs diffèrent en groſſeur, la Mère peut ſentir quel eſt celui qui eſt prêt à ſortir de ſon Ventre, & ce ſentiment peut être aſſocié à quelqu'autre ſentiment qui détermine l'eſpèce de choix de la cellule.

Si les Mâles font ſacrifiés, c'eſt qu'il vient peut-être un tems où ils exhalent une odeur inſuportable aux Neutres ; ou c'eſt que les Mâles font ſur eux quelqu'autre impreſſion qui les irrite & les provoque.

Les Reines peuvent ſe livrer des combats ſinguliers ; elles font armées d'un fort Aiguillon, & celle qui ſurvit peut reſter maîtreſſe de la Ruche.

ENFIN, l'on conçoit que la conftruction fi fçavante & fi géométrique des cellules, peut n'être que le fimple réfultat de l'organifation de l'Abeille, & du plaifir attaché à certain exercice de fes Organes.

JE fais gré à l'éloquent Auteur de l'*Hiftoire Naturelle*, de s'être tenu en garde contre l'admiration que les Abeilles infpirent, & d'avoir cherché à fe faire des idées philofophiques de leur travail. Mais s'il l'eût plus étudié, il ne l'eût pas comparé à ce qui fe paffe dans des Pois qu'on fait bouillir dans un vafe fermé exactement, & qui prennent naturellement une forme exagone (*a*). Cette comparaifon, & toute autre du même genre, ne répondent point à toutes les conditions du Problême.

LES fix pans des cellules ne font pas égaux; il y en a deux oppofés qui font conftamment plus petits que les autres (*b*). Les dimenfions des cellules varient dans un raport déterminé à la taille des Vers qui doivent y croitre: ce font pourtant les mêmes Mouches qui conftruifent les unes & les autres; comment donc pourroit-on dire avec Mr. DE BUFFON, *que chaque Abeille cherchant, comme les Pois, à occuper le plus d'efpace poffible dans un efpace donné, il eft néceffaire auffi, puifque le Corps des Abeilles eft cylindrique, que leurs cellules foient exagones, par la même raifon des obftacles réciproques?*

(*a*) *Hift. Nat. Gen.* &c. Tom. 4. pag. 99.
(*b*) *Mém. pour fervir à l'Hift. des Infec.* Tom. 5. pag. 398.

IL y a plus ; le fond de chaque cellule est pyramidal ; il est formé de trois rhombes égaux & semblables : les Neutres commencent par façonner ces rhombes, & sur ces rhombes ils élèvent peu à peu les pans (*a*). Cet ouvrage est souvent interrompu, & ils le reprennent ; les uns l'ébauchent, les autres le dégrossissent, d'autres le finissent.

QUE dirai-je encore ! les cellules qui servent de berçeau aux Reines, ont une forme, une position & une grandeur très différentes de celles des autres cellules (*b*).

TOUT cela démontre suffisamment que la construction des gâteaux des Abeilles, n'est point le simple résultat d'une Méchanique aussi grossière que l'a pensé Mr. DE BUFFON, & que ces Mouches . . . . . . Mais je m'aperçois que le plaisir de parler des Abeilles m'a déjà trop écarté de mon sujet, je me hâte d'y revenir.

299. *Différences frapantes entre le Mâle & la Femelle dans quelques espèces.*

Les Papillons *dépourvus d'*Ailes.

Le Ver-luisant.

Autre Scarabé *singulier.*

Les Gall'Insectes.

ORDINAIREMENT il n'y a pas une dispropor-

(*a*) *Ibid.* page 395.
(*b*) *Ibid.* Mém. 9.

G 3

tion marquée de taille & de forme entre le Mâle & la Femelle : chez les grands Animaux, une des différences les plus frappantes, est celle que présentent les *Cornes*, les *Défences*, le *Bois*, la *Crête*, &c. dont la Tête des Mâles est garnie, & qui manquent en tout ou en partie à celle des Femelles.

CHEZ les Infectes, au contraire, il n'est pas rare de voir des Mâles qui diffèrent autant de leurs Femelles, que peuvent différer des Animaux de genres, ou même de classes éloignées.

JE ne parle pas des Papillons dont les Femelles font dépourvues d'Aîles, tandis que les Mâles en ont de très amples (*a*) : c'est déjà néanmoins une différence qu'on jugeroit bien essentielle, que celle d'être *aîlé*, ou *non-aîlé*.

MAIS auroit-on foupçonné qu'un Ver condamné à ramper toute fa vie, dût être fécondé par un Animal aîlé du genre des *Scarabés* ? On comprend qu'il s'agit ici du *Ver-luifant* : l'efpèce de Phofphore qui brille à fon derrière, attire le Mâle ; il accourt en volant & s'unit à cette étrange Femelle par une vraye *copulation*.

JE viens de nommer les *Scarabés* : on défigne par ce mot tous les Infectes qui ont quatre Aîles, dont deux fervent d'étui aux autres ; cet étui est toûjours écailleux. Il en est une efpè-

(*a*) *Ibid.* Tom. I. Mém. 7.

ee dont la Femelle, toute charnue, n'a pas le moindre veſtige d'Aîles, & cette Femelle a pour Mâle un vrai Scarabé qui eſt ſi petit par rapport à elle, que leur accouplement doit paroître auſſi ſingulier, que le paroitroit celui d'un Belier ou d'un Lièvre avec la plus grande Vache (*a*).

Voici pourtant un aſſortiment plus bizarre encore. On voit au Printemps ſur les Branches de quantité d'Arbres & d'Arbuſtes, & principalement ſur celles du *Peſcher*, des eſpèces de *Galles*, qui reſſemblent à celles qui croiſſent communément ſur les Plantes. Leur extérieur eſt liſſe, & imite parfaitement celui de la plûpart des Galles. Quelquefois même, il eſt légèrement poudré d'une *fleur* ſemblable à celle des Prunes, & qui donne à la Galle l'air d'un Fruit. Les unes ſont ſphèriques, les autres hémiſphèriques, d'autres ellyptiques &c. Il y en a dont la groſſeur égale celle d'une petite Ceriſe, d'autres n'ont que la groſſeur d'un Pois, ou même d'un grain de Poivre. Pluſieurs paroiſſent tenir à la Branche par un court Pédicule, comme y tiennent tant d'autres Galles. Mon Lecteur ſoupçonne-t-il que je viens d'ébaucher la deſcription d'un véritable Animal? C'en eſt un pourtant, mais ſi bien déguiſé, qu'il a été méconnu par d'habiles Naturaliſtes. Mr. DE REAUMUR, qui a ſçû l'obſerver dans tous ſes

(*a*) *Ibid.* Tom. 4. pag. 30.

G 4

états, lui a donné le nom de *Gallinſecte*, & ce nom eſt très propre à déſigner ſa forme & ſa nature (*a*).

CROIROIT-on à préſent, que cet Animal, qui ſe confond avec les Galles par ſa forme & par ſon immobilité, eſt fécondé par un très petit & très joli Moucheron à deux Ailes blanches, bordées d'un beau rouge de carmin, & qui ſe promène ſur ſa Femelle comme ſur un terrein ſpacieux? Sa vivacité & ſon agilité extrêmes contraſtent ſi prodigieuſement avec l'immobilité & l'inſenſibilité apparente de la Femelle, qu'on ſeroit tenté de le prendre pour une *Ichneumon* qui cherche à dépoſer ſes Oeufs dans la Galle. Un petit Aiguillon qu'il porte au derrière, & qu'il incline continuellement vers la Galle, fortifie encore le ſoupçon. Mais ce prétendu Aiguillon eſt la Partie qui caractériſe le Mâle; il ne veut que l'introduire dans une petite fente placée au bout poſtérieur de la Femelle, & après de longues promenades ſur le Dos de celle-ci, il parvient à l'y introduire & à s'unir à cette lourde maſſe, de l'union la plus intime (*b*).

LA ponte ſuit de près l'accouplement, car la Gallinſecte eſt *ovipare*, & tandis qu'elle reſſemble le moins à un Animal, c'eſt alors préciſément qu'elle s'acquitte des fonctions les plus eſſentielles à l'Animal, qu'elle s'accouple & qu'elle donne naiſſance à une nombreuſe poſtérité.

(*a*) *Mém. pour ſervir à l'Hiſt. des Inſ.* Tom. 4. Mém. 1.
(*b*) *Ibid.* pag. 37. & ſuiv.

On ne peut pas dire que les Oeufs de la Gallinsecte viennent au jour ; à peine ont-ils commencé à sortir par cette fente dont j'ai parlé, qu'ils passent sous le ventre, où ils se succèdent à la file. A mesure que la Gallinsecte se vuide, la Peau de son Ventre s'approche de celle du Dos, & quand la ponte est finie, les deux Peaux réunies ne composent plus qu'une espèce de Coque, qui renferme 2 à 3 mille Oeufs (*a*). Déjà la Gallinsecte ne vit plus, & quoi que morte, on la prendroit pour une Gallinsecte vivante, tant il y a peu d'apparence de vie dans cet étrange Animal.

Les Petits ne tardent pas à éclorre, & à sortir par la même fente qui avoit donné passage aux Oeufs. Ce ne sont pas de petites Galles que l'on aperçoit alors ; ce sont de petites Membranes ovales, légèrement cannelées, garnies de deux Antennes, portées sur six Jambes, & qui courent avec une grande vitesse (*b*).

Ils se répandent d'abord sur les Feuilles, plus succulantes que l'Ecorce des Branches ; mais sur la fin de l'Automne, ils se retirent sur celle-ci (*c*). Ils s'y fixent, & perdent la faculté de marcher. Ils s'arrondissent peu à peu, & revêtent enfin la forme d'une Galle.

Le court Pédicule par lequel cette Galle pa-

(*a*) *Ibid.* pag. 14. & 15.
(*b*) *Ibid.* pag. 16. & 17.
(*c*) *Ibid.* pag. 19, 20, 24.

roit tenir à l'Écorce, est la Trompe qui met l'Insecte en état de pomper le suc de l'Arbre.

PARMI les petites Membranes ovales, il en est qui ne parviennent point à acquérir la grosseur des autres, & à s'arrondir. Elles n'y étoient point appellées: ce sont elles qui doivent donner les Mâles. Ils s'y transforment en *Nymphes*, & en sortent au Printemps sous la forme de *Mouche* (*a*). Cette Mouche n'a ni Bouche, ni Dents, ni Trompe ; deux yeux semblent occuper la place de la Bouche. Elle ne prend donc aucune nourriture (*b*), & toute sa vie est consacrée à l'amour.

AINSI le Mâle des Gallinsectes ne diffère pas seulement par sa forme & par son agilité de la Femelle ; il en diffère encore par ses *Métamorphoses*, mais c'est peut-être une aussi grande Métamorphose, que celle qui change un Insecte plat & agile, en une masse ronde sans mouvement & presque sans vie.

POUR achever de faire connoitre les *Gallinsectes* à mes Lecteurs, j'ajouterai que cet Insecte si rédoutable à *l'Oranger*, & que l'on nomme improprement *Punaise*, est une vraye *Gallinsecte*. Le *Kermés*, que la Médecine & les Arts sçavent employer utilement, est encore une Gallinsecte, qui naît sur un petit Chêne verd commun en Provence (*c*).

(*a*) *Ibid.* pag. 33.
(*b*) *Ibid.* pag. 40.
(*c*) *Ibid.* pag. 46. & suiv.

300. *Amours du* Crapaud *& Ponte de la Femelle.*

Fécondation & Ponte des Grenouilles.

Découvertes de SWAMMERDAM *& de M. M.* DE MOURS *&* ROESEL.

PASSERAI-JE fous filence les Amours du *Crapaud*, cet Animal hideux, & qui peut néanmoins nous intéreffer par fa conftance, par fa patience, & par fa dextérité à fervir d'*Accoucheur* à fa Femelle? Elle eft *ovipare* : fes Oeufs, formés d'une Coque membraneufe très ferme, font liés les uns aux autres par un fort cordon, comme les grains d'un chapelet. Le réfervoir qui les contient, s'ouvre dans le *Rectum* ou le gros Boyau : ils fortent donc par l'Anus, au lieu que dans les Femelles de prefque tous les Animaux, il y a une ouverture appropriée à la fortie des Oeufs ou des Petits. C'eft un grand travail pour la Femelle du Crapaud, que de mettre dehors le premier Oeuf; mais cela une fois exécuté, c'eft au Mâle à faire le refte, & il commence auffi-tôt fes fonctions d'Accoucheur. Monté fur le Dos de fa Femelle, il l'embraffe avec les Pattes de devant, qu'il tient appliquées fur fa Poitrine fi fortement, qu'il s'y forme quelquefois une inflammation. Avec une de fes Pattes de derrière il faifit le premier Oeuf & le bout du cordon ; il les fait paffer entre fes Doigts ; car il a, comme nous, des Doigts articulés. Il allonge la Patte & fait effort pour extraire le fecond Oeuf. Il y parvient ; & bientôt il peut saifir de l'autre Patte une portion plus élevée du cordon, & amène un troifième Oeuf. On comprend affés qu'en répétant ce petit manège, il réuffit à extraire enfin tout le chapelet. Pendant l'opération, la Femelle eft immobile ; fans doute qu'il fe paffe dans fon intérieur des mouvements qui aident auffi à la ponte. La préfence de l'Obfervateur les trouble & les inquiette un peu ; le Mâle jette fur lui des regards qui prouvent fon embarras & fa crainte. Il interrompt de tems en tems fes manœuvres, & les reprend enfuite avec une nouvelle ardeur. Il eft fi attaché à fon travail, que l'Obfervateur peut hazarder de mettre les deux A-mans fur fa main : il en fuivra mieux tous leurs procédés, & l'opération ne fera interrompuë que pour quelques moments.

MR. DE MOURS (*a*), à qui nous fommes redevables de cette hiftoire intéreffante, n'a rien négligé pour s'affurer, fi le Mâle arrofoit les Oeufs de fon *Sperme*, tandis qu'il les extraifoit : mais aucune de fés obervations n'a confirmé l'idée de SWAMMERDAM.

CE grand Obfervateur penfoit que la Fécondation s'opèroit chez les *Grenouilles* de la même manière que chez les *Poiffons*. Selon lui, (*b*) les Vaiffeaux *déférents* fe rendent au *Rectum*, & c'eft par l'*Anus* que le Mâle fait for-

(*a*) *Hift. de l'Acad. Roy. des Sciences*, An. 1741.
(*b*) *Biblia Naturæ*, pag. 789. &c.

tir la Liqueur qu'il répand fur les Oeufs, &
qui les féconde. Les Oeufs fe détachent de
l'*Ovaire*, placé fur la *Matrice* ; ils fe répandent dans le Bas-Ventre ; ils entrent enfuite
dans les *Trompes*, qui font comme pelottonées,
& dont la longueur eft d'environ deux pieds.
Ils parcourent tout cet efpace, & arrivent enfin dans la Matrice. Celle-ci s'ouvre dans le
gros Boyau, & les Oeufs fortent par l'Anus. Le
Mâle aide à la ponte foit en comprimant for-
tément le Ventre de la Femelle, foit en recourant à d'autres manœuvres. Mais il montre
bien moins de dextérité que le Crapaud. A la
vérité, une plus grande dextérité feroit ici très
fuperfluë; car la Grenouille parvient fort promptement à fe délivrer de tous fes Oeufs. Pendant qu'ils fortent, le Mâle cramponé fur le
Dos de la Femelle, les arrofe de fa Liqueur;
& ce n'eft que lorfque la ponte eft finie, qu'il
abandonne fa Femelle, après l'avoir tenuë em-
braffée 40 jours confécutifs.

Voila un léger précis des obfervations de
Swammerdam: Mr. Roesel, qui a donné
des preuves de fa fagacité & de fes rares talents dans fa magnifique Hiftoire des Grenouilles (*a*), a pouffé fes recherches beaucoup plus
loin que l'Obfervateur Hollandois. Ce dernier
avoit découvert dans le Mâle des Tefticules fi-
tués près des Reins, des Véficules *féminales*,

(*a*) *Hiftoria Naturalis Ranarum*, &c. Norimbergæ, 1758.
enrichie de très belles figures enluminées, in folio.

& des Vaiſſeaux *déférents*, qu'il croyoit, comme je l'ai dit, s'ouvrir dans le Rectum ; mais il n'avoit point découvert de Partie extérieure de la Génération. Cette découverte étoit réſervée à Mr. ROESEL (*a*) : en portant ſon attention ſur les Véſicules *ſéminales*, il fut ſurpris de ne leur point trouver d'iſſuë, & venant à les conſidérer de plus près, il remarqua qu'elles communiquoient avec un petit Corps longuet & charnu, placé au bas & au dehors du Rectum, & fait en manière de *Papille*. Ayant enſuite introduit de l'Air dans les Véſicules, il vit cette Papille s'élever, & alors il lui fut facile d'inférer dans ſon extrèmité une ſoye de Porc, qui en pénétrant dans la Véſicule, lui démontra la communication qu'il cherchoit. Il faut conſulter là-deſſus la Figure 1ʳᵉ. de la Planche VI., qui met tout cela dans un grand jour.

MR. ROESEL ne doute donc pas que la *Papille* dont il s'agit, ne ſoit la Partie qui caractériſe le Mâle. Je puis confirmer le témoignage de cet Auteur, par celui de mon Illuſtre Confrère Mr DE HALLER, qui a beaucoup étudié les Grenouilles, & avec ces mêmes yeux auxquels nous devons tant de choſes intéreſſantes ſur le *Poulet* : il m'écrivoit *que le Mâle de la Grenouille a un Pénis très marqué, & qu'il avoit ſouvent vû*. Il ſeroit à déſirer que Mr. ROESEL eut vû cette Partie en fonction ;

(*a*) *Ibid.* pag. 26. *Rana fuſca terreſtris.*

mais il avoüe lui-même qu'il n'a pû y parvenir.

IL rapporte d'ailleurs plufieurs obfervations qui vont à l'appui de l'Idée de SWAMMERDAM, fur la Fécondation. En traitant de la Grenouille *verte aquatique*, Mr. ROESEL dit expreffément (*a*), *que le Mâle monté fur le Dos de la Femelle, répand fa Liqueur fur les Oeufs*, & il ajoute *qu'il a obfervé ce Fait plus d'une fois*. Il l'a admirablement exprimé dans la Figure 2. de la Planche XIII.

LES Oeufs du *Crapaud* font fécondés de la même manière. Le Crapaud *aquatique* (*b*) cramponé fur le Dos de fa Femelle, retient les Oeufs entre fes Pattes de derrière, jufques à ce qu'il les ait arrofés de fa Liqueur féminale, & tandis qu'il les en arrofe, il fe donne les mêmes mouvements que le Chien dans le coït. Les Oeufs forment un chapelet d'environ deux pieds de longueur : après que le Mâle a fécondé les Oeufs compris dans l'étenduë d'un pouce, il lâche cette portion du chapelet, & en faifit une autre avec fes Pattes, qu'il arrofe pareillement. Confultez les Figures 1. & 2. de la Planche XVII.

LE Crapaud *terreftre* (*c*) fe donne dans le coït les mêmes mouvements que le Crapaud aquatique. Il femble vouloir extraire de force

(*a*) *Ibid.* page 56, 57. *Rana viridis aquatica.*
(*b*) *Ibid.* pag. 75. *Bufo aquaticus, allium redolens.*
(*c*) *Ibid.* pag. 90. *Bufo terreftris, dorfo tuberculis exafperato, oculis rubris.*

les Oeufs hors du Corps de la Femelle : il ne le fait pas pourtant, mais il les ramasse & les met en monceau, comme si son but étoit de les arroser tous plus facilement & plus promptement. L'Auteur a vû l'Anus s'ouvrir transversalement & laisser sortir une goutte de Liqueur trouble qui se répandoit sur les Oeufs.

Il arrive souvent que tous les Oeufs ne sont pas arrosés de la Liqueur que le Mâle fournit, & ceux qui ne le sont pas demeurent stériles ; ils *coulent*, comme s'exprime Mr. Roesel (a), & se corrompent, sans produire autre chose qu'une fermentation, qui nuit aux Fœtus renfermés dans les Oeufs féconds.

301. *Les Animaux* Hermaphrodites. *Le* Ver de Terre. *La* Limace. *Quelques espèces de* Coquillages.
Découvertes de Mr. Adanson.

Les Vers de terre, les Limaces, les Limaçons, plusieurs espèces de Coquillages ont les deux Sexes à la fois, & ce qui confond tous nos raisonnemens, c'est que l'Individu ne peut pourtant se féconder lui-même. Il faut que deux Individus, qui sont à la fois Mâle & Femelle, s'unissent pour produire d'autres Individus de leur espèce.

C'est à la Tête, ou dans la Partie antérieure de l'Animal, que sont les Organes de la Géné-

(a) *Ibid.* pag. 93.

nération. Chez le *Limaçon* terreſtre , il faut les chercher entre les deux *Cornes* , du côté droit. Lors que les deux Individus veulent s'unir , ils s'aprochent l'un de l'autre en élevant la Tête & le Col ; & s'entrelacent bientôt par de longs *Cordons* charnus, qu'ils font ſortir de leur intérieur. Je laiſſe à l'Auteur voluptueux de la *Vénus phyſique* à peindre leurs amours, & à en tirer des conſéquences aſſorties à ces peintures (*a*).

PERSONNE avant Mr. ADANSON , de l'Académie Royale des Sciences, n'avoit étudié les *Coquillages* comme ils demandoient à l'être. Nous ſommes redevables à ſon courage presque héroïque , à ſa ſagacité & à ſes talents, d'une excellente Hiſtoire Naturelle du Sénégal, (*b*) qu'il publia en 1757, & dans laquelle l'on trouve une Deſcription détaillée d'un très grand nombre de *Coquillages* deſſinés avec exactitude & avec goût , & diſtribués ſuivant une Méthode nouvelle , fruit des obſervations multipliées d'un Eſprit vraîment philoſophique.

EN conſidérant les *Coquillages* rélativement au *Sexe* , Mr. ADANSON les diſtribuë en quatre claſſes (*c*). Il place dans la première ceux

---

(*a*) *Vén. phyſ.* Chap. XI pag. 78. & ſuiv.
(*b*) *Hiſtoire Naturelle du Sénégal. Coquillages. Avec la rélation abrégée d'un Voyage fait en ce pays , pendant les années 1749, 50, 51, 52, & 53. Ouvrage orné de Figures , à Paris chez Claude Jean Baptiſte Bauche, Quai des Aug. 1757. in 4o.*
(*c*) *Ibid.* pag. 57. *de la Définition des Parties.*

dont le Sexe est *partagé* ; ou chez lesquels on trouve des Individus *Mâles* & des Individus *Femelles* : la *Pourpre* en est un exemple. Le Mâle laisse sortir de tems en tems, du coté droit, une Languette triangulaire & applatie, qui constituë le Sexe (*a*).

LA seconde classe renferme les Coquillages que l'Auteur croit *se suffire à eux-mêmes*, ou *dans lesquels on n'aperçoit*, dit-il , *aucune des Parties de la Génération ni aucun accouplement (b)*. Telles sont les *Conques*, dont *l'Huître* est une espèce. Je ferai cependant remarquer que l'Auteur n'a point d'expérience directe sur ce sujet : c'est uniquement par la voye du raisonnement qu'il infère que les Huîtres se suffisent à elles-mêmes. Il importe que je cite ses propres termes. ,, Quelques Auteurs modernes, dit-il, ont assuré que l'on ,, avoit distingué les Huitres Mâles d'avec les ,, Femelles : cependant il est certain que la ,, plûpart de ces Animaux qui vivent éloignés ,, les uns des autres, & dans l'impuissance de ,, se joindre par la Copulation , engendrent ,, leurs semblables ; d'où l'on peut conclure ,, qu'ils n'ont besoin d'aucun Sexe pour se re- ,, produire, ou que chaque Individu les réunit ,, tous deux (*c*) ''.

LA troisième classe comprend les Coquilla-

(*a*) *Ibid.* pag. 103. *de la Description des Coquillages.*
(*b*) *Ibid.* pag. 57. *de la Déf. des Part.*
(*c*) *Ibid.* pag. 195. *de la Descript. des Coquillages.*

ges qui ont les deux Sexes à la fois, mais qui ne peuvent fe féconder eux-mêmes. Le *Limaçon* commun en eft un exemple (*a*).

La quatrième claffe nous offre un trait nouveau & bien frapant, de la diverfité des moyens que la SAGESSE DIVINE a choifis pour la propagation des efpèces. Les Coquillages qui appartiennent à cette claffe, poffèdent bien les deux Sexes à la fois ; mais deux Individus ne peuvent fe féconder réciproquement & en même tems, comme les Limaçons. La fituation défavorable des Parties fexuelles s'y oppofe. Chaque Partie a fon ouverture propre ; l'une eft placée à l'origine des Cornes, l'autre l'eft beaucoup au-deffous (*b*). Mais ce Fait eft fi nouveau & fi particulier, que dans la crainte de ne le rendre pas avec affés d'exactitude, je tranfcrirai ici le paffage en entier : le voici (*c*). ,, La quatrième claffe ,, eft de ceux qui poffédant les deux Sexes à ,, la fois, ont befoin de monter les uns fur les ,, autres pendant l'accouplement, à caufe de ,, la fituation défavantageufe de leurs Organes. ,, Tel eft l'Hermaphrodisme du *Bulin* & du ,, *Coret* : fi un Individu fait à l'égard de l'au- ,, tre la fonction de Mâle, ce Mâle ne peut ,, être fécondé en même tems par fa Femelle, ,, quoi qu'Hermaphrodite ; il ne le peut être

(*a*) *Ibid.* pag. 57. *de la Déf. des Part.*
(*b*) *Ibid.* pag. 58. *de la Déf. des Part.*
(*c*) *Ibid.* pag. 57.

H 3

„ que par un troisième Individu qui se met sur
„ lui vers le côté , en qualité de Male. C'est
„ pour cette raison que l'on voit souvent un
„ grand nombre de ces Animaux accouplés en
„ chapelet les uns à la Queuë des autres. Le
„ seul avantage que cette espèce d'Hermaphro-
„ dite ait sur les Limaçons , dont le Sexe est
„ partagé , c'est de pouvoir féconder comme
„ Mâle un second Individu , & d'être fécondé
„ en même tems comme Femelle par un troi-
„ sième Individu ".

AINSI , comme le remarque (a) fort bien
nôtre sçavant Naturaliste , „ il ne manque-
„ roit plus aux Coquillages , pour réunir tou-
„ tes les espèces d'Hermaphrodisme , que de
„ pouvoir s'accoupler à eux-mêmes , & être
„ en même tems le Père & la Mère du même
„ Animal. La chose , ajoute-t-il , n'est pas
„ impossible, puis que plusieurs sont pourvûs
„ des deux Organes nécessaires : & peut-être
„ quelque Observateur y découvrira-t-il un
„ jour cette sorte de Génération ".

302. *Que les Hermaphrodites qui ne peuvent se suffire à eux-mêmes , rendoient
l'existence des vrais Androgynes plus dou-
teuse encore.*

Nouvelle raison d'en douter.
Problème physique.

LA découverte de divers Animaux , pour-

(a) *Ibid.* pag. 57. & 58.

vûs à la fois des deux Sexes, & qui néanmoins
ne peuvent fe féconder eux-mêmes, étoit bien
propre à perfuader de plus en plus la néceffité
du concours de deux Individus pour opérer la
Génération. L'univerfalité de cette loi a dû
paroitre démontrée, dès qu'on a pû s'affurer
que de vrais *Hermaphrodites* lui étoient foumis.
En un mot, dit Mr. DE REAUMUR (*a*), *il
n'a pas été accordé à ces fortes d'Hermaphrodites de fe féconder eux - mêmes : des Faits fans
nombre ont donc confirmé une règle qui jufqu'à
nos jours n'avoit parû démentie par aucun Fait
affés pofitif.* Il étoit donc naturel que les Phyficiens fe rendiffent très difficiles fur les preuves par lefquelles on tenteroit d'établir, qu'il
eft des Animaux qui fe fuffifent à eux - mêmes.
Des Obfervateurs célèbres avoient admis l'existence de femblables Animaux fur des préfomp-
tions affez plaufibles, mais parmi les efpèces
qu'ils avoient mifes au rang de ces Hermaphrodites finguliers, il s'en étoit trouvé dans lesquelles un Obfervateur plus exact avoit découvert depuis des Mâles & des Femelles, qu'il
avoit vû s'accoupler. Les *Gallinfectes*, dont
j'ai beaucoup parlé dans ce Chapitre, en étoient
un exemple remarquable. Des Infectes qui ne
peuvent changer de place, & qui femblent faire corps avec la Plante où ils font fixés, étoient
dans un cas qui les raprochoit bien des *Huitres,*

(*a*) *Mém. pour fervir à l'Hift. des Infectes.* Tome 6. page 525.

qu'on juge se multiplier sans accouplement. C'é-
toit donc encore une nouvelle raison pour douter de l'existence des Animaux qui se suffisent
à eux-mêmes, & c'étoit un nouveau motif
pour ne se rendre que sur les expériences les
plus directes & les plus démonstratives. Ce furent de semblables considérations qui portèrent
en 1733, un habile Naturaliste, Mr. BREY-
NIUS, à proposer aux Physiciens le Problême
suivant (*a*).

PROBLEMA PHYSICUM.

,, AN indubitate demonstrari possit, in rerum
,, Natura, genus aliquod Animalium vere An-
,, drogynum, id est, quod sine adminiculo Ma-
,, ris sui generis, ova in & a se ipso fœcundata
,, parere, adeoque solum ex & a se ipso genus
,, suum propagare possit?"

.... *Genus Animalium ejusmodi Androgy-*
num, ajoûte Mr. BREYNIUS, *licet a multis iisque*
primi ordinis Naturæ Consultis statuatur, a ne-
mine tamen quod equidem sciam, ita demonstra-
tum fuit, ut non multa, eaque haud levia, &
possint objici dubia.

303. *Découvertes de l'Auteur sur les* Pucerons.
Solution du Problême physique.

(*a*) *Actes des Curieux de la Nature,* pour l'an 1733. pag. 18
de l'Appendice.

Suites de Générations élevées en folitude & leurs réfultats.

Tel étoit l'état de l'Hiftoire Naturelle rélativement à la queftion fi fouvent agitée des *Androgynes*; & telle étoit en général la difpofition des Efprits, lors que j'entrepris il y a 21 ans, en May 1740, ma première Expérience fur les *Pucerons*. Ces Infectes fi féconds, & dont les efpèces font fi nombreufes, étoient depuis longtems au rang de ces Animaux, qu'on s'étoit hâté de mettre dans la claffe des vrais *Androgynes* dont parle Mr. Breynius; & cette conclufion précipitée ne prouvoit autre chofe finon que de bons Obfervateurs peuvent quelquefois manquer de Logique : parce qu'ils n'étoient jamais parvenus à furprendre des Pucerons accouplés, ils s'étoient preffés d'en conclurre, que les Pucerons multiplioient fans accouplement. Ce n'étoit pourtant là qu'un doute ou au plus qu'un fimple foupçon ; mais ce foupçon, Mr. de Reaumur l'avoit accrédité en l'adoptant, & en l'étayant de quelques obfervations qui lui étoient propres, & qui laiffoient toûjours la queftion indécife (*a*).

Ma première Expérience la décida, & elle m'apprit que les Pucerons étoient de vrais *Androgynes*. On a vû dans le Tome VI. des *Mé-*

(*a*) *Mém. pour fervir à l'Hift. des Inf.* Tom. III. Mém. 3. Tom. VI. pages 523. & fuivantes.

H 4

moires de Mr. DE REAUMUR (*a*), & dans la 1ere. Partie de mon *Traité d'infectologie* (*b*), quels furent les foins & les précautions avec lefquels je tentai cette Expérience importante. Un Puceron pris au moment de fa naiffance & renfermé à l'inftant dans fa plus parfaite folitude, y mit au jour, fous mes yeux, 95 Petits.

JE me hâtai de faire part des détails de cette Expérience à feu mon Illuftre Ami Mr. DE REAUMUR, qui la jugea digne d'être communiquée à la fçavante Compagnie dont il étoit un des principaux ornements. ,, Sûr, dit-il (*c*), ,, du plaifir que les obfervations de Mr. BONNET ,, feroient à l'Académie, je tardai peu à lui lire ,, fa Lettre du 13e Juillet, dans laquelle elles ,, étoient détaillées. Il parût à l'Académie en- ,, tière que Mr. BONNET avoit porté les pré- ,, cautions & les foins même au de-là de ce ,, qu'on eut ofé le fouhaiter: quelque convain- ,, cuë qu'elle fût qu'il n'avoit rien négligé pour ,, éclairer toutes les démarches de fon Puce- ,, ron, qu'il avoit été pour lui un Argus plus ,, difficile à tromper que celui de la fable, elle ,, jugea néanmoins qu'une feule Expérience, ,, quoique très bien faite, ne fuffifoit pas pour ,, ôter tout doute par rapport à un Fait con- ,, traire à une loi dont la généralité avoit fem- ,, blé établie par le concours unanime de tous ,, les Faits vûs jufqu'alors. On n'a que trop

(*a*) Pages 530. & fuivantes.
(*b*) Pages 26. & fuivantes.
(*c*) *ibid.* Tom. VI. pag. 537.

,, d'exemples de circonſtances qui ont échappé
,, à des yeux clairvoyants & attentifs. L'Aca-
,, démie ne pût donc s'empêcher de déſirer que
,, la même Expérience fût répétée par Mr.
,, Bonnet, autant de fois, & ſur le plus de
,, Pucerons de différentes eſpèces qu'il lui ſe-
,, roit poſſible ; je fûs chargé de l'en prier de
,, ſa part, & je le fis. "

Je ne pouvois manquer de répondre au deſir
de l'Académie ; je répétai donc ma première Expérience ſur la même eſpèce de Pucerons, &
je l'étendis, en même tems, à pluſieurs autres
eſpèces (*a*). Ce fût toûjours le même ſuc-
cès ; tous les Pucerons élevés en ſolitude depuis
l'inſtant de leur naiſſance, devinrent Mères, &
mirent au jour, ſous mes yeux, une nombreuſe poſtérité. Je portai même l'exactitude au
point de dreſſer des Tables des jours & heures
des accouchements de chaque Solitaire, & je me
ferois diſpenſé de publier ces Tables, ſi le ſujet
que je traitois eut été moins neuf, & ſi je n'a-
vois pas eu des raiſons de préſumer qu'elles pourroient ſervir à des comparaiſons utiles. Ces nouvelles Expériences, faites avec un ſoin vraîment
ſcrupuleux, ſatisfirent pleinement l'Academie
Royale des Sciences & Mr. de Reaumur ; &
l'aprobation dont ils les honorèrent, ne laiſſoit
pas lieu de douter, que le Problême de Mr.
Breynius n'eut été bien reſolu.

(*a*) *Traité d'Inſeĉtologie* &c. prem. Part. Obſerv. II. III.

JE songeois donc à laisser reposer mes yeux, fatigués par l'attention soutenuë que j'avois donnée à de si petits Insectes, lorsqu'un soupçon imprévû & fort étrange que me communiqua Mr. TREMBLEY, vint m'engager dans une suite de recherches plus pénibles encore que les précédentes.   Dans une Lettre que ce célèbre Observateur m'écrivit de la Haye, le 27. Janvier 1741, il s'exprimoit ainsi. . *J'ai formé depuis le mois de Novembre le dessein d'élever plusieurs Générations de suite de Pucerons solitaires, pour voir s'ils feroient toûjours également des Petits.   Dans des cas si éloignés des circonstances ordinaires, il est permis de tout tenter. Je me disois, qui sçait si un accouplement ne sert point à plusieurs Générations?* Il faut avouër que ce *qui sçait* étoit bien gratuit ; mais il partoit de Mr. TREMBLEY, & c'en fût assez pour me persuader que je n'avois pas poussé la démonstration assez loin.   L'aprobation d'une Compagnie respectable m'avoit rendu jaloux de mes premières Expériences, & fort jeune encore je ne pouvois souffrir qu'elles fussent, en quelque sorte, infirmées par un soupçon même très léger·   Ce soupçon excitant mon amour-propre, je me mis à élever en solitude plusieurs Générations consécutives de Pucerons de différentes espèces. J'élevai ainsi quatre Générations d'une espèce, cinq d'une autre, six d'une troisième (*a*).   Il étoit donc rigoureusement démontré par ces nouvelles Expériences, que si la fécon-

_____

(*a*) *Traité d'Insectol.* I. Part. Obs. III, IV, V.

dation des Pucerons étoit duë à l'accouplément
fecret dont me parloit Mr. TREMBLEY, cet accouplement fervoit au moins à cinq Générations
confécutives. C'étoit déjà un grand prodige à
digérer, que des Arrières petit-fils fuffent rendus
féconds par leur Quinqu'ayeul ou feulement par
leur Trifayeul, & je vois que mon Lecteur
n'héfite pas à préférer d'admettre que les Pucerons fe propagent fans aucune forte de Copulation. Je ne crûs pas néanmoins en avoir fait
affez pour détruire un fimple foupçon: il eut
été à defirer pour mes yeux, que je ne lui euffe
pas donné autant de poids ; je n'aurois pas aujourd'hui à regretter de les avoir trop fatigués,
& la tendre amitié de Mr. TREMBLEY n'auroit pas
à partager avec moi ces juftes regrets.J'élevai donc
encore jufqu'à la dixième Génération de Pucerons folitaires, & j'eus la patience, je devrois
dire la folie, de dreffer des Tables des jours
& heures des accouchements de chaque Génération (a). Pendant que j'écris ceci, j'ai fous
les yeux l'Obfervation VI. de la 1ere. Partie de
mon *Traité*, & j'avouë que je ne puis y lire
fansétonnement ce qui fuit (b). „ Si malgré des
„ Expériences pouffées auffi loin que celles dont
„ je rends compte actuellement, on n'eftimoit
„ pas que j'euffe encore démontré la fauffeté
„ du foupçon indiqué dans l'Obfervation III.; on
„ feroit toûjours forcé de convenir qu'admettre
„ avec moi que les Pucerons perpétuent leur

(a) *Ibid.* Obf. VI.
(b) *Ibid.* pag. 100, 102.

„ efpèce abfolument fans accouplement , ou
„ admettre qu'un accouplement fert au moins à
„ neuf Générations confécutives , ce feroit ad-
„ mettre une chofe également éloignée des rè-
„ gles ordinaires, fi même la dernière ne l'étoit
„ beaucoup plus.   Qu'on ne croye pas cepen-
„ dant, que je dife ceci pour me difpenfer de
„ reprendre ces Expériences, & de les étendre
„ à un plus grand nombre de Générations : on
„ fe tromperoit ; mon deffein eft au contraire
„ de mettre à profit les connoiffances que j'ai
„ acquifes fur cette matière, & d'y répandre
„ plus de jour ; je ne défefpère pas même de
„ parvenir au moins à élever en folitude juf-
„ qu'à la trentième Génération de ces petits In-
„ fectes. "   C'eft ainfi que je raifonnois il y a
18 ans, & qu'animé de cette forte d'enthoufiafme, que fuppofe ordinairement toute entre-
prife longue & pénible, je me préparois à en-
taffer preuves fur preuves.   Il me fembloit que
je n'avois encore que préludé, & je comptois
presque pour rien tout ce que j'avois fait. Je
rirois aujourd'hui de cet enthoufiafme, fi les fui-
tes en avoient été moins fâcheufes ; mais, je
leur ai dû les *Recherches* fur les Feuilles des
Plantes, & *l'Analyfe* des Facultés de nôtre Ame.

304. *Diftinction réelle de Sexe chez les Puce-*
rons & leurs accouplemens.
Obfervation fur un paffage de Mr. DE BUFFON
rélatif à ce fujet.

APRES avoir établi , fur tant d'Expériences

répétées plufieurs fois avec le plus grand foin, que les Pucerons multiplient fans aucun commerce avec leurs femblables, je n'avois pas lieu de m'attendre que je découvrirois chez ces Infectes, des Mâles & des Femelles, & que je les verrois s'accoupler. La nouveauté & la fingularité de ce Fait exigeoient néceffairement que j'entraffe dans des détails que j'aurois fouhaité d'épargner à mes Lecteurs. J'ai donc été obligé de m'étendre fur les amours d'une efpèce de Pucerons (*a*). J'ai décrit les Parties *fexuelles*; j'ai raconté les différentes manoeuvres du Mâle & de la Femelle. J'ai prouvé par nombre d'obfervations, que le Mâle eft peut-être un des plus ardents qu'il y ait dans la Nature. Enfin, j'ai démontré que la même efpèce où j'avois obfervé une diftinction réelle de Sexe & un véritable accouplement, multiplioit pourtant fans accouplement (*b*).

LA manière dont Mr. DE BUFFON indique tous ces Faits, eft fi obfcure & fi équivoque, qu'elle laifferoit douter à ceux qui n'ont pas lû mon Livre, fi ces Faits ont été bien obfervés. ,, D'autres Animaux," dit-il (*c*), ,, comme ,, les Pucerons, n'ont point de Sexe, font éga- ,, lement Père ou Mère, & engendrent d'eux- ,, mêmes & fans Copulation, quoi qu'ils s'ac- ,, couplent auffi quand il leur plait, fans qu'on ,, puiffe favoir trop pourquoi, ou, pour mieux

(*a*) *Ibid.* Obf. VII.
(*b*) *Ibid.* Obf. XIII, XIV.
(*c*) *Hift. Natur.* &c. Tom. 2. pag. 312, 313.

„ dire, fans qu'on puiffe favoir fi cet accou-
„ plement eft une conjonction de Sexes, puis
„ qu'ils en paroiffent tous également privés ou
„ également pourvûs ; à moins qu'on ne veuille
„ fuppofer que la Nature a voulu renfermer
„ dans l'Individu de cette petite Bête, plus de
„ facultés pour la Génération que dans aucune
„ efpèce d'Animal, & qu'elle lui aura accordé
„ non - feulement la puiffance de fe réproduire
„ tout feul, mais encore le moyen de pouvoir
„ auffi fe multiplier par la communication d'un
„ autre Individu." Si cet habile Homme avoit
bien voulu donner quelque attention à mon Ouvrage, il fe feroit exprimé avec plus de clarté
& d'exactitude. Il dit d'abord, *que les Pucerons
n'ont point de Sexes, & qu'ils engendrent fans
Copulation.* Il dit enfuite, *qu'ils s'accouplent,
fans qu'on puiffe favoir fi cet accouplement eft
une conjonction de Sexes, puifqu'ils en paroiffent
tous également privés, ou également pourvûs.*
Enfin, il ajoûte, *qu'ils s'accouplent quand il
leur plait ;* ce qui donneroit à entendre qu'ils
peuvent le faire en tout tems, & je ferai bientôt remarquer, qu'il n'y a qu'un tems dans l'année où l'on puiffe obferver de ces accouplemens.
Les fçavants Auteurs du Journal de Trevoux,
en faifant l'extrait (*a*) de mon *Traité d'Infectologie*, m'ont fait un reproche auquel je ne m'é-
tois pas attendu ; il s'agiffoit des amours des Pucerons : *le détail*, ont-ils dit, *où il entre fur
cela, eft d'un homme inftruit. On pourroit même*

(*a*) Mars, 1746. pag. 413.

*se plaindre qu'à cet égard, il n'a pas assez mé-
nagé la sage délicatesse de bien des Lecteurs.* Ces
Messieurs n'avoient pas soupçonné que malgré
ce *détail d'un homme instruit*, on mettroit un
jour en question, si les Pucerons ont un Sexe,
ou n'en ont point ; & moi je n'avois pas soupçonné le moins du monde qu'en décrivant en
Naturaliste les amours de si petits Insectes , je
choquerois *la sage délicatesse de bien des Lecteurs.* Les Ecrivains d'Anatomie & de Physio-
logie la choquent donc bien davantage.

    305. *Différences remarquables entre les In-
      dividus de la même espèce chez les Puce-
      rons.*

J'AI fait mention dans ce Chapitre de quelques espèces d'Insectes, dont le Mâle est aîlé,
tandis que la Femelle est toute sa vie dépourvuë d'Aîles. Les Pucerons ont plus à nous offrir en ce genre. Il y a aussi parmi eux des
Mâles *aîlés* & des Femelles *non-aîlées* ; mais
il s'y trouve encore des Mâles *non-aîlés* & des
Femelles *aîlées.* Pour lever toute équivoque,
je dois ajouter, que les Mâles & les Femelles
non-aîlés dont je parle , sont essentiellement
tels, & qu'ils ne sont jamais appellés à prendre
des Aîles. Jusqu'ici ces Mâles *non-aîlés* n'ont
été observés que chez nos Pucerons, & je n'en
ai découvert que dans une seule espèce de ces
Insectes (*a*). C'est encore une chose remar-

(*a*) *Traité d'Insectol.* Obs. XV.

quable, que la grande disproportion de taille qui
est entre les Mâles & les Femelles : les premiers, & sur tout les *non-ailés*, sont si petits,
qu'ils se promènent sur le Dos de la Femelle,
comme je l'aï raconté des Males des *Gallinsec-*
tes. Souvent pendant ces promenades, qui
durent un tems, la Femelle est presqu'aussi immobile qu'une Gallinsecte. Autant elle montre d'insensibilité & de pesanteur, autant le Mâle montre d'ardeur & d'agilité. Il passe des
journées entières sans prendre de nourriture ;
tout est chez lui en action, & toûjours occupé de sa Femelle, il ne fait que se promener
autour d'elle & sur elle, & ne se fixe que lors
qu'il ne désire plus.

306. *Que les Pucerons sont* vivipares *dans*
la belle saison, & ovipares *sur la fin de*
l'automne.
Conjectures sur l'usage de leurs accouplemens.
Expérience à tenter pour vérifier cette con-
jecture.

MON Lecteur demande avec impatience, à
quoi sert l'*accouplement* dans des Insectes, qui
se suffisants à eux-mêmes, peuvent propager
sans son sécours ? Avant que de toucher à
cette question, je rappellerai un Fait dont je
n'ai dit qu'un mot (*a*), & qui est une des grandes singularités que l'Histoire des Insectes ait à
nous offrir.

PEN-

(*a*) Voyez Article 149.

PENDANT la belle faifon, les Femelles des Pucerons mettent au jour des Petits vivants ; elles font donc alors *vivipares :* vers le milieu de l'automne, elles pondent de véritables Oeufs ; elles cessent donc alors d'être *vivipares* & deviennent *ovipares.* Je fis cette découverte dans l'automne de 1740 (*a*), qui a été confirmée depuis par d'excellents Obfervateurs. J'ai montré dans mon Livre (*b*), que les Femelles favent varier leurs procédés lors qu'elles ont à mettre au jour des Petits, ou qu'elles ont à pondre des Oeufs. J'ai décrit ces Oeufs (*c*), les précautions avec lesquelles ils font dépofés, ce qui précède, accompagne & fuit la ponte. Enfin, après avoir d'abord regardé ces Oeufs comme des Fœtus venus au jour avant terme, j'indiquai les raifons qui me perfuadèrent enfuite, qu'ils étoient de véritables Oeufs (*d*).

JE communiquai tout cela à Mr. DE REAUMUR, qui s'empreffa d'en rendre compte au Public dans le Tome VI. de fes *Mémoires*, page 556. & fuiv. Il préféra d'adopter ma première conjecture : il crût devoir prendre pour de fimples Fœtus ces petits Corps oblongs que j'avois vûs dépofer avec tant de précautions, & dont tout l'extérieur étoit fi femblable à celui

(*a*) *Traité d'Infectol.* I. Part. pag. 125, 139, & fuiv.
(*b*) *Ibid.* pag. 141. & fuivantes.
(*c*) *Ibid.* pag. 139, 148, 152, 153.
(*d*) *Ibid.* Obf. IX.

d'un Oeuf d'Infecte. Trop plein de cette idée, notre Illuftre Académicien forma, fur l'ufage de l'accouplement, une conjecture qui a dû paroitre bien étrange, & qu'il expofe à la page 552. Il imagina que l'accouplement ne fervoit peut-être qu'à aider les Mères à fe délivrer de ces prétendus Avortons, qui les feroient périr pendant l'hyver en fe corrompant dans leur Matrice.

MAIS, une obfervation intéreffante, qui n'avoit pas encore été faite lors que Mr. DE REAUMUR compofoit le VIme. Volume de fes Mémoires, me difpenfe de réfuter fa conjecture. Ces Corps oblongs, que je n'avois pû ceffer un inftant de regarder comme de véritables Oeufs, en font fi bien, que Mr. LYONNET en a vû fortir au mois d'Avril 1743. de petits Pucerons vivants. C'eft dequoi Mr. TREMBLEY a inftruit le Public dans la Préface de fon Hiftoire des Polypes : il ajoute même *que Mr.* LYONNET *lui a fait voir un Petit qui fortoit de l'Oeuf.*

SI le témoignage de pareils Obfervateurs demandoit à être confirmé, je dirois que j'ai auffi obfervé de petits Pucerons, qui étoient fortis des Oeufs que j'avois renfermés dans un Poudrier à la fin de Novembre, 1743. (*a*). Au refte, ces Pucerons étoient fenfiblement plus petits, que ceux dont les Mères accouchent vivants, & la petiteffe des Oeufs me l'avoit déjà annoncé.

(*a*) *Ibid.* Obf. XIX.

MR. DE GEER, de l'Académie de Suède, dont la fagacité & l'exactitude brillent dans les beaux Mémoires qu'il nous a donnés fur les Infectes, a vérifié une partie de ces Faits, & je raporterai ici l'extrait d'une Lettre qu'il m'écrivit de Stockholm le 24. d'Août 1759. *Toutes les efpèces de Pucerons, que j'ai obfervées, foit d'Arbres, foit d'Herbes, m'ont fait voir des Mâles, & des accouplemens; les Femelles ont conftamment pondus des Oeufs, deftinés à conferver l'efpèce pendant l'hyver. J'ofe donc croire qu'il en eft ainfi de tous les Pucerons.*

CE n'eft qu'à l'aproche de l'hyver que les Femelles des Pucerons pondent des Oeufs, & c'eft à peu près vers ce tems-là que les Mâles commencent à paroitre. Il y a donc un raport fecret entre l'apparition des Mâles & la ponte. C'eft ce raport que nous cherchons, & qui doit renfermer la raifon de l'accouplement.

DANS quelque faifon qu'on ouvre le Ventre d'une Femelle, on y trouve des Oeufs; & fi c'eft en été, on y trouve des Oeufs & des Petits prêts à naître. Les Petits des Vivipares éclofent dans le Ventre de leur Mère, les Petits des Ovipares, après en être fortis. Les Petits des Vivipares prennent donc dans le Ventre de leur Mère, un accroiffement que n'y prennent pas les Petits des Ovipares. Les Pucerons qui naiffent vivants, fe développent donc, jufqu'à un certain point, avant que de

I 2

paroître au jour : ceux qui naiſſent renfermés
dans des Oeufs, n'étoient pas appellés à ſe développer ſi tôt. Ils étoient deſtinés à conſerver
l'eſpèce pendant l'hyver, & ne devoient éclorre
qu'au retour de la ſaiſon propre à leur procurer
la nourriture.

MAIS le Développement ſuppoſe la Nutrition : les Pucerons qui naiſſent vivans, ont donc
reçu dans le Ventre de leur Mère une nourriture que n'ont pû y recevoir ceux qui demeurent renfermés dans des Oeufs : cette nourriture
a operé chez les premiers un développement
qui n'a pû s'operer chez les derniers. L'accouplement n'auroit-il point pour principale fin, de
ſuppléer dans ceux-ci, à ce défaut de nourriture ? La Liqueur ſéminale que le Mâle fournit
ne ſeroit-elle point deſtinée à remplacer les ſucs
que le Germe n'a pû tirer de la Mère ? Ce n'eſt
là qu'une ſimple conjecture, mais qui n'eſt pas
deſtituée de vraiſemblance.

IL ſeroit aiſé de la vérifier, en privant de
Mâles un certain nombre de Femelles : on s'aſ-
ſûreroit par cette Expérience, ſi les Oeufs qu'elles pondroient, ſeroient féconds (*a*). Ainſi malgré toute l'attention qu'on a donnée aux *Pucerons*, ils n'ont pas encore été aſſez étudiés,
& leur Hiſtoire nous préſente des Faits intéreſ-
ſans qui reſtent à éclaircir. Ceux ſur leſquels il
n'y a maintenant plus de doute, parce qu'ils ont

(*a*) Voyez ce que j'ai dit là-deſſus, 1re. Part. de l'*Inſecte.*
pag. 175. & ſuiv. & pag. 202, 203.

été conftatés par une longue fuite d'Expériences & d'Obfervations, font bien propres, comme le dit Mr. DE REAUMUR (*a*), *à juftifier*
l'emploi du tems paffé à obferver les plus petits
Infectes.

307. *Que les Polypes n'offrent point de diftinc-*
tion de Sexes & qu'ils font de vrais Androgynes.

DANS un tronçon de Ver, dans un tronçon
de Polype, la production d'une nouvelle Tête,
d'une nouvelle Queuë, ne paroît pas plus dépendre d'une fécondation par accouplement,
que les différentes productions d'une Bouture ne
paroiffent dépendre du concours de la Pouffière
des Etamines. Ainfi la production des Rejettons d'un Polype, comme celle des Branches
d'un Arbre, ne paroiffent pas non plus fuppofer
cette forte de fécondation. Il étoit donc affez
naturel de préfumer, que les *Polypes* d'eau douce multiplioient fans accouplement. Mr. TREM-
BLEY, qui les a fuivis avec tant de foins & d'attention, affure auffi qu'il ne les a jamais vûs s'accoupler, & que quelques recherches qu'il ait
faites, il n'a rien découvert qui indiquât chez
eux aucune forte de *Copulation.* Il nous donne lui-même, en peu de mots, le réfultat de
toutes fes recherches, que je ne puis me difpenfer de mettre ici fous les yeux de mon Lecteur.

(*b*) *Mém. fur les Infect.* Tom. VI. page 524.

„ On peut conclurre, dit-il (a), de mes
„ Expériences, fur le principe de la fécondité
„ des Polypes;

1°. „ Qu'un jeune Polype, depuis qu'il eft
„ féparé de fa Mère, n'a pas befoin de la com-
„ pagnie d'un autre Polype pour fe multiplier.

2°. „ Que même avant que de s'en féparer,
„ il a le principe de la fécondité, puisque dès-
„ lors il multiplie.

3°. „ Que fi c'eft la Mère qui lui communi-
„ que ce principe pendant qu'il lui eft uni, ce
„ n'eft point qu'il y ait aucune communication
„ entre la Tête & les Bras de cette Mère, ou
„ bien entre la Tête & les Bras d'un jeune Po-
„ lype.

„ 4°. Qu'il n'eft pas non plus fécondé de cet-
„ te manière par un autre jeune, qui fort de
„ la même Mère en même tems que lui.

„ 5°. „ Que s'il fe féconde lui-même, il eft
„ affez vraifemblable que c'eft d'une manière
„ imperceptible. ”

Non feulement les Polypes paroiffent être
de vrais *Androgynes*, mais, ils paroiffent encore
abfolument privés de Sexes. A l'aide des meilleurs Microfcopes, on n'y a rien aperçu qui
reffemblât le moins du monde aux Parties *fexuel-*
les. Je l'ai dit & répété plufieurs fois: tout le
Corps du Polype n'eft qu'une forte de Boyau,
dont les parois font garnies intérieurement d'une

(a) *Mém. fur les Polypes.* Tom. 2. in 8°. page 91, 92.

multitude de petits Grains. Ce Boyau porte à une de fes extrèmités une Tête & des Bras; l'extrèmité oppofée qui fe termine en pointe, eft exactement fermée, & l'Infecte ne s'en fert que pour fe cramponer à quelqu'appui. Si donc les Polypes font de vrais *Androgynes*; & comment en douter? ce font des Androgynes bien différents de ceux que les *Pucerons* nous ont fait voir; car j'ai prouvé que les Pucerons font diftingués de Sexes, qu'ils s'accouplent, & que néanmoins ils peuvent fe fuffire à eux-mêmes.

308. *Infectes privés de* Sexe *pendant une grande partie de leur vie.*

Il y a une claffe très nombreufe d'Animaux qui font abfolument dépourvûs de *Sexes* pendant la plus grande partie de leur vie: tels font tous les Infectes qui fubiffent des *Métamorpho-fes.* Tandis que l'Infecte eft fous la forme de *Ver* ou fous celle de Chenille, il n'eft, à proprement parler, ni Mâle ni Femelle; mais il fera Mâle ou Femelle lors qu'il aura pris fa dernière forme, celle de *Mouche* ou de *Papillon.* C'eft fous cette dernière forme que l'Infecte eft appellé à perpétuer l'efpèce. J'ai prouvé dans le Ch. X. du Tome I, que les Parties propres au *Papillon*, font renfermées originairement dans celles qui conftituent l'état de *Chenille.* J'ajoûterai ici, que le Papillon prend tout fon accroiffement fous la forme de Chenille. Il eft même des efpèces qui ne prennent, & ne peuvent pren-

I 4

dre de la nourriture , que sous leur première
forme : dès que l'Insecte est devenu Mouche
ou Papillon, il n'a plus besoin de se nourrir ;
il a fait, pour ainsi dire , sa provision d'aliments
pendant qu'il étoit Ver ou Chenille ; & cela
est si vrai , qu'il est même destitué , sous sa dernière forme , de tous les Organes extérieurs rélatifs à la nutrition.

309. *Réfutation du sentiment de* Mr. DE
BUFFON *sur les* Métamorphoses *des Insectes.*

DANS le second Volume de l'Histoire Naturelle , Mr. DE BUFFON a inféré un Chapitre qui
a beaucoup de rapport avec celui-ci, & qu'il
a intitulé *Variétés dans la Génération des Animaux.* Il y fait mention des Insectes qui n'ont
point de *Sexe* pendant une partie de leur vie,
& sa manière de raisonner sur ce sujet, est si éloignée des idées reçuës, que mon Lecteur me
pardonnera, si je transcris ici le passage en entier. ,, Je veux parler, dit-il (*a*), des In-
,, sectes & de leurs Métamorphoses. Il me pa-
,, roît que ce changement, cette espèce de trans-
,, formation qui leur arrive, n'est qu'une pro-
,, duction nouvelle qui leur donne la puissance
,, d'engendrer ; c'est au moyen de cette produc-
,, tion que les Organes de la Génération se dé-
,, veloppent & se mettent en état de pouvoir
,, agir, car l'accroissement de l'Animal est pris
,, en entier avant qu'il se transforme ; il cesse

(*a*) Pages 315, 316.

„ alors de prendre de la nourriture, & le Corps
„ fous cette première forme n'a aucun Organe
„ pour la Génération, aucun moyen de trans-
„ former cette nourriture, dont ces Animaux ont
„ une quantité fort fur-abondante, en Oeufs &
„ en Liqueur féminale ; & dès lors, cette quan-
„ tité fur-abondante de nourriture, qui eft plus
„ grande dans les Infectes que dans aucune au-
„ tre efpèce d'Animal, fe moule & fe réünit
„ toute entière, d'abord fous une forme qui
„ dépend beaucoup de celle de l'Animal même,
„ & qui y reffemble en partie : la Chenille de-
„ vient Papillon, parce que n'ayant aucun Or-
„ gane, aucun Vifcére capable de contenir le
„ fuperflu de la nourriture, & ne pouvant par
„ conféquent produire de petits Etres organifés,
„ femblables au grand, cette nourriture organi-
„ que toûjours active, prend une autre forme
„ en fe joignant en total felon les combinaifons
„ qui réfultent de la figure de la Chenille, & elle
„ forme un Papillon, dont la figure répond en
„ partie, & même pour la conftitution effen-
„ tielle, à celle de la Chenille, mais dans lequel
„ les Organes de la Génération font dévelop-
„ pés, & peuvent recevoir & tranfmettre les
„ Parties organiques de la nourriture qui for-
„ ment les Oeufs & les Individus de l'efpèce,
„ qui doivent en un mot opèrer la Génération ;
„ & les Individus qui proviennent du Papillon,
„ ne doivent pas être des Papillons, mais des
„ Chenilles, parce qu'en effet, c'eft la Chenille

I 5

„ qui a pris la nourriture, & que les Parties
„ organiques de cette nourriture fe font affimi-
„ lées à la forme de la Chenille & non pas à
„ celle du Papillon, qui n'eſt qu'une produc-
„ tion accidentelle de cette même nourriture
„ fur-abondante, qui précède la production
„ réelle des Animaux de cette efpèce, & qui
„ n'eſt qu'un moyen que la Nature employe
„ pour y arriver ".

C'EST à regrêt que je relève encore cet Auteur, dont j'admire le génie & les talents: mais,
je dois prémunir mes Lecteurs contre l'impreſ-
fion, trop ordinaire, d'une grande célèbrité. Il
avoue lui-même quelque part (a), que fa
Théorie a précédé fes Expériences, & l'on fait
combien la manière de voir, dépend de la manière de penfer. On retrouve dans le paſſage
que je viens de citer, le principe favori de
l'Auteur : qu'il me foit permis d'en faire une
courte réfutation, en oppofant fimplement la
Nature à fon Hiftorien, & cet Hiftorien à lui-
même.

IL me paroit, dit-il, que cette transformation qui arrive aux Infectes, n'eſt qu'une production nouvelle qui leur donne la puiſſance d'engendrer. Les obfervations de SWAMMERDAM
fur la préexiftence du Papillon dans la Chenille (b), & celles de Mr. DE HALLER fur la
formation du Poulet dans l'Oeuf (c), mon-

(a) Hiſt. Natur. Tom. 2. pag. 168.
(b) Voyez le Chap. X. du Tome I.
(c) Voyez le Chap. IX. du Tome I.

trent affés qu'il ne fe fait point de *production nouvelle* ; mais, ce qui nous paroit produit, l'étoit déjà & n'a fait que fe développer. Tout ce Livre eft plein de Faits qui concourent à établir cette vérité.

La Chenille devient Papillon, parce que n'ayant aucun Organe, aucun Vifcère capable de contenir le fuperflu de la nourriture, & ne pouvant par conféquent produire de petits Etres organifés femblables au grand, cette nourriture organique toûjours active, prend une autre forme en fe joignant en total felon les combinaifons qui réfultent de la figure de la Chenille, & elle forme un Papillon dont la figure répond en partie, & même pour la conftitution effentielle, à celle de la Chenille. Notre Auteur admet donc expreffément, que les Molécules organiques de la Chenille, en fe combinant fous certains raports, *forment le Papillon*. Mais, felon les principes de cet Auteur, les Molécules organiques ne forment un Tout organifé, que lors qu'elles ont été *moulées* dans le Corps où ce Tout doit fe former & croitre. Je ne cherche point ici à combattre l'exiftence, plus que douteufe, des *Moules intérieurs* ; je fuppofe qu'ils exiftent. Le Corps de la Chenille eft donc le *Moule* où fe façonnent les différentes Parties propres au Papillon. Maintenant je demande, quelles font les Parties de la Chenille qui peuvent mouler les quatre Aîles du Papillon, fes milliers de Yeux, fa Trompe, & fur-tout les Organes de la Génération ? Il eft bien recon-

nu que la Chenille eſt abſolument privée de la
plûpart de ces Organes , & que ſes ſix Yeux
ne reſſemblent point du tout à ceux du Papillon. Mr. DE BUFFON ſemble vouloir aller au
devant de cette objection , lors qu'il ajoute ,
que la *figure du Papillon répond en partie, &*
même pour la conſtitution eſſentielle, à celle de
la Chenille ; c'eſt ramener de force les Faits à
un Syſtème chéri. Si l'on compare la ſtructure de la Chenille à celle du Papillon , j'oſe aſſurer qu'on y trouvera plus de diſſemblances
que de reſſemblances. Mais, quand il n'y auroit dans le Papillon qu'un ſeul Organe qui
n'exiſtât pas dans la Chenille, c'en ſeroit aſſés
pour détruire le Syſtème mal lié de l'Auteur.
On ſeroit toûjours en droit de demander , où
réſideroit le *Moule* de cet Organe?

LES Individus qui proviennent du Papillon,
ne doivent pas être des Papillons, mais des Che-
nilles , parce qu'en effet c'eſt la Chenille qui a
pris la nourriture , & que les Parties organi-
ques de cette nourriture ſe font aſſimilées à la
forme de la Chenille & non pas à celle du Pa-
pillon. Il n'y a qu'un moment que l'Auteur a-
voit beſoin d'admettre, que la forme de la Chenille ne diffère preſque pas de celle du Papillon ; à préſent, qu'il s'agit d'expliquer pourquoi le Papillon ne fait pas des Papillons , il
en donne pour raiſon, *que c'eſt la Chenille qui*
a pris la nourriture , & que les Parties organi-
ques de cette nourriture ſe font aſſimilées à la
forme de la Chenille & non pas à celle du Pa-

pillon. Ici l'Auteur eft d'accord avec fes principes ; c'eft la Chenille qui moule ; elle ne peut
donc mouler que des Chenilles : cependant il
venoit de lui faire mouler un Papillon. Je dirai quelque chofe de plus : il eft des efpèces
de Papillons qui prennent de la nourriture ; elles pompent le fuc des Fleurs ; cette nourriture abonde, fuivant Mr. DE BUFFON, en Molécules organiques : le Corps du Papillon fe
l'affimile, & le fuperflu eft renvoyé aux Organes de la Génération, réfervoir commun de
toutes ces Molécules. Comment donc arrive-
t-il, qu'elles y repréfentent en petit des Chenilles & non pas des Papillons ?

LE Papillon n'eft qu'une production acciden-
telle de cette même nourriture fur-abondante,
qui précède la production réelle des Animaux de
cette efpèce, & qui n'eft qu'un moyen que la Na-
ture employe pour y arriver. La chofe du
monde la plus conftante, la plus invariable, eft-
elle une chofe *accidentelle ?* Toujours l'état de
Papillon fuccédera à celui de Chenille. Le premier eft le terme . . . . mais, je m'aperçois
que l'Auteur diftingue ici deux fortes de productions ; une production *accidentelle* qui eft
celle du Papillon dans la Chenille, & une production *réelle,* qui eft celle qui s'opère par les
Oeufs que pond le Papillon. Je laiffe au Lecteur à juger fi cette diftinction eft bien philofophique. Je prie qu'on relife ce que j'ai dit
fur les *Métamorphofes* dans le Chapitre X. du
Tome I., & l'on préférera d'admettre, que la

Chenille & le Papillon ne font au fond que le
même Animal, appellé à revêtir différentes formes. La Chenille est, en quelque forte, au
Papillon, ce que l'Oeuf est au Poulet. Le Papillon pond des Oeufs, & chaque Oeuf renferme une petite Chenille, qui renferme elle-même tous les Organes propres au Papillon, & dont
elle procurera un jour le développement. Voilà ce qu'un examen attentif & impartial des Faits,
nous découvre, & ce qu'il auroit découvert à
Mr. DE BUFFON, s'il avoit plus consulté la Nature que fon Imagination. Elle est belle & riche, mais la Nature vaut mieux encore.

310. *Réfutation de l'opinion du même Auteur
fur la Génération des Vers dans les Enfans, & fur les Générations équivoques.*

Au reste, je n'ai rien dit de l'obscurité & de
l'embarras qui régnent dans tout ce passage: je
me fuis borné à l'examiner & à tâcher de l'entendre. Ce passage n'est pas le feul où l'Auteur
ait choqué la bonne Physique; en voici un autre fur la Génération des Vers dans les Enfants,
que je n'ai pû lire fans surprise. ,, Le Lait,
,, dit-il (a), est une espèce de Chyle, une
,, nourriture dépurée qui contient par consé-
,, quent plus de nourriture réelle, plus de cet-
,, te matière organique & productive, dont
,, nous avons parlé, & qui lors qu'elle n'est
,, pas digérée par l'Estomach de l'Enfant pour

(a) *Hist. Nat.* Tom. 2. pag. 469, & 470.

„ fervir à fa nutrition & à l'accroiſſement de
„ fon Corps, prend par l'activité qui lui eſt
„ eſſentielle, d'autres formes, & produit des
„ Etres animés, des Vers en ſi grande quantité
„ que l'Enfant eſt ſouvent en danger d'en pé-
„ rir." Remarquez que Mr. DE BUFFON, ne
dit pas que le Lait non digéré donne lieu au développement des Vers; mais que cette matière
*prend par l'activité qui lui eſt eſſentielle d'autres
formes, & produit des Etres animés, des Vers.*
J'oppoſerai encore nôtre Auteur à lui-même.
Dans ſes principes, les Molécules organiques,
vivantes, actives, ſont communes au Végétal &
à l'Animal. Elle peuvent également produire
une Plante ou un Animal, & telle ou telle Plante, tel ou tel Animal. Lors donc qu'elles produiſent une certaine eſpèce d'Animal, plutôt
que toute autre qu'elles pourroient également
produire, il faut en aſſigner une raiſon. Cette
raiſon ne peut être dans *l'activité* des Molécules; puiſque, ſuivant l'Auteur, cette activité
s'étend indifféremment à toutes les eſpèces ſoit
végétales, ſoit animales. Quelle eſt donc la
raiſon qui détermine les Molécules organiques à
former un Ver & non pas une Plante, un Ver
rond, & non pas un Ver *plat*? Pour raiſonner
conſéquemment au Syſtème de l'Auteur, il faudroit répondre, que ce ſont les *Moules intérieurs*
qui déterminent *l'activité* des Molécules à prendre une forme plutôt que toute autre. Mais,
où ſera dans l'Enfant, le Moule d'un Ver *rond*,
où celui d'un Ver *plat*? J'ai montré dans ma

Differtation fur le *Tænia*, combien la ftructure de ce Ver eft régulière & conftante : celle des autres Vers du Corps Humain ne l'eft pas moins. Un Phyficien qui ignoreroit la véritable origine des Vers du Nez des Moutons, feroit-il bien reçu à nous dire, qu'ils font produits par les Molécules de la Pituite ? On lui feroit voir la Mouche qui enfile les conduits du Nez, & va pondre dans les finus frontaux les Oeufs d'où fortent ces Vers (*a*). Nous devons pardonner aux Anciens leur Doctrine des *Générations équivoques*, parce qu'ils n'étoient pas inftruits ; mais que devons-nous penfer d'un Sçavant du 18e. Siècle qui la reffufcite ? Et qu'on ne croye pas que je preffe trop ici les idées de Mr. DE BUFFON : il s'explique lui-même plus clairement encore dans le paffage fuivant. ,, La Génération ,, des Animaux & des Végétaux, dit-il (*b*), ,, n'eft pas univoque ; il y a peut-être autant ,, d'Etres, foit vivans, foit végétans, qui fe ,, produifent par l'affemblage fortuit des Molé- ,, cules organiques, qu'il y a d'Animaux ou de ,, Végétaux qui peuvent fe réproduire par la fuc- ,, ceffion conftante de Générations ; c'eft à la ,, production de ces efpèces d'Etres, qu'on ,, doit appliquer l'axiome des Anciens : *Corrup-* ,, *tio unius, generatio alterius.*"

QUAND un Phyficien a le malheur de partir de

(*a*) Mr. DE REAUMUR, *Mém. pour fervir à l'Hift. des Infect.* Tom. 4.
(*b*) *Hift. Nat.* Tom. 2. p. 320.

de femblables principes, il n'y a plus lieu de s'étonner, qu'il entreprenne d'expliquer *méchaniquement* la formation de certaines *Anguilles*, & celle de divers Animaux de la même claffe. Les Molécules organiques font dans fes mains, ce qu'étoit la matière fubtile dans celle de DES-CARTES. ,, Les Anguilles qui fe forment dans ,, la colle faite avec de la farine, ajoûte Mr. ,, DE BUFFON (*a*), n'ont d'autre origine que ,, la réünion des Molécules organiques de la par- ,, tie la plus fubftantielle du Grain ; les premiè- ,, res Anguilles qui paroiffent, ne font certai- ,, nement pas produites par d'autres Anguilles, ,, cependant quoi qu'elles n'ayent pas été en- ,, gendrées, elles ne laiffent pas d'engendrer el- ,, les-mêmes d'autres Anguilles vivantes ; on ,, peut en les coupant avec la pointe d'une lan- ,, cette, voir les petites Anguilles fortir de leur ,, Corps, & même en très grand nombre. '' Un Auteur qui avance formellement qu'une efpèce d'Animal *n'eft pas engendrée*, doit fans doute, en donner une démonftration rigoureufe. Je puis néanmoins affurer que je n'en ai trouvé au-cune preuve dans tout le Livre. J'invite le Lecteur judicieux & éclairé, à faire le même exa-men.

EN général, Mr. DE BUFFON ne paroît pas poffér l'efprit d'analyfe, ou s'il le poffède, fon Imagination ne lui a pas permis d'en faire une application heureufe. Trop prévenu d'une

(*a*) *Ibid.* pag. 322.

TOM. II. K

théorie que fon Génie fécond avoit fçu inventer, il n'a vû qu'elle dans les phénomènes, & la Nature qu'il aimoit, lui a échappé. Il fe feroit lui-même convaincu de l'infuffifance de fes principes, s'il avoit pris la peine de les raprocher les uns des autres & d'en former une chaîne ; il auroit bientôt reconnu l'incohérence des chaînons, & fa Raifon auroit triomphé de l'Efprit de Syftème. Je pourrois appliquer ici à Mr. DE BUFFON ce qu'il dit lui-même d'ARISTOTE (*a*) : „ J'obferverai qu'il m'a parû, que ce „ grand homme cherchoit exprès les moyens de „ s'éloigner des fentimens des Philofophes qui „ l'avoient précédé ; & je fuis perfuadé que „ quiconque lira fon traité de la Génération a- „ vec attention, reconnoîtra que le deffein for- „ mé de donner un Syftème nouveau & diffé- „ rent de celui des Anciens, l'oblige à préférer „ toujours, & dans tous les cas, les raifons les „ moins probables, & à éluder, autant qu'il „ peut, la force des preuves, lors qu'elles font „ contraires à fes principes généraux de Philo- „ fophie. ”

(*a*) *Hifl. Nat.* Tom. 2. pag. 87, 88.

CHAPITRE V.

Suite des Variétés *qu'on observe dans la* Fécondation & *dans la* Génération *des Animaux.*

311. *Introduction.*

Je n'ai pas achevé de crayonner l'esquisse des *Variétés* que nous offrent la Fécondation & la Génération des Animaux. Ce sujet est si riche, que je suis plus occupé à écarter qu'à rassembler. Je continuerai à insister sur les *exceptions*, parce qu'elles sont une branche intéressante de la Logique du Physicien. Les Etres qui choquent nos règles générales, ne choquent pas, sans doute, le système général. Ils tiennent à d'autres Etres, & ceux-ci à d'autres encore, par des rapports qui nous sont inconnus. Observons donc & comparons ; mais défions-nous toûjours des assertions générales. N'oublions point que nous n'avons que des *prémisses* particulières sur la plûpart des sujets de Physique & d'Histoire Naturelle.

312. *Variétés dans les temps de la Copulation.*

Les Animaux ont, en général, des tems marqués pour la Génération : ces tems sont ceux du *Rût*. Cela étoit apparemment néces-

K 2

faire à l'accroiſſement des Fœtus & à l'éducation des Petits.   Le printemps eſt la ſaiſon des
amours des Oiſeaux, & de ceux de pluſieurs
eſpèces de Poiſſons, comme les Brochets, les
Barbeaux &c.   D'autres eſpèces de Poiſſons,
comme les Carpes, ſe cherchent en été, les
Chats en Janvier, May & Septembre; les Che-
vreuils en Décembre ; les Loups & les Re-
nards en Janvier ; les Cerfs en Septembre &
Octobre ; les Chevaux en été (a).   Parmi
les Inſectes, le plus grand nombre des eſpèces
ſe joignent au printemps, ou en été.

313. *Variétés dans les effets que la Copulation produit ſur les Individus générateurs.*

PRESQUE tous les Inſectes s'épuiſent par l'acte de la Génération, au point qu'ils meurent
bientôt après.   Tout le monde a pû le remarquer dans les Hannetons, & dans les Papillons
des Vers à Soye : les Mâles des Abeilles nous
en ont offert ci-deſſus un exemple plus frappant encore.   Ainſi la plûpart des Inſectes ne
s'accouplent qu'une fois en leur vie, & les Femelles achèvent leur ponte en aſſez peu de
tems.   Celles de quelques eſpèces ſe déchargent à la fois de tous leurs Oeufs : tel eſt le
cas de cette Mouche ſingulière, que la courte
durée de ſa vie a fait nommer *Ephémère*, &
ce nom ne rend même que très imparfaitement
l'extrème brièveté de cette vie.   L'Ephémère

(a) *Hiſt. Nat.* Tom. 2. pag. 318.

dont je parle (*a*), ne vit guères que quatre à cinq heures, & jamais une Mouche de cette espèce n'a vû lever le Soleil ; mais j'ajouterai qu'elle vit environ deux ans sous la forme d'un Ver aquatique. Une Mouche si pressée de vivre n'a pas de tems à perdre ; à peine est-elle née, qu'elle se délivre de deux grappes qui contiennent chacune plus de trois cents Oeufs : elle pond donc en un instant plus de six cents Oeufs. On ignore encore comment cette Mouche est fécondée : SWAMMERDAM a prétendu que le Mâle répandoit ses Laites sur les Oeufs : Mr. DE REAUMUR n'a rien observé de semblable ; mais, il *a crû voir de courts accouplements.* Le nombre des Ephémères qui sortent de l'eau à la même heure, pour voltiger dans l'air, est si prodigieux, qu'il ne peut être comparé qu'à celui des plus épais floccons de neige : l'air en est obscurci. Au milieu d'une telle confusion, comment s'assurer de la réalité de l'accouplement ? Tout concourt néanmoins à persuader que ces Ephémères s'accouplent : les Mâles & les Femelles sont pourvûs d'Organes qui suposent une véritable Copulation (*b*).

QUELQUES espèces d'Insectes ne s'épuisent pas par un seul acte : les Mâles & les Femelles s'accouplent plusieurs fois, & celles-ci pondent à plusieurs reprises. La Reine Abeille &

(*a*) *Mém. pour servir à l'Hist. des Insectes,* Tome 6. pag. 475. & suiv.
(*b*) *Ibid.* page 501.

K 3

les Pucerons nous en ont fourni des exemples.
Une espèce de Mouche, qui dépose ses Oeufs
dans les excrements du Cochon, nous en fournit un autre, sur lequel Mr. DE REAUMUR a
crû devoir insister (a). La ponte de cette
Mouche ressemble moins à celle de la plûpart
des autres Mouches & des Papillons qu'à celle
des Oiseaux.

LES grands Animaux s'accouplent plusieurs
fois en leur vie, & les Femelles font plusieurs
pontes ou plusieurs portées. Quelques Quadrupédes, comme le Cerf, ne s'épuisent pas
jusqu'à la perte de la vie ; mais ils deviennent
excessivement maigres, & il leur faut un tems considérable pour se refaire. D'autres Quadrupédes,
comme le Cheval, le Taureau, le Chien, &c.
ne s'épuisent presque pas, & sont en état d'engendrer souvent. Il en est de même de divers
Oiseaux, comme le Coq, le Canard, &c.

314. *Variétés dans les temps de l'Accou-chement & de l'Incubation.*

Si le *Rût* a ses tems marqué, *l'Accouchement* a aussi les siens. La Jument porte onze
à douze mois ; la Vache, la Biche neuf mois;
La Louve, le Renard cinq mois ; la Chienne
neuf semaines ; la Chate six semaines ; la Lapine 31. jours. La plûpart des Oiseaux éclosent au bout de trois semaines ; quelques-uns,

(a) *Ibid.* Tom. 4. page 380.

comme le Serin, éclofent au bout de 13. jours.
(*a*).

315. *Efpéces* vivipares. *Efpèces ovipares.*
Efpèces qui femblent être également vivi-
pares & ovipares. Efpèces vivipares &
Efpèces ovipares dans la même claffe &
dans le même genre.
Matrice fingulière d'une Mouche vivipare.

TOUS les Quadrupédes couverts de poils,
font *vivipares :* les grands Poiffons nommés
Cétacées, comme la Baleine, le Dauphin, &c.
le font auffi.

LES Quadrupédes couverts d'écailles, tels
que le Crocodile, la Tortuë, fi l'on veut encore, le Lézard, & tous les Oifeaux, font *ovi-*
pares.

LA Salamandre *terreftre*, efpèce de petit
Quadrupéde qui reffemble par fon Corps & par
fa Queuë au Lézard, par fa Tête & par fes
Pattes au Crapaud, n'eft pas proprement *ovi-*
pare. Mr. DE MAUPERTUIS qui aimoit les petits Animaux & qui favoit les obferver, nous a
donné des obfervations curieufes fur cette Salamandre (*b*). Il a trouvé à la fois dans fon
intérieur des Oeufs & des Petits vivants. Les
Oeufs formoient deux grappes femblables aux
Ovaires des Oifeaux, mais plus allongées ; &

(*a*) *Hift. Nat. Gen. & part.* Tom. 2. pag. 319.
(*b*) *Mém. de l'Acad.* An. 1727. pag. 27. & fuiv. in 4º.

K 4

les Petits plus agiles que les grandes Salaman-
dres, étoient renfermés dans deux longs tuyaux
si transparents, qu'on les voyoit distinctement
à travers. Le célèbre Académicien compta 42.
Petits dans une Salamandre, & 54. dans une
autre. Il a eu raison d'ajoûter, *que cet Ani-*
mal paroit bien propre à éclaircir le mystère de
la Génération (*a*). Il fournit au moins un nouvel argument en faveur du sentiment des Physiciens qui pensent que les Petits des Vivipares
sont renfermés originairement dans des Oeufs.
Cela se voit à l'œil dans la Salamandre : l'on
n'a qu'à l'ouvrir pour y reconnoitre de véritables Oeufs. Dès que les Petits sont éclos, ils
passent apparemment dans ces longs tuyaux dont
j'ai parlé. Il seroit à désirer, que nôtre Auteur eût plus aprofondi cette partie de l'histoire
de la Salamandre ; mais il est assez clair qu'elle
appartient plus à la classe des *Vivipares* qu'à celle des *Ovipares*.

LES Poissons couverts d'écailles, les Grenouilles & les Reptiles, tels que les Serpents,
sont ovipares. Mais, la Vipère, comme son
nom l'indique, est vivipare. On lui trouve
aussi de véritables Oeufs, & les Petits de la
Vipère, comme ceux de la Salamandre, éclosent dans le Ventre de leur Mère (*b*).

LA classe nombreuse des Coquillages nous
offre des espèces vivipares & des espèces ovi-

(*a*) *Mém. de l'Acad.* An. 1727., pag. 32. in 4o.
(*b*) *Hist. Nat. Gen.* &c. Tom. 2. pag. 311.

pares. La plûpart des *Conques* font vivipares ; quelques *Limaçons*, comme l'*Yet*, le font auffi (*a*). Les *Limaçons terreftres*, les *Pourpres* & quantité d'autres Coquillages, font ovipares (*b*). En général, il paroit qu'il y a beaucoup plus de Coquillages ovipares, que de vivipares.

Il en eft de même de la claffe plus nombreufe encore des Infectes : la plûpart font ovipares, mais les Scorpions, les Progallinfectes, les Cochenilles, les Cloportes font vivipares. Les Animalcules des Liqueurs groffiroient fans doute beaucoup cette courte lifte. Je viens de nommer les *Progallinfectes* ; ce font de *fauffes* Gallinfectes, qu'on diftingue des *vrayes* par les incifions annulaires qu'elles retiennent toûjours, & qui s'effacent entièrement dans les Gallinfectes proprement dites (*c*). La *Cochenille* qui eft devenuë un fi grand objet de commerce, & dont la véritable nature avoit été fi long-tems inconnuë, eft une *Progallinfecte* (*d*). Les Vers de terre, les Sang-fuës, les Arraignées, les Poux, les Puces, les Sauterelles, les Papillons, les Scarabés, la plûpart des Mouches à deux aîles, prefque toutes les Mouches à quatre aîles &c. pondent des Oeufs. Mais il eft affez remarquable, que dans le même genre

(*a*) *Hift. Nat. du Sénégal.* pag. 58. *de la Déf. des Parties.*
(*b*) *Ibid.*
(*c*) *Mém. pour fervir à l'Hift. des Inf.* Tom. 4. pag. 81.
(*d*) *Ibid.* pag. 87. & fuivantes.

d'Infectes , il y ait des efpèces vivipares & des
efpèces ovipares. Mr. DE REAUMUR fait
mention de fix à fept efpèces de Mouches à
deux aîles , qui mettent au jour des Petits vivants (*a*); ce font des Vers qui fe transforment par la fuite en des Mouches femblables à
leur Mère. La Matrice d'une de ces Mouches
eft une petite curiofité : elle eft formée d'une
lame roulée en fpirale , longue d'environ deux
pouces & demi, c'eft-à-dire, fept à huit fois plus
longue que le Corps , & toute compofée de
Vers placés les uns à côté des autres avec beaucoup d'art, & au nombre de plus de vingt mille (*b*).

316. *Efpèces vivipares & ovipares à la fois.* Les *Pucerons* & les *Polypes* à Pennache.

Nous avons vû que les Pucerons font à la
fois vivipares & ovipares , mais en différens
tems de l'année. Il y a dans les eaux douces
des Polypes *à Pennache*, qui multiplient comme
ceux *à Bras*, par Rejettons, & dont les Rejettons font logés dans des tuyaux analogues à
ceux des Polypes de Mer dont j'ai parlé Article
188. Mr. TREMBLEY a décrit ces Polypes *à Pennache* & leur manière de multiplier dans le 3eme.
Mémoire de fon Hiftoire des Polypes. C'eft
cette efpèce de Polype qui a mis fur les voyes
de reconnoître que diverfes Productions mari-
nes, qu'on avoit prifes pour des Plantes, ne font

(*a*) *Ibid.* page 406.
(*b*) *Ibid.* pag. 415, & fuivantes.

que des *Polypiers*, ou des affemblages de tuyaux dans chacun desquels un Polype eft logé. MM. DE REAUMUR & B. DE JUSSIEU fe font affurés que les Polypes *à Pennache*, *lorsqu'ils font déjà vieux & peut-être prêts à périr*, pondent des Oeufs bruns, un peu applatis. Ils ont vû des Petits naître de ces Oeufs (*a*) : ainfi ces Polypes font réellement vivipares & ovipares à la fois, car les *Rejettons* qu'ils pouffent de différents points de leur Corps, font des Petits vivants. Si les *Graines* peuvent être comparées aux Oeufs de ces Polypes, fi les *Branches* reffemblent aux Rejettons de ces derniers, on pourroit dire qu'ils font vivipares & ovipares à la manière des Végétaux.

317. *Nouvelle obfervation de* Mr. TREMBLEY *fur une efpèce de Polype* à Pennache, *dont les Oeufs peuvent être confervés* au fec *pendant plufieurs mois.*

Mr. TREMBLEY, à qui il avoit été réfervé de nous découvrir un nouveau Monde dans les Polypes, m'a communiqué une obfervation intéreffante fur une efpèce de Polypes *à Pennache*, différente de celle qu'il a décrite dans fes Mémoires. Je raporterai cette obfervation avec d'autant plus de plaifir, que tout ce qui vient de cet excellent Obfervateur, eft précieux, & que d'ailleurs il ne l'a point encore publiée : la voici donc dans fes propres termes. *L'efpèce*

(*a*) *Mém. pour fervir à l'Hift. des Infect.* Tom. 6. Préface, pag. 76.

de Polypes à Pennache, dont les tuyaux se rami-
fient le plus, est celle dont les Oeufs ont été le plus
observés. Ils se trouvent dans la cavité de ces
tuyaux. Ils y paroissent environ dans le mois
d'Aoust. Ils sont d'abord blancs, & deviennent
ensuite bruns. Ils sont à peu près ronds, un peu
applatis, & le tour garni d'une espèce de bourlet,
fort peu relevé. Au mois de Septembre, on trouve des amas de Polypiers de Polypes à Pennache,
qui renferment un prodigieux nombre d'Oeufs.
Les Polypiers se décomposent & périssent la plûpart peu à peu. Les Oeufs en sortent à mesure
& sont élevés par leur légèreté sur la surface de
l'eau. J'en ai amassé une très grande quantité
en Angleterre en 1745. Je les ai fait sécher à
l'ombre. J'ai emporté ces Oeufs en Hollande dans
un papier, comme j'aurois fait de la Graine de
Vers à Soye. Je les ai gardés au sec depuis le
mois de Septembre jusqu'au mois de Janvier suivant. Je les ai mis alors sur la surface de l'eau
que je tenois dans de grands vases, qui étoient
dans mon cabinet. Au printemps, j'ai vû plusieurs de ces Oeufs s'ouvrir; les commencemens
d'un Polype à Pennache, paroître sur une matière blanchâtre; cette matière s'étendre peu à peu,
& se ramifier. A mesure qu'elle se ramifioit ou
végétoit, il sortoit de ces ramifications, de nouveaux Polypes.

318. Raisons qui indiquent que les Polypes à
Bras sont vivipares & ovipares.
Pourquoi certaines espèces sont à la fois vivi-
pares & ovipares.

Comment les Oeufs des Poissons peuvent repeupler des étangs desséchés.
Expérience à tenter sur ce sujet.

LES Polypes à Bras *en forme de Cornes*, dont j'ai tant parlé, multiplient, comme nous l'avons vû (*a*), *par Rejettons :* ces Rejettons font de véritables Polypes naissants, qui sortent du Corps de leur Mère, comme une Branche sort du tronc d'un Arbre. Ces Polypes font donc *vivipares ;* mais ce font des vivipares bien différents de tous ceux que nous connoissions auparavant. Si l'on vouloit les caractériser il faudroit inventer un nouveau terme & les nommer *Ramipares ;* car il est bien évident que ces Insectes font vivipares, plutôt à la manière des Arbres, qu'à celle des Quadrupédes & des autres Animaux, qui mettent au jour des Petits vivants. Il n'est pas encore démontré que les Polypes *à Bras en forme de Cornes* soient aussi *ovipares*, & c'est un point de leur histoire qui reste à éclaircir. Mr. TREMBLEY a vû sur leur Corps de petites excrescences sphériques, qui y tenoient par un court Pédicule. Il a observé que ces excrescences se détachoient du Polype au bout de quelque tems, & qu'elles tomboient au fond du Vase. Toutes se reduisoient à rien ; mais il en a vû une qu'il n'a osé assurer être devenuë un Polype, parce qu'il n'avoit pû la suivre sans interruption, & qu'il y avoit de petits Polypes dans le même vase. Lorsqu'il revint examiner cette excrescen-

(*a*) Article 185.

ce, il trouva à la place où il l'avoit laiffée deux jours auparavant, *un Polype informe, qui paroiffoit réellement venir d'un Corps fphérique, qui s'allongeoit du côté par lequel il touchoit le fond du verre. Le côté oppofé étoit encore arrondi, & l'on y appercevoit les bouts de trois Bras qui commençoient à fortir. Peu à peu ce Polype s'allongea, & prit la forme ordinaire de ces Animaux* (a).

IL y a tant de rapport entre les Polypes *à Bras* & les Polypes *à Pennache*, qu'on ne peut guères douter que les excrefcences dont je viens de parler, ne foient des efpèces *d'Oeufs*, & que les premiers comme les derniers ne foient à la fois vivipares & ovipares. Il eft des tems & des circonftances où l'efpèce peut fe conferver par le moyen des *Rejettons*, & il en eft d'autres où elle ne fauroit apparemment fe perpétuer que par le moyen des *Oeufs*. Les Pucerons nous en ont déjà donné un exemple : les Petits qui naîtroient en automne ne pourroient fubfifter fur les Arbres pendant l'hiver; ils font alors cachés dans des Oeufs, & n'éclofent qu'au retour du printemps. Nous avons vû, il n'y a qu'un moment, que Mr. TREMBLEY a confervé 4 à 5 mois *au fec*, les Oeufs d'une efpèce de Polypes *à Pennache*, qu'il les a enfuite femés fur l'eau comme des Graînes de Plantes aquatiques, & que ces Graînes animales ont donné des Polypes de la même efpèce. Ainfi une mare qui auroit été très peuplée de ces Polypes & qui demeu-

(a) *Mém. fur les Polyp. &c.* Tom. 2. page 97 & 98.

reroit à fec pendant quelques mois, pourroit encore s'en trouver très peuplée au retour des
pluyes : les Oeufs qui fe feroient confervés dans
la vafe donneroient naiffance à de nouvelles Gé-
nétations de Polypes. C'eft ce que l'expérience
a confirmé à Mr. TREMBLEY, foit à l'égard des
Polypes *à Pennache*, foit à l'égard des Polypes
à Bras en forme de Cornes: il a vû des Polypes
de cette feconde efpèce, reparoître dans des
lieux qui avoient été quelque tems à fec. On
pourroit conjecturer avec vraifemblance, que les
Oeufs des Poiffons fe confervent de la même
manière au fond des étangs defféchés, qu'ils re-
peuplent quand ces étangs fe rempliffent de nouveau. C'eft au moins ce qu'on a obfervé avec
furprife dans un étang mis à fec & repeuplé enfuite des mêmes Poiffons dont on ne pouvoit
découvrir l'origine. L'on imaginoit que des Ci-
gognes ayant porté dans leur Bec de ces Poiffons, les avoient laiffé tomber par hazard dans
l'étang rempli de nouveau, & que c'étoit à ces
Poiffons qu'étoit dûë la nouvelle peuplade. Elle l'étoit peut - être aux Oeufs demeurés dans la
vafe & qui avoient pû s'y conferver fains. Ce
feroit une expérience curieufe à tenter, que celle de garder *au fec* les Oeufs de diverfes efpèces
de Poiffons, & de les répandre enfuite dans des
lieux convenables & apropriés. On s'affureroit
par ce moyen très fimple s'ils peuvent fervir ainfi à perpétuer l'efpèce. La Nature n'a pas été
affujettie à une précifion extrême ; il eft dans
fa manière d'opèrer, une certaine latitude que le

Phyſicien doit étudier, & que l'Expérience lui découvre. On n'a pas oublié ce que j'ai rapporté dans le Chapitre X. du Tome I. ſur la manière d'abréger & de prolonger à volonté la durée de la vie de divers Animaux. En conſervant au ſec, pendant 4 à 5 mois, des Oeufs de Polypes, on prolonge réellement d'autant la durée de la vie des Germes logés dans ces Oeufs. Combien de Générations de Polypes ſe ſeroient ſuccédées durant cet intervalle de tems, ſi les Oeufs avoient été laiſſés dans leur élément naturel?

319. *Eſpèces qui ne ſont proprement ni vivipares ni ovipares.*
Les Polypes qui multiplient par diviſions & ſubdiviſions naturelles.
Manière dont on peut concevoir la Génération des Polypes à Bulbes.
Réflexions ſur la ſtructure des Polypes & ſur l'Animalité.

LES Petits des *Ovipares* ſortent du Ventre de leur Mère renfermés ſous une Enveloppe molle ou cruſtacée. Nous nommons cette Enveloppe, un *Oeuf*, & nous diſons que les Petits *écloſent* quand ils ſortent de l'Oeuf. Les découvertes de Mr. TREMBLEY, ſur différentes eſpèces de Polypes d'eau douce, nous ont appris qu'il eſt des Animaux qui ſemblent n'appartenir proprement ni à la claſſe des *Vivipares* ni à celle des *Ovipares*, & qui demandent à être rangés dans une claſſe particulière, pour laquelle nous

n'an'avons point encore de nom. J'ai donné dans le Chapitre XI. du Tome I. un précis de l'Hiſtoire des Polypes *à Bouquet:* j'y ai raporté d'après Mr. TREMBLEY, la manière ſingulière dont ils multiplient. J'ai dit qu'il en a obſervé deux eſpèces, dont j'ai indiqué les caractères: les Polypes de l'une & de l'áutre ont la forme d'une Cloche renverſée. On a vû que lorſque les Polypes de la première eſpèce ſont ſur le point de multiplier, ils perdent leur forme de Cloche, & prennent celle d'un Corps arrondi, qui ſe partage ſuivant ſa longueur en deux Corps arrondis plus petits, qui ne tardent pas à prendre la forme de Cloche. Ce ſont deux Polypes parfaits attachés à la même Tige par un Pédicule propre. Ils s'arrondiſſent enſuite bientôt, & ſe partagent comme le premier en deux, ſuivant leur longueur. Le Bouquet eſt alors compoſé de quatre Cloches. Il continuë à s'accroître par de ſemblables diviſions & ſubdiviſions. Toutes les Cloches tiennent, comme autant de Fleurs, à une Tige commune, & compoſent ainſi un Bouquet qu'on ne ſe laſſe point d'admirer au Microſcope, & qu'on prendroit à la vuë ſimple pour une tache de *moiſiſſure*.

LES Polypes à *Bouquet* de la ſeconde eſpèce, ne doivent pas leur première origine à la diviſion d'une Cloche; mais, nous avons vû qu'il naît çà & là ſur les Branches du Bouquet de petits Boutons, de petites Bulbes, ſemblables, en quelque ſorte, aux *Galles* des

TOM. II.   L

Plantes, & qui groſſiſſent peu à peu. Parvenus enfin à leur dernier terme d'accroiſſement, ces Corps ronds, ces eſpèces de Bulbes ſe détachent du Bouquet, & vont en nageant ſe fixer ſur quelque appui. Ils s'y attachent par un court Pédicule qui s'allonge en peu de tems. Chaque Bulbe perd ſa forme ſphérique & devient ellyptique. Cette eſpèce de Bulbe eſt incomparablement plus groſſe qu'un Polype *en Cloche.* Elle ſe partage par le milieu longitudinalement, & les diviſions & ſubdiviſions continuent de la même manière dans tous les Boutons, juſques à ce qu'ils ſoient tous parvenus à n'avoir que la groſſeur propre aux Cloches. Alors ils s'épanouïſſent & ſe montrent ſous la forme de Cloches. Toutes ces Cloches ſont de véritables Polypes, & toutes ſont attachées à une Tige commune par un Pédicule particulier. Le *Bouquet*, qui réſulte de leur aſſemblage, acquiert enſuite de nouvelles Branches & de nouveaux Rameaux par la diviſion même des Cloches.

CETTE courte récapitulation de l'Hiſtoire des Polypes *à Bouquet*, fait aſſés connoitre, que leur façon de multiplier n'a rien de commun avec celle des *Vivipares*, ni avec celle des *Ovipares.* Il faudroit inventer des termes pour exprimer la Génération de ces Polypes, & nommer, ſi l'on veut, ceux de la première eſpèce *Gemmipares*, & ceux de la ſeconde *Bulbipares.* Mais les mots n'augmentent pas nos connoiſſances ſur les choſes qu'ils repréſentent. Quand on aura trouvé des termes propres à fixer nos idées fur cette nouvelle claffe de Corps organifés, nous n'en pénètrerons pas mieux le fecret de leur multiplication. Ils font fi petits, que le Microfcope ne peut nous découvrir que leur forme extérieure, & tout ce qui fe paffe dans leur intérieur avant, pendant & après la divifion, nous demeure caché. Combien de Faits intéreffants s'offriroient ici à nôtre examen, fi la méchanique de ces petits Corps étoit ex-pofée à nos yeux ! Leur organifation eft fans doute très fimple ; nous en pouvons juger par celle du Polype *à Bras.* J'ai comparé la Che-nille à un Oeuf (*a*); elle en fait au moins les fonctions à l'égard du Papillon ; mais cet Oeuf mange, croît, rampe, &c. La *Bulbe*, qui eft le principe d'un Polype *à Bouquet* de la fe-conde efpèce, feroit-elle une forte d'*Ovaire* animé, qui renfermeroit actuellement tous les Polypes, toutes les petites Cloches qui naîtront de fa divifion ou de fa décompofition graduelle & fucceffive ? Imaginer cela & cent chofes pa-reilles, c'eft vouloir deviner la Nature, & ja-mais l'on ne court plus de rifque de fe tromper en tentant de la deviner, que lors qu'on ne peut pas même s'aider de *l'analogie*. L'extrê-me fimplicité de la ftructure des Polypes qui nous font les plus connus, indique fuffifam-ment que tous les Animaux de cette claffe ne font prefque formés que de Parties *fimilaires.*

(*a*) Voyez le Chap. X. du Tome I.

L 2

C'eft ainfi que dans le Polype *à Bras*, chaque fragment, & pour dire plus, chaque molécule peut repréfenter un Polype en petit. Or, les réfultats naturels d'une femblable ftructure doivent différer beaucoup de ceux d'une ftructure fort compofée & où il entre un grand nombre de Parties *diffimilaires*. Les Polypes femblent occuper les plus bas échellons de l'Echelle de l'*Animalité*: placés à une fi prodigieufe diftance de l'Homme & des grands Animaux, il feroit peu philofophique de fe croire toûjours en droit de tirer des inductions des uns aux autres. Mais, nous avons puifé chez les grands Animaux des idées d'Oeufs, d'Ovaire, de Matrice, de Ponte, d'Accouchement, &c. & nous tranfportons ces idées, fans y réflêchir, à tout ce qui a le caractère d'Animal. Nous ne fommes pourtant pas encore parvenus à fixer nos idées fur l'*Animalité*, & les Polypes nous ont appris, que des *caractères* qu'on avoit jugés propres au Végétal, conviennent auffi à l'Animal. Les Polypes nous aprennent donc à ufer fobrement de l'*induction*. Je fais que nos connoiffances s'étendent par la voye des comparaifons; mais je n'ignore pas non plus, que l'*Art de comparer* a fes règles fur lefquelles les Logiques ordinaires n'infiftent pas affés. Ne comparons donc les Polypes qu'à eux-mêmes ou aux Etres dont ils paroiffent fe raprocher le plus. C'eft ce que j'ai effayé de faire dans les deux premiers Chapitres de ce Volume, lorsque j'ai tenté de rendre raifon des Boutures &

des Greffes animales. Cependant comme il n'eft pas toûjours facile d'inventer des termes qui repréfentent parfaitement des objets dont on n'avoit point encore les idées, il arrive quelquefois qu'on fe fert, pour cet effet, de termes déjà confacrés à fignifier des objets très connus, & cet ufage ne fauroit être vicieux dès qu'on a foin de montrer la différence des objets repréfentés par les mêmes termes. Ainfi, lors que je me fuis fervi de ces expreffions, *que le Polype eft tout Ovaire*, je n'ai point prétendu donner à entendre, que le Polype entier fût un *Ovaire* femblable à ceux que nous connoiffons, ni qu'il renfermât des Oeufs femblables à ceux des autres Infectes; mais, j'ai voulu fimplement faire entendre en peu de mots, qu'au lieu que chez la plûpart des Animaux, les Embrions font raffemblés dans un lieu particulier, ils font répandus chez le Polype dans toute l'étenduë de fon Corps.

320. *Mouvemens remarquables que fe donnent la Tige & les Branches des Polypes* à Bouquet. *Principe de ces mouvemens, & ce que font les Branches.*

Je ne l'ai pas dit encore, & je dois le dire à préfent, pour faire mieux fentir la difficulté d'expliquer la Génération des Polypes *à Bouquet*, & pour juftifier le filence que j'ai gardé fur ce fujet à la fin du Chapitre II. de ce Volume: la Tige & les Branches ne compofent

avec les Cloches qu'un feul Tout organique, &
le même principe de vie paroit animer les unes
& les autres. La Tige & les Branches font
fufceptibles de mouvemens très rèmarquables,
& qui fe diverfifient beaucoup. Dans une efpèce de ces Polypes *à Bouquet*, qu'on pourroit nommer Polypes *en Houppe*, à caufe de la
forme du Bouquet, la Tige & les Branches fe
retirent fur elles-mêmes avec une promptitu-
pe extrême, pour peu qu'on agite l'eau. Elles
exécutent ce mouvement en fe difpofant en
fpirales, dont les tours fe touchent tous ou à peu
près. Chaque Branche peut fe retirer indépen-
damment d'une autre Branche. Mais lors que
la Tige fe retire, toutes les Branches fe retirent
auffi. Dès que le calme eft rendu aux Polypes, la Tige & les Branches s'étendent ou fe
déployent de nouveau. Lors que le Bouquet
eft déjà fort avancé, la Tige ne fe retire plus;
on diroit qu'elle s'eft endurcie. Les Cloches,
comme je l'ai dit, fe détachent enfin du Bouquet: quand il en eft fort dégarni, les Branches ne fe retirent plus avec la même promptitude; & lors que le Bouquet eft encore plus
dégarni de Cloches, il n'y a plus que les Branches qui en font pourvuës, qui fe retirent encore. Enfin, lors que le Bouquet a perdu toutes fes Cloches, les Branches ne jouent plus.
On peut inférer de ces Faits, que le principe
de ces mouvemens eft dans les Cloches. Ce
font elles auffi qui fourniffent à l'accroiffement
de la Tige & des Branches. Il ne faut pour-

tant pas comparer ces Branches à celles des
Arbres ; elles font plûtôt des efpèces de Racines que pouffent les Cloches, & qui fe développent peu à peu. Quand un de ces très petits
Polypes fe détache d'un Bouquet, il va en nageant fe fixer contre quelque appui. Il fort
de fa Partie inférieure un court Pédicule qui l'at-
tache à cet appui. Ce Pédicule s'allonge de plus
en plus, & bientôt il devient la Tige d'un nouveau
Bouquet. Le Polype placé à l'extrèmité de la
Tige fe partage en deux inégalement. Le plus
gros Polype demeure attaché au bout de cette
Tige; l'autre fe trouve placé un peu plus bas.
Il pouffe auffi un Pédicule par lequel il tient à
la Tige. Ce Pédicule s'allonge & c'eft une
Branche. Le Polype placé au bout de cette
Branche, fe partage bientôt comme le premier,
& pouffe, comme lui, un Pédicule, & voilà
une nouvelle Branche qui s'implante fur la première, &c. Ainfi ce ne font pas les Branches qui produifent les Cloches, comme une
Branche végétale produit un Bouton ou une
Fleur; mais ce font les Cloches qui produifent
les Branches, & celles-ci ceffent de croitre dès
que celles-là s'en féparent naturellement ou par
accident.

Les Polypes *à Bulbes* font, comme l'on a
vû, au nombre des Polypes *à Bouquet*. D'une
Tige commune partent huit à neuf Branches
principales, qui font avec la Tige un angle un
peu plus grand qu'un droit. De toutes ces

L 4

Branches fortent des Branches latérales plus petites ; & à l'extrèmité des unes & des autres eft
une Cloche ou un Polype. Quand on touche
légèrement le Bouquet, & fouvent fans qu'on
le touche, les Branches fe replient fubitement
de dehors en dedans, & en fe raprochant elles
fe difpofent de façon à former une petite maffe
ronde. La Tige fe retire en même tems, & fe
plie de la même manière que l'on plie une *mefure* qui a des charnières, en deux ou trois endroits.

321. *Nouvelle découverte de* Mr. TREMBLEY
fur les Polypes en Naffes.
Corps oviformes *auxquels ils doivent leur origine.*
*Singularité de leur manière de naitre. Remar-
ques fur ce fujet.*

IL femble que les Polypes foient faits pour
déranger toutes nos idées d'œconomie animale.
Je l'ai dit, & je ne crains point de le répéter ici,
ils ont été conftruits fur des modèles qui diffèrent fi prodigieufement de tous ceux qui nous
étoient connus, que nous fommes mêmes em-
baraffés à nommer ce qu'ils nous montrent. Nous
entendons par un *Oeuf*, un corps rond ou oblong,
dont l'Enveloppe, foit molle, foit cruftacée
renferme avec différentes fubftances, un Embrion
appellé à y prendre fes premiers accroiffemens.
Il eft une efpèce très fingulière de Polypes qui
paroiffent d'abord fous la forme d'un très petit
Corps oblong & blanchâtre, qu'on jugeroit être

un *Oeuf*, & qui pourtant n'en eft point un. Il eft l'Animal lui-même déguifé fous cette apparence trompeufe. C'eft encore une découverte de Mr. TREMBLEY, qu'il n'avoit point renduë publique, & dont il m'a fait part. Je la produis ici dans les propres termes de l'Auteur.

VOICI m'écrivoit-il, *de quelle manière multiplie l'Efpèce de petit Infecte aquatique que j'ai appellée Polypes en Naffes, & que je n'ai décrite encore nulle part. On les trouve raffemblés en groupes, & fixés fur tous les Corps qui fe rencontrent dans les eaux. Comme l'Animal eft tranfparent, on voit qu'il fe forme au dedans de lui, un corps oblong & blanchâtre. Ce corps, lors qu'il eft formé, defcend enfuite peu à peu, fort du Polype par un endroit marqué, & refte fixé perpendiculairement fur le Polype. Chaque jour il s'en produit un nouveau, & le groupe qui fe forme fur le corps du Polype, augmente. Ces petits corps oblongs font des efpèces d'Oeufs. Ils n'ont point de Peau ou de Coque. Sept ou huit jours après qu'ils font fortis du corps du Polype, ils fe développent. Ce développement eft l'affaire de peu de minutes, après lequel ils font tels que leur Mère.*

JE *connois d'autres efpéces de petits Polypes d'eau douce, qui pour le fond multiplient de la même manière. Je puis ajoûter qu'ils font tous Mère.*

LES petits *Boutons* qui s'élèvent çà & là fur

L 5

le Corps des Polypes *à Bras* (*a*), & qui font autant de Polypes naiſſans, paroiſſent d'une nature fort analogue à celle de ces petits *Corps oviformes* qui deviennent des Polypes *en Naſſes*. Les uns & les autres font de petits *Touts* organiſés, qui prennent leurs premiers accroiſſemens à découvert, au lieu que les Petits des Ovipares prennent les leurs dans une eſpèce de boëte ou de ſac. Repréſentez - vous un Oiſeau qui naîtroit ſans enveloppe, replié ſur lui - même en forme de boule, & qui ſe déployeroit enſuite peu à peu, & vous aurez une image, à la verité très imparfaite, de la manière dont naiſſent les Polypes *en Naſſes*. L'on peut conjecturer avec vraiſemblance, que tandis que le Polype eſt dans ſon premier état de *Corps oviforme*, toutes ſes Parties ſoit extérieures, ſoit intérieures, ont des formes, des proportions, des ſituations qui diffèrent beaucoup de celles qu'elles auront dans l'Animal développé. L'on n'a pas oublié les changemens que le Poulet ſubit dans l'Oeuf (*b*): nous n'admirerions ſans doute pas moins ceux que le Polype *en Naſſes* ſubit hors du Corps de ſa Mère, ſi nos Microſcopes pouvoient atteindre à cet ordre d'infinimens petits. Il ſe fait auſſi une ſorte de Génération à découvert dans les Parties que réproduiſent les divers Inſectes qu'on multiplie en les coupant par morceaux. C'eſt ſur tout chez les Vers de terre qu'on peut ſuivre à l'oeil les progrès d'un développement ſi remar-

(*a*) Article 185.
(*b*) Article 146.

quable & qu'on ne fe lafle point de revoir. Je
m'en fuis beaucoup occupé dans le Chapitre I.
de ce Volume : nous ne préfumerons pas que
ces différentes Parties qui naiffent fous nos yeux,
fuffent renfermées originairement dans de véritables *Oeufs.* Nous foupçonnerons plus volontiers, qu'elles ont pour principe de petits Corps
analogues à ceux qui font le principe des Polypes *en Naffes.*

322. *Efpéce dont les Petits naiffent auffi grands*
que leur Mère.
La Mouche - Araignée.
Principes fur les Métamorphofes des Infectes
en général.
De la Métamorphofe en boule - allongée *en*
particulier.
Nouvelle preuve de la fauffeté de l'Epigénéfe.

S'il eft une loi de la Nature, qui paroiffe ne
devoir fouffrir aucune exception, c'eft affurément celle qui veut que tout Animal ait à croître après fa naiffance. Une Mouche qui fe tient
fur les Chevaux, que l'on trouve auffi dans
les Nids des Hirondelles, & que la forme a-
platie de fon Corps a fait nommer par Mr. DE
REAUMUR *Mouche - Araignée,* nous offre en ce
genre un prodige que l'Illuftre Obfervateur nous
décrit, à fon ordinaire, d'une manière bien
propre à intéreffer nôtre curiofité.

,, Si quelqu'un, dit-il (*a*), au retour d'un
,, voyage en des Pais très-éloignés & peu fré-

(*a*) *Tom. 6. des Mémoires fur les Infectes,* Préface page 48.

„ quentés, ofoit nous raconter qu'il a vû un grand
„ Oifeau, une Poule, par exemple, d'une cer-
„ taine efpèce, qui pond un Oeuf d'une grof-
„ feur démésurée, duquel fort un Poulet, qui
„ dès l'inftant qu'il eft hors de la Coque, n'a
„ plus à croître, parce qu'il égale fa Mère en
„ grandeur, ou même le Coq par qui elle a été
„ fécondée; fi quelqu'un, dis-je, ofoit nous
„ rapporter un pareil Fait, croirions-nous qu'il
„ méritât d'être écouté? Quand il l'attribuëroit
„ à l'Oifeau de la plus petite efpèce, à un Co-
„ libri, ou à un Oifeau-Mouche, fon récit ne
„ nous en fembleroit pas moins fabuleux. L'I-
„ magination ne fauroit fe prêter à concevoir un
„ Animal qui dès le moment de fa naiffance, a
„ toute la grandeur de fon Père ou de fa Mè-
„ re: qu'on veuille nous le faire croire d'un
„ Eléphant, d'un Colibri, ou d'une Mouche,
„ la difficulté fera par-tout la même. Il eft
„ pourtant très vrai, & je n'oferois l'affurer, fi
„ pour le revoir il falloit aller aux Indes, qu'il
„ y a une Mouche, c'eft nôtre Mouche-Araig-
„ née, qui pond un Oeuf fi gros, qu'on a peine
„ à concevoir qu'il ait pû être contenu dans fon
„ Corps. Sa Coque eft noire, luifante, dure
„ & incapable d'extenfion; auffi l'Oeuf conferve-
„ t-il la forme & le volume qu'il avoit lorfqu'il
„ a été pondu. Il vient cependant un tems où
„ il en fort une Mouche qui, dans l'inftant de
„ fa naiffance, eft dans le cas du Poulet qui
„ naîtroit Poule parfaite, ou Coq parfait. ''

Mon Lecteur a déjà pris l'idée d'un Oeuf,

d'un véritable Oeuf, d'un Oeuf semblable en petit à celui d'une Poule, & d'où sort un Volatil qui a, en naissant, toute la grandeur de sa Mere. Cette idée *d'Oeuf* n'est pourtant pas exacte, & Mr. DE REAUMUR l'a exposée ailleurs (*a*) avec plus de précision : en la rendant d'après ses observations & d'après les miennes propres, je ne ferai presque que changer le mot, & la merveille subsistera toute entière. Mais, avant que de donner à mon Lecteur le véritable mot de cette énigme, je l'entretiendrai d'une *Métamorphose* très singulière, que subissent des Vers qui deviennent des Mouches de la classe de celle dont il s'agit.

ON connoit en général les Métamorphoses du *Ver - à - Soye :* elles reviennent précisément à celles que toutes les *Chenilles* & quantité d'autres Insectes ont à subir pour arriver à l'état de perfection, à cet état dans lequel seul ils peuvent propager leur espèce (*b*). L'on sçait que l'Insecte se dépouille de la Peau de *Ver*, lors qu'il révêt la forme de *Chrysalide* ou celle de *Nymphe*. Il se dépouille pareillement de l'enveloppe de Chrysalide ou de celle de Nymphe, lors qu'il paroit sous sa véritable forme de *Papillon*, de *Mouche* ou de *Scarabé*. J'ajoûterai qu'il y a cette différence essentielle entre l'état de *Chrysalide* & celui de *Nymphe*, que dans le premier, toutes les Parties extérieures de l'Insecte sont révêtuës d'une enveloppe membraneuse & très fine,

(*a*) *Ibid. Mém.* 14. page 586. & suivantes.
(*b*) Voyez Article 309.

propre à chacune, & que de plus elles font re-
couvertes d'une enveloppe générale & cruftacée
qui les affujettit toutes au Corps. Cette enveloppe cruftacée manque aux *Nymphes* proprement dites; auffi toutes les Parties extérieures de
l'Animal y font elles beaucoup plus vifibles que
dans les *Chryfalides*. Toutes les *Chenilles* que
nous connoiffons, paffent par l'état *moyen* de
Chryfalide avant que de parvenir à celui de *Papillon*. Beaucoup d'efpèces de *Vers* paffent par
l'état *moyen* de *Nymphe*, avant que de parvenir
à celui de *Mouche*. Je traiterai ce fujet plus en
détail, lorsque j'aprofondirai dans la fuite de cet
Ouvrage la manière dont s'opère l'accroiffement
des différens Animaux. Je donnerai en même
tems une *méthode* de diftribuer les *Infectes* en
claffes, que leurs *Métamorphofes* m'ont fournie.

LES *Vers* (*a*), que je veux faire connoitre à
préfent, vivent dans les Chairs corrompuës, &
dans les matières les plus abjectes. Ils n'ont
point de Jambes; ils refpirent par des efpèces
de Bouches placées à leur derrière. Ils font blanchâtres, mols, presque tranfparens: leur Tête,
armée de deux Crochets, ne reffemble point à
celle des autres Animaux: elle change de forme
à chaque inftant: elle fe dilate, fe contracte,
s'allonge, fe raccourcit de mille manières: l'Infecte peut la faire rentrer dans fon Ventre, &
l'en faire fortir à fon gré.

(a) *Mémoires pour fervir à l'Hiftoire des Infectes*, Tome 4.
Mém. 7. Pag. 289. & fuivantes.

LORSQUE ces Vers font prêts à fe métamorphofer, ils prennent la forme d'un Oeuf. Sous
cette forme, ils font abfolument incapables de
mouvement: leur Peau devient caffante & fria-
ble, & leur couleur fe change en un brun marron. En un mot, ils ne retiennent plus de leur
première forme que quelques veftiges d'anneaux.

EN fe métamorphofant, l'Infecte ne fe dépouille point, comme tant d'autres, de la Peau
de Ver; mais toutes fes Parties extérieures s'en
retirent peu à peu, & s'en détachent enfin entièrement. Elles fe trouvent alors renfermées
dans une Coque bien clofe, & cette Coque eft
formée de la Peau même du Ver. Ainfi la Nature qui a refufé à nôtre Infecte ce fil brillant,
qu'elle a accordé au Ver-à-Soye & à un grand
nombre d'autres Chenilles, l'en a dédommagé
en lui enfeignant à fe faire une Coque de fa propre Peau, dont l'ufage répond exactement à celui de la Coque du Ver-à-Soye. Elle a même tout difpofé de loin pour que cette Coque
fingulière, eût le dégré de confiftence néceffaire aux befoins du petit Animal. On fçait que
les Chenilles changent plufieurs fois de Peau
dans le cours de leur vie: l'on connoit les *muës*
ou les *maladies* du Ver-à-Soye. Mais, on ne
fçait pas auffi bien tout ce que ces *muës* ont de
remarquable: l'on n'imagine pas qu'à chaque
muë, l'Infecte fe dépouille de fon Crâne, de
fes Yeux, de fes Dents, de fes Jambes; en un
mot de toutes fes Parties extérieures.

ON les retrouve très complettes dans la dépouille, & fi complettes, que celle-ci ne diffère point extérieurement de l'Animal lui-même. Paré de fa nouvelle Peau, il offre pourtant les mêmes Parties, & l'on reconnoit qu'elles étoient logées avec un grand art, dans celles de la dépouille, comme dans autant de fourreaux. Nos Vers qui ont à fe faire une Coque de leur propre Peau, n'ont point de *muës* à fubir : ils prennent donc tout leur accroiffement fans changer de Peau. Celle qui les recouvroit en naiffant, a donc tout le tems de fe fortifier, de s'épaiffir & d'acquérir le dégré de confiftence qui la mettra en état de fervir un jour de *Coque* à l'Infecte.

J'AI eû bien des occafions dans le cours de cet Ouvrage, d'infifter fur la fageffe avec laquelle l'on doit ufer de l'*Analogie :* fi nous jugions de nôtre Infecte par cette voye, nous penferions, qu'immédiatement après que tous fes Membres fe font détachés de la Peau de Ver, il révêt la forme de *Nymphe*. C'eft au moins ce qui arrive à tant d'autres Infectes qui paffent par cet état *moyen* : dès qu'ils ont abandonné leur première enveloppe, ils paroiffent de véritables Nymphes, & nous laiffent voir diftinctement fous cette nouvelle forme, toutes les Parties propres à la *Mouche*. Mr. DE REAUMUR nous a apris, que ce n'eft point ainfi que la Nature procède à l'égard de l'Infecte dont nous parlons : elle fait varier au befoin fes procédés, & parvenir au même but par des rou-

tes

tes très différentes. Ne cherchons donc point
à la deviner ; mais interrogeons-la comme elle
veut l'être. L'Hiftoire naturelle eft la meilleure Logique , parce qu'elle eft celle qui nous
inftruit par des exemples plus frappans.

Ouvrons avec précaution l'efpèce de Coque
dans laquelle l'Infecte s'eft renfermé. Au lieu
d'une véritable *Nymphe* que nous nous atten-
dions à y trouver, nous n'y trouverons qu'une
petite maffe de Chair oblongue, blanchâtre, &
fur laquelle nous n'apercevrons pas , même à
la Loupe, le moindre veftige de Membres ou
d'Organes. Loin donc de fe métamorphofer
en Nymphe , l'Infecte s'eft métamorphofé en
Boule-allongée , & c'eft le nom que Mr. DE
REAUMUR a donné à cette efpèce fingulière
de transformation.

Mais, au moins l'Infecte fe produira-t-il
en Nymphe au moment qu'il fe dépouillera de
ce fac, qui lui donne la forme d'une *Boule-allongée* ? La plûpart des Infectes qui paffent par
un état *moyen*, le révêtent tout entier au moment qu'ils fe dépouillent de leur première enveloppe.

Ici il faut encore abandonner l'analogie, &
nous en avions déjà été avertis par ce qui avoit
précédé. Ce n'eft que par dégrés affez marqués, que l'Infecte paffe de l'état de *Boule-allongée* à celui de *Nymphe* proprement dite. Si
l'on ouvre de jour en jour plufieurs de ces Co-

TOM. II.   M

ques, voici ce qu'on y découvrira.

Au bout de deux ou trois jours, on verra des Jambes très-courtes qui sortiront de la Partie antérieure de la Boule. Le jour suivant, les Aîles commenceront à se montrer, & les Jambes en s'étendant davantage, se raprocheront de la Partie postérieure de la Boule. Un autre jour, on apercevra le bout de la Trompe de la Mouche; la Trompe entière paroitra ensuite, & la Tête la suivra de près. Enfin, on ouvrira des Coques où l'on trouvera une Nymphe dont toutes les Parties auront la grandeur & la situation propres à cet état *moyen*.

UN Partisan de l'*Epigénése* croiroit voir ici une Nymphe qui se façonne peu à peu, qui croît *par apposition*, comme l'on a imaginé que croissent le Fœtus de la Biche, le Poulet, & depuis peu le Fœtus humain. Mais, il demeure toujours si vrai que l'*Epigénése* n'est point du tout une loi de la Nature, que dans ce cas même qui lui paroit si favorable, nous avons des preuves directes de l'*Evolution*, & des preuves auxquelles on ne s'attendroit pas. Tandis que l'Insecte est sous la forme de *Boule-allongée* & qu'il ne montre pas le moindre vestige des Parties d'une Nymphe, l'on peut obliger ces Parties à se produire au grand jour; on peut faire naître à volonté une Nymphe qui ne paroissoit pas exister encore. Il ne faut pour cet effet, que presser avec précaution le bout postérieur de la Boule, au même instant, on verra sortir d'un enfoncement qui est à son bout

antérieur, toutes les Parties d'une Nymphe, qui
fe prolongeront de plus en plus à mefure qu'on
augmentera la preffion. Elles préexiftoient donc
à leur apparition naturelle ou forcée ; elles é-
toient donc renfermées & repliées dans l'intérieur de la Boule, à peu près comme une Fleur
dans fon Bouton. En un mot, il en eft de
ces Parties, pour me fervir de la comparaifon
de Mr. DE REAUMUR, comme des doigts d'un
gand, qu'on auroit fait rentrer dans la main du
gand, & qu'on en retireroit enfuite. S'il nous
étoit poffible d'en ufer de même à l'égard des
petits Boutons & des Corps *oviformes* dont
naiffent différens Polypes, il y a lieu de préfumer que nous en ferions fortir pareillement
toutes les Parties propres à ces Infectes, & que
nous hâterions ainfi le moment de leur prétendue naiffance. Je rapporterai bientôt une expérience fur les *Boules-allongées*, qui mettra cette vérité dans le jour le plus lumineux.

323. *Explication de la* Mouche-Araignée. *Nouvel argument en faveur de l'*Evolution.

JE reviens maintenant à la production oviforme de la *Mouche-Araignée*, à cette efpèce
d'Oeuf d'une groffeur démefurée, d'où fort une
Mouche auffi grande que Père & Mère. J'ai
averti que cette production n'eft point un véritable Oeuf : quelle eft donc fa nature ? Nous
ne pouvons l'aprendre que de l'obfervation &
de l'expérience.

M 2

DANS un de ces Corps *oviformes* ouvert quatre jours avant celui où la Mouche en auroit dû sortir naturellement, Mr. DE REAUMUR (*a*) a trouvé une *Nymphe* dont toutes les Parties étoient très-distinctes, & auxquelles il manquoit peu du côté de la consistence. L'espèce d'Oeuf dont je parle, a un de ses bouts plus arrondi que l'autre: le bout le plus arrondi est l'antérieur; le bout postérieur se termine par deux Cornes moussès. La *Nymphe*, très-aisée à reconnoitre pour une Nymphe de *Mouche-Araignée*, étoit placée de manière que sa Tête répondoit au bout antérieur de la Coque, & que son derrière étoit apuïé sur le bout opposé. Au bout antérieur est une espèce de calotte qui s'enlève facilement, & qui a été ménagée pour la sortie de la Mouche.

Nous sommes donc assurés, qu'il est un tems où le Corps *oviforme* dont nous recherchons la nature, renferme une véritable *Nymphe*. Cette Nymphe a sans doute été un *Ver*: ce Ver se seroit-il transformé en *Boule-allongée*? Le Corps oviforme seroit-il cette Boule-allongée, ou pour parler plus exactement, renfermeroit-il l'Insecte sous cette forme? Pour tâcher de le découvrir, Mr. DE REAUMUR a ouvert des Coques un jour ou deux après la ponte. Il n'a vû dans leur intérieur qu'une bouillie blanchâtre, presque fluide, & dans laquelle il n'a pû démêler aucune sorte d'organisation. Lorsqu'il a ouvert de ces

(*a*) *Mém. pr. servir à l'Hist. des Insect.* **Tom.** 6, **Mém.** 1, pag. 587. & suivantes.

Coques plus tard, il a remarqué que la bouillie étoit moins fluïde, & qu'elle avoit même quelque confiſtence ; mais toûjours ſans aucune apparence d'organiſation. Enfin, dans quelque tems qu'il ait ouvert de pareilles Coques, il n'eſt jamais parvenu à y découvrir un *Ver*.

AINSI, l'on ne trouve dans nos Coques nouvellement ponduës, qu'une bouillie plus ou moins fluïde, & où l'on n'aperçoit aucune trace des Parties propres à un Ver ou à une Mouche. Quelle lumière pouvons-nous eſpèrer de tirer d'une ſemblable bouillie ? Comment la Nature débrouille-t-elle ce petit cahos, & en fait-elle ſortir un Tout très organiſé ? Nous venons de voir une véritable Nymphe occuper la place de cette bouillie : peu de jours ont ſuffi pour que cette Nymphe ait achevé de ſe former & pour qu'elle ait acquis un certain dégré de conſiſtence. Immédiatement auparavant elle n'étoit qu'une ſubſtance laiteuſe ou caſéeuſe : eſt-ce donc que la Nature fait un Inſecte comme nous faiſons un fromage ? ou pour recourir à une Phyſique moins groſſière, eſt-ce que des Molécules organiques éparſes dans la bouillie, venant à ſe réünir en vertu de certaines forces *de raport*, produiſent une Tête, des Yeux, une Trompe, des Jambes, &c.? Il n'y a qu'un moment, qu'en preſſant le bout poſtérieur d'une *Boule-allongée*, nous en faiſions ſortir toutes les Parties extérieures d'une *Nymphe*, qui ne ſembloient pas exiſter. Lors qu'on ouvre une de

M 3

ces *Boules* immédiatement après que l'Insecte a achevé de se détacher de la Peau de Ver, on n'y trouve qu'une bouillie précisément semblable à celle que nous venons d'observer dans les *Coques* des *Mouches-Araignées*. Il semble que l'Insecte se soit liquéfié en entier, qu'il se soit résolu en une substance purement laiteuse; au moins est-il certain que la Loupe même ne peut faire découvrir dans cette bouillie aucun indice d'organisation. Elle est pourtant très organisée; que dis-je! Elle est une véritable Nymphe déguisée sous l'apparence trompeuse d'un Fluïde. Un moyen très simple va mettre sous nos yeux toutes les Parties de cette Nymphe, & la ridicule *Epigénése* fuira pour toûjours dans les ténèbres de l'Ecole, d'où un Auteur moderne avoit entrepris de la tirer à force de génie & d'invention. J'ai parlé dans l'Article 167, de la transpiration insensible qui doit se faire dans la *Chrysalide* pour que le *Papillon* soit en état de paroître au jour. J'ai montré, comment en accélérant ou en retardant cette transpiration, on abrège ou l'on prolonge à volonté la vie de l'Insecte, tandis qu'il est encore renfermé sous l'enveloppe de Chrysalide. Essayons de hâter beaucoup plus la transpiration qui doit se faire aussi dans nos *Boules-allongées*: faisons-les cuire quelques minutes dans l'eau chaude & ouvrons-les ensuite. Qu'y voyons-nous? toute la bouillie a disparu, & une véritable *Nymphe* a pris sa place. Cette Nymphe ne s'est pas formée dans quelques minutes; mais ses Parties auparavant trop mol-

les, trop abreuvées & comme diffoutes, échap-
poient à nos yeux & à nos inftrumens. Don-
nons une femblable préparation à nos Coques de
Mouches-Araignées, & nous aurons précifément
les mêmes réfultats La bouillie s'épaiffira, &
nous verrons paroître auffi - tôt une *Nymphe* a-
vec toutes les Parties qui la caractérifent.

CETTE *Coque* déméfurément groffe rélativement à la Mouche qui la met au jour, n'eft donc
point proprement un *Oeuf.* Elle eft l'Infecte lui-
même qui a révêtu la forme de *Boule - allongée*
& qui s'eft fait cette Coque de fa propre Peau.
Mais il a fubi cette métamorphofe dans le ventre même de fa Mère, il y a pris tout fon accroiffement, & voilà le vrai de la merveille que
j'avois à décrire.

LORS qu'on a divifé les Animaux en *Vivipares* & en *Ovipares*, on a crû que ces deux claffes générales épuifoient le Règne animal. Les
Pucerons nous ont démontré les premiers l'infuffifance d'une divifion fi facile & fi commode.
Les *Polypes* ont parû enfuite, & nous avons été
invités à former une claffe de *Ramipares*, & une
autre de *Bulbipares*. Nôtre *Mouche - Araignée*
exige que nous faffions une cinquième claffe,
que nous nommerons, avec Mr. DE REAUMUR,
la claffe des *Nymphipares.* Trop de Faits nous
ont apris qu'il n'eft point d'exception unique dans
la Nature, pour que je ne fois pas fondé à prédire qu'on découvrira un jour bien d'autres Infectes qui viendront fe ranger fous la claffe des

M 4

Nymphipares. Il faudra bien encore créer de nouvelles claſſes; car l'Hiſtoire Naturelle ne fait que de naître. C'eſt un Païs dont nous connoiſſons à peine les frontières, & dont néanmoins on ſe preſſe de dreſſer la carte.

LES Coques de Mouches - Araignées ponduës depuis quelques heures, ont déjà une figure auſſi conſtante que l'eſt celle des Oeufs ordinaires. Elles ne laiſſent pas ſoupçonner le moins du monde qu'elles ſoyent elles-mêmes de véritables Animaux. Mais quand on les examine immédiatement après qu'elles ont été ponduës, on y aperçoit des mouvemens qui décèlent leur nature. Leur bout le plus arrondi s'allonge de tems à autre, & prend la forme d'un Mamelon conique. Il ſe racourcit enſuite pour s'allonger de nouveau. L'on obſerve des mouvemens analogues ſur les côtés de la Coque : mais peu à peu cette Coque s'endurcit & tout mouvement ceſſe. Ces mouvemens paroiſſent tendre à détacher l'Inſecte de ſa première Peau, de celle de *Ver*.

NOUS ne connoiſſons encore aucun Inſecte qui ait à croître lorſqu'il a révêtu une fois l'état de Nymphe ou de Chryſalide *proprement dites*. Tous les Inſectes qui ſe métamorphoſent, prennent leur dernier accroiſſement ſous leur première forme de *Ver* ou de *Chenille*. Avant que de devenir *Boule-allongée*, avant que de révêtir l'état de *Nymphe*, nôtre Mouche-Araignée a donc paſſé probablement par l'état de *Ver*. J'ai dit qu'il n'eſt aucun tems où l'on puiſſe parvenir à découvrir un Ver dans la Coque ponduë à ter-

me. Mr. DE REAUMUR a donc pris le parti de
le chercher dans le Ventre de la Mère. Il a ouvert des Mouches à différens termes, & il a vi-
fité avec foin leur intérieur. ,, Dans quelques-
,, unes, dit-il (a), j'ai trouvé un Corps en-
,, tièrement blanc qui avoit déjà la figure qu'a
,, la Coque qui vient d'être ponduë, quoi qu'il
,, n'eût pas la moitié du volume de cette derniè-
,, re. Ce Corps ne reffembloit donc en rien par
,, fa forme aux Vers les plus connus, & ne m'a
,, paru capable d'aucun mouvement progreffif:
,, le nom de Ver ne lui en étoit peut-être pas
,, moins dû. La Nature qui s'eft fi fort plû à
,, varier les figures des Infectes, peut avoir don-
,, né à un Ver celle d'un Oeuf; elle en a pro-
,, duit qui font incapables de changer de place;
,, & il n'y en a point à qui il fût plus inutile de
,, fe mouvoir, qu'à ceux qui doivent ceffer
,, d'être Vers, avant que d'être hors du Corps
,, de la Mère."

LES Corps oviformes de différentes groffeurs,
que Mr. DE REAUMUR a trouvés dans l'intérieur
des Mouches-Araignées, étoient contenus dans
un Canal membraneux, très dilatable, & qu'on
peut regarder comme *l'Oviductus*, & qui n'a à
fon origine, que le diamètre d'un fil délié. A
cette Partie déliée du Canal, vont aboutir deux
autres Canaux, dans chacun defquels, nôtre Illuftre Obfervateur a découvert un petit Corps
blanc, de forme cylindrique, & dont les deux

(a) *Ibid.* pag. 595.

M 5

bouts étoient arrondis. Il conjecture avec vraifemblance qu'ils étoient appellés à venir prendre
la place de la Coque que la Mouche auroit pon-
due à terme, & qu'ils auroient fourni ainfi à de
nouvelles pontes fucceffives. Leur figure indi-
quoit affez qu'ils étoient de jeunes Vers qui devoient prendre leur dernier accroiffement & fe
métamorphofer dans *l'Oviductus*. Il eft vrai qu'on
ne leur voyoit ni Tête ni Bouche : mais par combien de moyens différens la Nature ne peut-elle
pas nourrir un Etre organifé ? Elle nourrit peut-
être ces Vers finguliers, comme elle nourrit les
Oeufs des Oifeaux dans leurs Ovaires.

TEL eft le précis des Découvertes de Mr. DE
REAUMUR fur la *Mouche-Araignée*. Au compte détaillé qu'il en a lui-même rendu dans fes
Mémoires, il a joint un court expofé de quelques-unes de mes obfervations (*a*). Comme
le Fait eft jufques ici unique, & qu'il n'eft point
encore fuffifamment éclairci, je crois devoir extraire de mes Journaux tout ce qu'ils renferment
de plus effentiel fur ce fujet, & le placer ici fous
les yeux de mes Lecteurs.

324. *Obfervations de l'Auteur fur la* Mou-che - Araignée.

SUR la fin d'Aouft 1741, obfervant attentive-
ment à la Loupe une Coque qu'une Mouche-
Araignée venoit de pondre en ma préfence, j'ai
vû très diftinctement le bout le plus arrondi de

(*a*) Tome 6. pag. 593 & 594.

la Coque, s'enfoncer & s'élever alternativement, devenir tantôt très-concave & tantôt très-convexe à diverses reprises. Ce bout avoit une espèce de court appendice qui participoit à ces mouvemens, & que je soupçonnerois être l'extrêmité des Vaisseaux qui apportoient la nourriture à l'Embrion, tandis qu'il étoit encore renfermé dans le Ventre de sa Mère.

EN continuant d'observer, j'ai remarqué des mouvemens analogues sur les côtés de la Coque. De grandes portions s'enfonçoient & se relevoient de même alternativement.

ON sçait que la plûpart des Insectes respirent par de petites ouvertures placées sur les côtés de leur Corps, & que l'on nomme des *Stigmates*. Le Ver-à-Soye & toutes les Chenilles ont dix-huit de ces Bouches ou Stigmates. Quand on les ferme avec des enduits graisseux, l'Insecte périt sur le champ: cela est très-connu. Tandis que la Coque de nôtre Mouche se donnoit les mouvemens dont je viens de parler, & pendant que ses côtés étoient le plus enfoncés, j'y ai apperçu très nettement, de petits creux, de petites fossettes, espacées régulièrement comme le font des Stigmates. Dès que les côtés de la Coque se relevoient, ces fossettes disparoissoient entièrement.

A chaque Stigmate d'une Chenille, aboutit un paquet de Vaisseaux, d'un blanc argenté, formés d'une lame mince roulée en spirale à la manière d'un ressort *à boudin*: ce sont les *Tra-*

chées. Un long Vaiſſeau de même nature règne d'un bout à l'autre de l'Animal, & c'eſt le principal Tronc des Trachées. Il y a de chaque côté un pareil Tronc, & toutes ces Trachées ſe diviſent & ſe ſubdiviſent de mille manières pour ſe diſtribuer à toutes les Parties ; enſorte que l'Inſecte ſemble être tout Poûmon. En regardant obliquement nôtre Coque, & toûjours à la Loupe, j'ai découvert ſur les côtés & vis-à-vis ces foſſettes que je prends pour des *Stigmates*, un Vaiſſeau qu'il m'a été aiſé de reconnoitre à ſa couleur & à ſon luſtre, pour un Tronc de Trachées. Il ſe diviſoit ça & là en une infinité d'autres Vaiſſeaux, beaucoup plus petits, & qui ſe diviſoient eux-mêmes en d'autres plus petits encore. Le principal Tronc de ces Trachées alloit aboutir à une des petites Cornes placées au bout poſtérieur de la Coque. Il avoit là plus de diamètre que par tout ailleurs, & il diminuoit inſenſiblement à meſure qu'il s'approchoit du bout oppoſé.

CES particularités, & ſur-tout les mouvemens que j'ai décrits, prouvent aſſez que cette Coque eſt vraiement *animale*, & qu'elle ne reſſemble point du tout à celles que ſe conſtruiſent tant d'eſpèces de Chenilles & en particulier les Vers-à-Soye, à l'approche de leur Métamorphoſe. Mais je puis dire plus ; j'ai vû cette Coque ſe donner des mouvemens ſemblables à ceux que ſe donneroit un Ver rond & ſans Jambes qui feroit effort pour changer de place. Je l'ai vue ſe renverſer ſur un de ſes côtés, reprendre enſuite fa première fituation & répéter ces balancemens plufieurs fois.

En obfervant cette Coque à la Loupe avec la plus grande attention, j'ai aperçu dans fon intérieur des lignes circulaires, efpacées comme le feroient celles qui marqueroient la jonction des Anneaux d'un Infecte. Ces lignes avoient leur concavité tournée vers le bout poftérieur de la Coque. Et ce qui ne permettoit guères de douter, qu'elles ne fuffent les incifions annulaires d'un Infecte logé dans la Coque, c'eft que, lorfque les côtés de celle-ci s'enfonçoient, ils devenoient tranfparens. En fe contractant alors, l'Infecte laiffoit apparemment un paffage plus libre à la lumière à travers les parois de l'enveloppe.

Dans l'intérieur de quelques Mouches à deux aîles, dont le Corps eft demi-tranfparent, on voit un fpectacle qui fixe agréablement l'attention. Ce font des couches de nuages minces, qui marchent parallèlement les unes aux autres, & qui vont conftamment du bout antérieur du Corps au bout oppofé. Mr. de Reaumur (a) a beaucoup aprofondi ce petit phénomène, & il a prouvé qu'il tient à une illufion d'optique, occafionnée par le jeu de deux grands facs poulmonaires logés dans la Partie antérieure du Corps de la Mouche. L'intérieur des Coques que nos Mouches-Araignées pondent à terme, m'a offert le même phénomène, & qui dépendoit pro-

_____

(a) *Mém. fur les Infect.* Tom. 4. pag. 267. & fuivantes.

bablement de la même cause. Les couches nébuleuses m'ont toûjours parû se porter d'un mouvement uniforme du bout postérieur au bout antérieur. On n'a pas oublié que le bout antérieur est celui auquel répond la Tête de l'Insecte.

LES Coques pondües récemment sont blanches; bientôt elles prennent une teinte de jaune, à laquelle succède une teinte d'un rouge
marron; ce rouge se rembrunit peu à peu & fait
place enfin à un assez beau noir. Dès que les
Coques commencent à perdre leur première couleur, elles acquièrent une opacité qui ne permet
plus de voir dans leur intérieur. J'ai imaginé de
retarder les progrès de l'opacité, ou ce qui revient
au même, de l'endurcissement, en plongeant la
Coque dans l'eau. Tout mouvement a bientôt
cessé, & je n'ai vû paroître aucune bulle d'air.
Au bout d'une heure, j'ai retiré la Coque de
l'eau; le petit appendice n'a pas tardé à reprendre ses mouvemens ordinaires, & les couches nébuleuses ont reparû.

TANDIS que la Coque étoit plongée sous l'eau,
j'ai remarqué que les côtés demeuroient fort trans-
parens. L'Insecte, qui étoit alors dans un état
de contraction, occupoit moins de place dans cette espèce de boëte, & la lumière en traversoit
plus librement les bords.

J'AI replongé la Coque sous l'eau, je l'y ai
laissée environ trois heures, & l'en ayant ensuite
retirée, j'ai vû reparoître les couches nébuleuses, dont la marche toûjours régulière, s'est

faite, comme à l'ordinaire, du bout poſtérieur vers l'antérieur : mais le petit appendice ne s'eſt donné aucun mouvement.

CETTE fois j'ai eu le plaiſir de m'aſſurer de l'exiſtence des *Stigmates* de la Coque. Je les ai déſignés ci-deſſus par le terme de *foſſettes*, & j'ai dit que ces foſſettes n'étoient viſibles que dans l'inſtant où les côtés de la Coque s'enfonçoient : je les voyois diſparoitre lors que la Coque reprenoit ſa convexité naturelle. Il n'en a pas été de même dans le cas particulier dont je rends compte à préſent. La Coque ne ſe donnoit pas le plus léger mouvement, & ſes côtés étoient par tout très arrondis : cependant on diſtinguoit très-bien à la Loupe les foſſettes. Leur ſituation, leur arrangement ſymétrique, leur figure ovale & leur grand diamètre poſé perpendiculairement à l'axe de la Coque, ne permettoient pas de les méconnoitre pour de vrais Stigmates. Nous avons donc ici une preuve directe, que l'enveloppe dont cette Coque ſingulière eſt formée, a appartenu à un Ver, qu'elle a été pendant un tems la Peau même de ce Ver, & cette preuve lève tous les doutes ſur la nature de ce Corps oviforme.

DANS une Coque pondüe avant terme, & qui n'avoit pas la moitié de ſa groſſeur naturelle, j'ai vû diſtinctement le jeu des couches nébuleuſes ; mais, ce qui m'a parû extrêmement remarquable, c'eſt qu'il ſe faiſoit ici en ſens contraire, je veux dire du bout antérieur au poſtérieur. J'ai obſervé la même choſe après avoir tenu la Coque fous l'eau pendant trois heures. En racontant ce Fait fur mon témoignage, Mr. DE REAUMUR ajoute ce qui fuit (*a*). „ Nous avons rapporté comme un fait „ fingulier, que la circulation des Liqueurs nous „ avoit parû fe faire dans le Papillon en un fens „ contraire à celui où elle fe faifoit dans fon „ Corps, lors qu'il étoit Chenille. La circu- „ lation des lames nébuleufes, qui dans l'Oeuf „ à terme a un cours oppofé à celui qu'elle a „ dans l'Oeuf qui n'y eft pas, paroit donc „ prouver que l'Oeuf à terme renferme un In- „ feĉte qui a changé d'état; & ce changement „ n'a pû être que celui de Ver en Boule-al- „ longée ".

LORS que ce grand Obfervateur, dont la mémoire me fera toûjours chère, s'empreffa obligeamment à m'annoncer fa découverte fur la Mouche-Araignée, dans une de fes Lettres en datte du 30e. Avril 1741.; il me parla de la Coque en queftion comme d'un véritable Oeuf. Il penfoit alors qu'elle en étoit un. Je ne tardai pas moi-même à l'obferver fur fon invitation. Je découvris les couches nébuleufes, & je lui écrivis le 28e. Juillet fuivant, le foupçon qu'elles m'avoient fait naître. Le Volume de ces Mémoires que je viens de citer, ne parût que l'année fuivante. *Cet Oeuf,* difois-je à mon Illuftre Ami, *feroit-il moins un Oeuf,*

(*a*) Tom. 6. pag. 594.

Oeuf, *qu'une espèce très singulière de Ver*, *ou qu'une espèce aussi singulière de Nymphe?* *Ces couches nébuleuses indiqueroient-elles une Circulation?* *ou n'est-ce ici qu'une illusion d'optique analogue à celle que vous avez observée dans quelques Mouches?* *Je crois avoir vû dans une des articulations des Jambes de nôtre Mouche, une véritable Circulation; mais je n'ai garde de prononcer encore sur ce sujet.* Je m'expliquois plus précisément dans une autre Lettre en datte du 23ᵉ. Juin 1742, & j'y comparois nôtre Coque à une *Boule-allongée.* Mr. DE REAUMUR adopta lui-même cette idée & la vérifia par quantité d'observations très curieuses, dont j'ai donné ci-dessus le précis. J'invite les Naturalistes à aprofondir davantage un sujet qui touche de si près à la Théorie de la Génération.

325. *Oeufs qui* croissent *après avoir été pondus.*

Galles *des Plantes* : *manière dont elles sont produites.*

Oeufs des Mouches à Scië.

APRES qu'un Oeuf fécond a été pondu, l'Embrion y prend un accroissement rélatif à celui que le Fœtus acquiert dans la Matrice : mais, la capacité de l'Oeuf n'augmente pas comme celle de la Matrice. Nous ne sommes pas encore familiarisés avec l'idée d'un Oeuf qui croît : il en est pourtant qui sont appellés

TOM. II.   N

à croître & à croître beaucoup. On pense bien
que leur enveloppe n'est pas crustacée comme
l'est celle des Oeufs des Oiseaux , des Papillons , & de plusieurs autres Insectes. Les Oeufs,
dont je veux parler , sont purement membraneux; on ne se pressera pas d'en inférer que
tous les Oeufs membraneux croissent ; ceux de
beaucoup d'autres espèces sont tels , & ne croissent point : c'est donc ici une exception remarquable à une règle qu'on juge générale.

TOUT le monde connoit les *Galles* qui s'élèvent sur différentes Parties des Plantes. Leur
forme , leur structure , leur consistence , leur
texture , leurs proportions, leur couleur, varient presque à l'infini, & offrent aux yeux de
l'Observateur mille particularités intéressantes.
Quand MALPIGHI n'auroit fait que son *Traité
des Galles*, il n'en seroit pas moins l'immortel
MALPIGHI.   Mr. DE REAUMUR son égal, qui
a fait tant de découvertes, & qui en a perfec-
tionné tant d'autres, a considérablement ajouté à celles du Naturaliste de Bologne sur ces
Excroissances des Végétaux.   On peut consul-
ter là-dessus le beau Mémoire qui termine le
3me. Volume de son Histoire des Insectes.

LES Galles dont il s'agit, doivent toutes leur
origine à la picquure d'un Insecte , qui appartient pour l'ordinaire à la classe des Mouches.
A l'aide d'une espèce de Tarrière , il fait une
incision dans quelque Partie de la Plante; il y
dépose un Oeuf qui se trouve bientôt renfermé
dans une Galle naissante.

Au fortir du Ventre de la Mouche, cet Oeuf eft d'une petiteffe extrême. Au bout d'un certain tems, il acquiert une groffeur confidérable, & la Galle a déjà pris tout fon accroiffement avant que le Ver éclofe.

L'on peut donc comparer cet Oeuf aux Membranes qui enveloppent le Fœtus, & qui font capables de céder & de s'étendre en tout fens pendant que le Fœtus croît. Nôtre Oeuf croît auffi : il a fans doute à fon extérieur des Vaiffeaux, des efpèces de Radicules qui pompent les fucs qui affluent dans la cavité de la Galle. Cette Galle eft à l'Oeuf, ce que la Matrice eft au Fœtus.

Malpighi penfoit que la production de la Galle étoit duë principalement à une Liqueur corrofive que la Mouche introduifoit dans la playe. Mr. de Reaumur a prouvé qu'il n'eft pas néceffaire de recourir à l'intervention d'une femblable Liqueur pour rendre raifon de l'accroiffement de la Galle. Il l'attribuë à la fur-abondance des fucs nourriciers qu'occafionne l'action continuelle des Vaiffeaux abforbans de l'Oeuf. Ils déterminent ainfi la Sève à fe porter en plus grande quantité vers la Galle, & en faut-il davantage pour que celle-ci croiffe plus que les Parties voifines? Joignez, fi vous voulez, à cette caufe méchanique, la chaleur même de l'Oeuf, & comparez-le à un petit foyer placé au centre de la Tumeur (a).

(a) Mém. pour fervir à l'Hift. des Inf. Tom. 3. pag. 504.

N 2

Il naît des Galles sur toutes les Parties des Plantes, & principalement sur les Feuilles. Le Chêne seul en montre de toutes les espèces. Mais, il est une Mouche qui ne confie ses Oeufs qu'aux Branches, & c'est dans celles du Rozier qu'elle fait les déposer. Vallisnieri l'a renduë célèbre par l'Histoire qu'il en a publiée (*a*), & que Mr. de Reaumur a de même enrichie d'observations nouvelles (*b*).

Les Branches où la Mouche a déposé ses Oeufs, se distinguent par de petites élévations oblongues qu'on voit sur l'Ecorce. C'est dans le Bois même que les Oeufs sont introduits. L'Instrument qui a été donné à la Mouche pour y pratiquer des entailles, est d'une structure qu'on ne se lasse point d'admirer : il réunit à la fois les conditions de trois Instrumens différens, d'une double Scie, d'une Rape, d'une Tarrière. J'ai regret que mon plan ne me conduise point à le décrire, & à indiquer la manière dont la Mouche le met en jeu.

Avec un Instrument si composé, & pourtant très simple dans sa composition, elle pratique quelquefois jusques à 24. entailles ou logettes dans la même Branche. Elle les distribue symétriquement, & pond dans chacune un Oeuf.

Si l'on compare les Oeufs qui ont été dé-

(*a*) *Gallerie de Minerve.*
(*b*) *Mém. sur les Ins.* Tom. 5. pag. 114. & suivantes.

poſés depuis quelque tems , avec ceux qui viennent de l'être, l'on trouvera les premiers beaucoup plus gros que les autres. C'eſt que ces Oeufs croiſſent réellement dans les entailles , comme ceux des Galles croiſſent au centre de celles‐ci.

A meſure que les Oeufs de la Mouche *à Scie* prennent plus d'accroiſſement , ils forcent les parois des logettes à s'élever ; leur capacité augmente en tout ſens, & voilà l'origine de ces petites élévations qu'on remarque ſur la Branche. Je parle ici d'après Mr. DE REAU-MUR (*a*) : il me paroitroit cependant plus na-turel d'attribuer ces petites élévations à la mê-me cauſe qui fait naître les Galles. On ne comprend pas trop comment un Oeuf purement membraneux peut forcer des Parties ligneuſes & aſſés roides à s'élever , & à prendre une convexité auſſi ſenſible.

UNE autre Mouche , de même genre , dé-poſe ſimplement ſes Oeufs ſur une Feuille d'O-zier. Ils croiſſent auſſi, & leur accroiſſement eſt ſi conſidérable , que l'Auteur ayant compa-ré de ces Oeufs dont le Ver étoit ſur le point d'éclorre, avec d'autres Oeufs aſſés nouvelle-ment pondus, il a trouvé que les premiers a-voient au moins le double de la groſſeur des autres (*b*).

(*a*) Tom. 5. pag. 122.
(*b*) *Ibid.* pag. 127.

N 3

CES Oeufs font demi-tranfparens ; quelque tems avant que le Ver éclofe, on le découvre dans l'intérieur de la Coque, où il paroît plié en deux.

MR. DE REAUMUR conjecture, que l'accroiffement des Oeufs eft dû ici aux fucs qui tranfudent de la Feuille, & qui en pénétrant dans l'Oeuf comme dans une efpèce de petit *Placenta*, augmentent fes dimenfions en tout fens. Peut-être encore que l'Oeuf a des Vaiffeaux afpirans qui s'adaptent en quelque forte aux pores excré-toires de la Feuille. Si l'on détache celle-ci de l'Arbre, & qu'on la laiffe fécher, les Oeufs fe rident & les Embrions périffent, ce qui n'arri-véroit point en pareil cas aux Oeufs des autres Infectes. Cette expérience prouve la vérité de la conjecture que je viens d'indiquer.

326. *Oeufs qui renferment plufieurs Embrions.*

CHAQUE Oeuf, dans l'ordre naturel, ne ren-ferme qu'un feul Embrion, & cela eft vrai des Oeufs de tous les Ovipares qui nous font con-nus. Il faut pourtant en excepter des Oeufs très-finguliers que l'Illuftre Mr. FOLKES, Préfident de la Société Royale, a découvert, & dont il a com-muniqué l'obfervation à Mr. BAKER, qui la ra-porte dans fon *Hiftoire du Polype*, pages 99 & 100, de la traduction Françoife. Mr. FOLKES les a trouvés en grand nombre dans le limon des ruiffeaux. Ils égalent en groffeur la tête d'une épingle moyenne. Ils font de couleur brune &

revêtus d'une enveloppe cruftacée, au travers de laquelle l'Obfervateur apercevoit diftinctement au Microfcope de petits Vers vivans. Il les obligea à venir au jour, en brifant adroitement la Coquille, & il compta alors avec furprife jufqu'à huit ou neuf petits Vers qui fortoient du même Oeuf. Ils étoient tous très-bien conformés & fe mouvoient avec une agilité merveilleufe. Chacun d'eux avoit une enveloppe propre extrêmement mince & tranfparente, qu'il déchira dès que la Coquille fut brifée. On voyoit de ces enveloppes qui flottoient fur l'eau, & d'autres qui demeuroient attachées à l'Infecte qui avoit de la peine à s'en débaraffer.

327. Le Pipa *ou Crapaud de Surinam.*

ON avoit cru longtems que le Pipa ou Crapaud de Surinam multiplioit d'une façon fort extraordinaire.

L'ON avoit dit & répété, que fes Petits fortoient de fon Dos, fous lequel étoit un grand nombre de petites Matrices, où ils prenoient leurs premiers accroiffemens. Le célèbre RUISCH avoit décrit tout cela, & l'avoit accrédité par fon témoignage. MM. FOLKES & BAKER avoient paru le confirmer. Ces diverfes obfervations ne repofoient pourtant que fur des apparences trompeufes, & je n'en fais mention ici que pour montrer combien il faut être fcrupuleux dans l'examen des Faits d'Hiftoire naturelle.

N 4

L'on s'étoit abusé sur la Génération du *Pipa*. Il pond ses Oeufs comme les autres Animaux de son espèce, & quand il les a pondus, il se roule dessus. Ils s'attachent ainsi à son Dos, & il se forme autour une croute glaireuse, que l'on avoit prise pour le Corps même de l'Animal. La lotion la fait disparoitre, & alors les Oeufs tombent.

328. *Fécondité des Animaux.*

LES grands Animaux sont, en général, bien moins féconds que les petits. Les premiers ne portent qu'un ou deux Fœtus; les autres en portent plusieurs, & souvent des milliers.

LES *Ovipares* sont ordinairement plus petits & plus féconds que les *Vivipares*. Les Fœtus de ceux-ci devoient croître dans la Matrice; les Fœtus de ceux-là au dehors.

LA fécondité de quelques Poissons à Ecailles est merveilleuse. Une *Carpe*, une *Perche*, pondent 9 à 10. mille Oeufs (*a*), un *Merlus* 20 mille. La *Moruë* & le *Harang* ne sont pas moins féconds. On peut juger de la fécondité de la Moruë par le grand nombre de Vaisseaux employés annuellement à la pêche de ce Poisson. Il pond deux fois l'année, & dépose ses Oeufs sous le sable. Ils éclosent ainsi plus sûrement, parce que la Mer ne les disperse point (*b*). D'épaisses & nombreuses nuées de Harangs transmi-

(*a*) Mr. SCHEFFER *Piscion Bavarcio Ratisbonsiona Pentas.* Ratisbonæ 1761. in 4°. pag. 34.
(*b*) *Voyage de D. ULLOA*, Tom. 2.

grent de l'Océan Polaire fur les côtes d'Ecoſſe & de Hollande, pourſuivis par les grands Poiſſons qui habitent les profondeurs de cet Océan. Ce petit Poiſſon ſemble être une Manne préparée par la PROVIDENCE pour la nourriture des Monſtres marins & pour celle de quantité d'autres Poiſſons & d'Oiſeaux de Mer. Enfin l'Homme lui fait la plus cruelle guerre : pluſieurs milliers d'Hollandois ſont occupés annuellement à la pêche de ce Poiſſon (*a*). La fécondité de chaque eſpèce a été proportionnée aux dangers qui menaçoient les Individus, & aux moyens qu'ils avoient de s'y ſouſtraire.

Les Araignées, les Papillons, différentes eſpèces de Mouches &c. pondent des centaines d'Oeufs; les Gall' Inſectes, des milliers. J'ai parlé d'une Mouche *vivipare*, dont la Matrice eſt une vraye merveille & qui renferme vingt mille Petits (*b*). Les *Ovaires* de la *Reine-Abeille* ne ſont pas moins admirables. Ils ſont diſtribués en deux paquets, qui ne reſſemblent pas mal à un écheveau ou à un pinceau; mais les fils de ces écheveaux ſont auſſi déliés que des fils de Vers-à-Soye, s'ils ne les ſurpaſſent même en fineſſe. Chaque fil eſt néanmoins une ſorte d'Inteſtin, qui contient une ſuite déterminée d'Oeufs, dont la groſſeur diminuë graduellement depuis le bout inférieur de l'Ovaire

(*a*) *Avantages & Déſavantages de la France & de l'Angleterre* &c.

(*b*) Article 315, à la fin.

N 5

jufques vers fon bout fupérieur.   Ici les Oeufs
font d'une telle petiteffe qu'on a peine à les
apercevoir avec le fecours des Verres.   Ces
Oeufs fi petits, reffemblent pourtant plus aux
Oeufs ordinaires que ceux qui font les plus a-
vancés, dont la forme allongée paroit imiter
celle d'un Ver naiffant.   L'infatigable SWAM-
MERDAM a ofé entreprendre de nombrer les
fils de chaque écheveau, & il croit en avoit
compté au moins 150, dans chacun defquels
il diftinguoit 17 Oeufs.   Il feroit donc parvenu
à voir 5100 Oeufs dans les Ovaires de la Reine-Abeille (a).   Combien étoit plus grand
encore le nombre de ceux qui lui ont échapés,
puis qu'il eft prouvé qu'une Mère-Abeille donne naiffance à 30, 40 ou 50 mille Mouches
(b)!

EN calculant d'après mes Expériences la fécondité des *Pucerons*, Mr. DE REAUMUR s'exprime ainfi (c);   ,, Si on fait un calcul grof-
,, fier de tous les Pucerons qui peuvent venir
,, d'un feul dans le cours d'une année, il fem-
,, blera que quand il ne s'en fauveroit qu'un
,, chaque hyver dans un jardin, toutes les
,, Feuilles des Arbres de ce jardin ne fuffiroient
,, pas pour donner des places à ceux qui en
,, naîtroient; la terre même fembleroit devoir
,, en être couverte.   Car fi on fuppofe à cha-

(a) *Biblia Naturæ.*
(b) Voyez les Articles 297. & 298.
(c) *Mém. fur les Inf.* Tom. 6. pag. 565. & 566.

„ cun de ces Pucerons du Sureau une fécon-
„ dité égale à celle des Pucerons du Fusain,
„ que chacun mette de même au jour 90 à
„ 95 Petits, la première Génération d'un Pu-
„ ceron sera au moins de 90 Petits. Si cha-
„ cun de ceux-ci en donne à son tour 90,
„ la seconde sera de 8100 Pucerons. La troi-
„ sième sera de 8100 multiplié par 90 ou de
„ 729000 Pucerons. Ce dernier nombre doit
„ encore être multiplié par 90, pour avoir
„ celui des Pucerons de la quatrième Généra-
„ tion, qui sera 6561000 Pucerons, & en
„ multipliant encore ce nombre par 90 pour
„ avoir les Pucerons de la cinquième, celle-ci
„ sera trouvée de 590490000. Nous ne som-
„ mes encore qu'à la cinquième Génération,
„ si nous prenions toutes celles qui peuvent
„ venir d'un Puceron qui a commencé à accou-
„ cher dès le mois d'Avril, & qui ne finit
„ qu'en Novembre, combien pourroit-il don-
„ ner de Générations dans le cours de l'année,
„ ou seulement en six mois? A les mettre au
„ rabais il y en auroit plus de 20. Or si cinq
„ Générations ont produit 590490000 Puce-
„ rons, quelle innombrable quantité de ces
„ petits Insectes doit venir de 20 Générations?
„ Mais on est bientôt rassuré contre les in-
„ quiétudes qu'une si grande fécondité pour-
„ roit donner, quand on sait combien d'autres
„ Insectes sont occupés journellement à les dé-
„ truire pour s'en nourrir ".

LA fécondité de quelques espèces de *Polypes*,

& fur-tout des Polypes *à Bulbes*, eſt plùs ſurprenante encore que celle des Pucerons. Nous avons vû (*a*), que d'une ſeule *Bulbe*, il naît en 24 heures, par des diviſions & ſubdiviſions ſucceſſives & graduelles au moins 110 Polypes, qui tous peuvent donner naiſſance dans le même intervalle de tems à une ſuite pareille de Polypes.

MR. DE BUFFON remarque (*b*), que les Animaux qui ne produiſent qu'un petit nombre de Fœtus, prennent la plus grande partie de leur accroiſſement avant que d'être en état d'engendrer.

LES Animaux qui multiplient au contraire, beaucoup, engendrent avant même que leur Corps ait pris la moitié ou même le quart de ſon accroiſſement.

L'HOMME, le Cheval, le Taureau font des exemples des premiers, ainſi que les Pigeons & les autres Oiſeaux qui ne pondent qu'un petit nombre d'Oeufs. Les Poiſſons, les Poules font des exemples des derniers.

(*a*) Article 201.
(*b*) *Hiſt. Nat. Gén. & Part.* Tom. 2. pag. 308.

CHAPITRE VI.

Découvertes Microscopiques de Mr. NEEDHAM.

Remarques sur ces Découvertes.

329. *Progrès de l'Histoire Naturelle depuis l'année* 1740.
Réflexions sur ce sujet.

IL n'y a que 22 ans que nous ignorions la manière étrange dont multiplient les Pucerons, les Polypes, différentes espèces de Vers-d'eau douce, les Vers de terre, les Etoiles & les Orties de mer, les Mouches-Araignées, &c. En moins de quatre ans, nous avons acquis plus d'idées absolument neuves sur le Règne animal, qu'on n'en avoit acquis pendant une longue suite de Siècles. A peine les REAUMUR, les TREMBLEY, les JUSSIEU, les LYONNET ont parû, que la Nature s'est empressée à leur étaler ses trésors, & à leur découvrir ses secrets les plus cachés. Aujourd'hui que graces à ses excellens Observateurs, nous sommes plus instruits, nous ne présumerons pas, que nous connoissions toutes les manières dont l'Animal multiplie. Nous penserons plutôt que la Nature ne fait que commencer à parler ; parce qu'il n'y a pour ainsi dire, qu'un jour qu'elle est interrogée comme elle demandoit à l'être.

Les Siècles futurs auront fans doute leurs REAU-
MUR & leurs TREMBLEY, auxquels elle fe plai-
ra à révéler de nouveaux prodiges & de plus
grands encore. Tant de vérités inconnuës aux
Anciens & réfervées à nos Modernes, peuvent
nous aider à juger de celles que découvriront
d'autres Modernes, pour lefquels ceux-là feront des Anciens très ignorans. Il y a affurément bien loin de la manière dont fe propagent les Polypes à Bouquet, à celle dont fe
propagent les Animaux qui nous font les plus
connus. Il exifte peut-être des Animalcules
qui diffèrent beaucoup plus à cet égard des Polypes à Bouquet, que ceux-ci ne diffèrent
d'un Quadrupéde, d'un Oifeau, ou d'un Poiffon. Combien de merveilles que nôtre Langue
ne fuffiroit point à décrire, ne nous offriroient
pas en ce genre, les Animalcules *des Infufions,*
fi leur éffroyable petiteffe ne les mettoit trop
hors de la portée de nos meilleurs Microfcopes ! Ici commence un autre Univers dont
nos COLOMBS & nos VESPUCES n'ont entrevû
que les bords, & dont ils nous font des defcriptions qui ne reffemblent pas mal à celles
que les premiers Voyageurs publièrent de l'A-
mérique.

CECI me conduit aux découvertes microfcopiques (*a*) de Mr. NEEDHAM, un de ces

(*a*) *Sommaire des Expériences faites dernièrement fur la Géné-*
ration, la Compofition & la Décompofition des Subftances des Ani-
maux & des Végétables. Traduction de l'Anglois. Ce Mémoire a été inferé dans les *Tranfactions Philofopbiques.*

Colombs modernes qui auront la gloire d'avoir les premiers côtoyé cette Région des infinimens petits. La nouveauté de ces découvertes, la fingularité des objets qu'elles préfentent, la réputation bien méritée de leur Auteur, & le but que je me fuis propofé dans cet Ouvrage, m'engagent à en donner un extrait. Je me fuis peut-être trop arrêté dans le Chapitre VII. du Tome I. fur les obfervations que Mr. DE BUFFON a publiées dans le même genre. Celles de Mr. NEEDHAM leur font fort analogues ; mais elles renferment des particularités qui les diftinguent, & que j'ai d'autant plus de plaifir à rapporter, que je fais plus de cas de la fagacité & des talens du célèbre Obfervateur. Nous devons regretter que fes Yeux ayent fouffert de l'attention qu'il a donnée à de fi petits objets : Il auroit repris fes curieufes recherches & les auroit portées à une plus grande perfection.

330. *Découvertes de Mr.* NEEDHAM *fur les Animalcules des* Infufions.

PREMIERE EXPERIENCE. Nôtre Phyficien a rempli une phiole de jus de Mouton fort chaud. Il l'a fcellée avec autant d'exactitude, que fi elle l'avoit été hermétiquemet, & il l'a tenuë dans des cendres chaudes.

PAR cette manière de procéder, il penfe s'être affuré, qu'il n'y avoit ni Oeufs ni Infectes vivans, foit dans la Liqueur qu'il vouloit obferver, foit dans l'Air qui occupoit le vuide de la phiole.

IL nous apprend néanmoins que cette phiole fourmilla enfuite d'Animalcules de différentes dimenfions. La première goute de Liqueur qu'il obferva immédiatement après l'avoir tirée de la bouteille, en renfermoit une multitude. Ils étoient parfaitement formés, & tous leurs mouvemens indiquoient de la fpontanéïté & de la vie.

SECONDE EXPERIENCE. Mr. NEEDHAM a répété la même Expérience, avec le même fuccès fur d'autres fubftances animales, comme le Sang, l'Urine, &c.

TROISIEME EXPERIENCE. Il a comparé les Animalcules de toutes ces Infufions avec ceux qui étoient nés dans des Infufions de même efpèce, qui n'avoient été ni échaufées, ni renfermées, & il s'eft convaincu que les uns & les autres étoient précifément femblables.

QUATRIEME EXPERIENCE. Dans des Infufions de Germes d'Amandes & de différentes Graines, il a remarqué au bout de huit jours de légers mouvemens. Un Atome diftinct fe détachoit fouvent d'un amas de pareils Atomes, & s'en éloignoit un peu.

QUINZE jours après que les Germes & les Graines avoient commencé à infufer, la Liqueur étoit peuplée d'une infinité d'Atomes mouvans exceffivement petits.

LES

Les Infusions du Bled pilé, lui ont offert d'in-
nombrables filamens, qui étoient, selon lui, de
parfaits *Zoophytes*, prêts à produire, & qui se
mouvoient par eux-mêmes. Plusieurs ressem-
bloient à des coliers de Perles ou à des chape-
lets. Ils n'étoient pas eux-mêmes des Animalcules microscopiques ; mais ils en étoient le
principe. *Toute la substance*, dit-il, *après une
certaine séparation des sels & des parties volatiles,
s'est partagée en filaments, qui ont produit toutes les différentes sortes d'Animaux microscopiques.*

Notre habile Observateur ajoûte une chose
bien extraordinaire, & qui mérite la plus grande
attention. Je la raporterai encore dans ses propres termes. *Ces mêmes Animaux microscopiques, après s'être rassemblés au fond du verre &
avoir perdu tout mouvement, se sont reduits de
nouveau en une substance filamenteuse, & ont
donné des Zoophytes & des Animaux d'une plus
petite espèce.* On voit cette opération se réïté-
rer, jusques à ce que les filamens & les Animalcules, en se dégradant continuellement, ayent
atteint à une telle petitesse, qu'ils ne soient plus
perceptibles au Microscope.

Cinquieme Experience. L'Ingénieux Physicien a sçu varier ses procédés. Au lieu de faire infuser les Grains, il leur a retranché les extrèmités pour les empêcher de germer ; il les a
fichés perpendiculairement par un bout dans un
Liége fort mince qui flottoit sur l'eau.

Tom. II.   O

CES Grains, ainfi humectés, ont bientôt pouffé par leur bout inférieur de longs & nombreux
filamens, qui s'étendoient dans l'eau, & qui
étoient très vifibles à la vuë fimple.

IL a coupé de ces filamens; il en a mis les
fragmens dans de petits verres concaves, qu'il
a remplis d'eau; c'étoient des verres de Lunettes qui lui fournifloient ces baffins commodes, &
fi bien apropriés à la petiteffe & à la nature des
objets qu'il fe propofoit de fuivre.

LES fragmens qui flottoient fur l'eau de ces
petits baffins, font devenus pour lui des Ifles microfcopiques & enchantées, qui fe font peu-
plées fous fes yeux d'un nombre innombrable
d'habitans. En un mot, & pour m'exprimer en
termes moins figurés, il a vû reparoitre ici tous
les phénomènes des Infufions. Il a vû les filamens prendre de nouvelles formes, s'animer,
& produire des Animalcules femblables en tout
à ceux des Infufions ordinaires.

ASSUREMENT il n'eft perfonne qui n'eut pris
ces filamens de Grains humectés, pour une véritable *Moififfüre*, & conféquemment pour une
production purement végétale. Mr. NEEDHAM
en fait, commé l'on voit, de vrais *Zoophytes*,
& il penfe que toutes les Moififfûres font précifément de la même nature.

SIXIEME EXPERIENCE. Avant que d'avoir été
acheminé à tenter ces Expériences, l'Auteur
avoit aperçu de pareils filamens dans la farine du
Bled *niellé*. Il avoit obfervé cette farine corrom-

puë s'animer, toutes les fois qu'il l'humectoit, & quand il la laiſſoit ſe deſſécher pendant des ſemaines & des mois, il lui ſuffiſoit d'y répandre une goutte d'eau pour la raniiner, & pour contempler de nouveau le ſpectacle intéreſſant qu'elle lui avoit préſenté tandis qu'elle étoit encore fraiche. Il compara alors les filamens de ce Bled aux Anguilles de l'eau douce. Ces Anguilles microſcopiques ne ſe mouvoient pas d'un mouvement progreſſif; mais elles ſe contournoient ſur elles-mêmes en manière de Vis. Elles ſe balançoient ainſi à diverſes repriſes, & cette ſorte de mouvement oſcillatoire ne ceſſoit que lors que toute l'humidité avoit achevé de s'évaporer. Du Bled *niellé*, gardé au ſec pendant deux ans, lui avoit offert les mêmes phénomènes, dès qu'il étoit venu à l'humecter (*a*).

ECLAIRE' depuis par les Expériences que j'ai raportées, Mr. NEEDHAM a penſé que les filamens du Bled *niellé*, n'étoient point de véritables Anguilles; mais il a crû devoir les ranger parmi les *Zoophytes* des Infuſions & leur aſſigner la même origine.

SEPTIEME EXPERIENCE. Il a obſervé les mêmes filamens naître, s'animer & produire dans le ſuc laiteux des Graines, & dans un fragment de l'Aîle d'un Papillon caché encore ſous l'enveloppe de Chryſalide.

(*a*) *Nouvelles Découvertes faites au Microſcope*, traduites de l'Anglois à Leide 1747. page 99 & ſuivantes.

HUITIEME EXPERIENCE. Enfin, il a retrouvé de ces filamens jusques dans les Liqueurs féminales. Il a fuivi leur formation, leurs développemens & leurs efpèces de Métamorphofes & de Génération, & il a reconnu que tout fe paffe incomparablement plus vite dans ces Liqueurs que dans les Infufions. Il penfe que les Animalcules *fpermatiques* font produits par les filamens.

331. *Conféquences de* Mr. NEEDHAM, *& Obfervations fur ces conféquences. Lettre de l'Auteur à ce Naturalifte, & Réponfe.*

PLUS on réfléchit fur ces diverfes Expériences, & plus on fent combien il eft difficile de s'affurer ici du vrai, & de diffiper tous les doutes qu'elles font naître. J'ai indiqué dans la première Expérience, les précautions que Mr. NEEDHAM avoit prifes pour interdire l'entrée de ces phioles aux Infectes du dehors ou à leurs Semences. Fondé fur ces précautions, il fe croit en droit d'en conclurre, que les Animalcules qu'il a découverts s'étoient formés dans les Liqueurs mêmes, en vertu d'une Force *productrice* ou *végétative* répandue dans toutes les Parties de la Nature.

MAIS, eft-il bien fûr que ces phioles euffent été fcellées auffi exactement que fi elles l'avoient été hermétiquement? N'y reftoit-il point des ouvertures invifibles qui pouvoient être des portes cochères pour des Animalcules d'une auffi prodigieufe petiteffe que ceux dont il eft queftion? Eſt-il bien ſûr qu'il n'y ait point d'Animaux ou d'Oeufs qui puiſſent ſoutenir une chaleur égale à celle des cendres chaudes, ſans périr ou ſans perdre leur qualité prolifique? Eſt-il bien ſûr, que tandis que l'Obſervateur préſentoit la goutte de Liqueur au Microſcope & qu'il ajuſtoit l'Inſtrument, des Animalcules qui voltigeoient dans l'air, ou ſimplement leurs Semences, ne ſe ſoient point précipités dans cette goutte? Eſt-il bien ſûr enfin, qu'il n'exiſte pas des Animaux dont l'accroiſſement ſoit ſi rapide, qu'il ne leur faille que quelques minutes pour paroître tout formés? Des Animaux qui ne ſont, pour ainſi dire, qu'une gêlée épaiſſie, les Polypes *à Bouquet*, nous ont fournis des exemples d'un accroiſſement très-accéléré: des Animalcules d'une conſiſtence incomparablement plus délicate ou plus rare ſe développeroient bien plus rapidement, car les tems des développemens doivent être rélatifs aux dégrés de réſiſtance des Solides.

TANDIS que l'on ignoroit la véritable origine des Vers de la Viande, & qu'une ſaine Philoſophie n'éclairoit point encore les Eſprits, on penſoit bonnement, que les molécules de la Viande, miſes en action par une fermentation convenable, s'arrangeoient & s'organiſoient de manière à produire dés Inſectes. On n'imaginoit pas que la Nature dût ſe mettre en plus grands fraix pour former des Etres ſi vils & qui méritoient à peine le nom d'Animaux. Comme l'on

ne foupçonnoit pas le moins du monde qu'ils
euffent un Cerveau, un Cœur, des Artères,
des Veines, un Eftomach, des Trachées innom-
brables, des milliers de Yeux, &c., on jugeoit
facilement que leur Génération ne devoit pas
être auffi régulière que celle des grands Animaux,
dont l'admirable organifation ne pouvoit être mé-
connuë. REDI parût: il couvrit la Viande d'un
rézeau; il en interdit ainfi l'aproche aux Mouches; la Viande fe corrompit & ne produifit pas
un feul Ver. Les mailles des rézeaux de Mr.
NEEDHAM étoient-elles affez ferrées?

QUAND pour expliquer l'apparition de certains
Animalcules dans une Liqueur, on recourt à des
Forces *productrices*, à des Vértus *végétatives*,
ne met-on pas des mots à la place des chofes?
Quelle idée a-t-on de ces Forces? Comment
conçoit-on qu'elles organifent la matière, qu'elles transforment des molécules inanimées en E-
tres vivans, le Végétal en Animal? Cette merveilleufe opèration s'exécute-t-elle tout d'un
coup ou par dégrés? Ce n'eft pas tout d'un coup,
puis que l'on nous en décrit les progrès: ce n'eft
pas non plus par dégrés, ou par une forte *d'E-
volution*, puisque le développement fuppofe l'action combinée de tous les Organes. Pourra-t-
on fe réfoudre à admettre que le Cerveau foit
formé après le Cœur, lors qu'on fongera aux raports fi nombreux, fi variés, fi compliqués qui
lient le Cœur au Cerveau? Croira-t-on que le
Cœur puiffe agir avant le Cerveau, dès que l'on
fçaura que l'action du premier fuppofe néceffai-

rement celle du fecond? Plus on aprofondit la
nature de l'Animal, plus on s'aide des lumières
de l'Anatomie, & plus on fe perfuade qu'un
Tout fi harmonique n'a pû être formé pièces
après pièces.   Et fi l'on fe retranchoit à dire que
la Force *génératrice* produit fon effet d'un feul
coup, je demanderois quel grand avantage l'on
trouve à mettre une telle Force à la place du
CRÉATEUR qui fûrement agit ainfi, & dont nôtre eftimable Auteur eft très-éloigné de combattre l'exiftence ? Nous avons ri d'EPICURE qui
formoit un Monde avec des Atomes: faire un
Animal avec du jus de Mouton, feroit-ce moins
choquer la bonne Philofophie?

La Nature entière dépofe contre les Générations *équivoques*.   Voyez les variétés de la Fécondation & de la Génération; j'en ai tracé le
tableau dans ce Chapitre & dans le précédent:
cependant tous les Animaux fi diffemblables entr'eux par la manière dont ils font fécondés &
dont ils engendrent, fe reffemblent tous en ceci, qu'ils tirent leur origine d'un Animal de même efpèce.   Les Polypes, fi différens de tous
les autres Animaux par les propriétés fingulières
qui les caractérifent, n'en ont pas une Génération moins régulière, moins *univoque*.   Je fçais
que nous devons nous tenir en garde contre les
règles générales; je l'ai, ce me femble, affez
prouvé: mais, je fçais auffi, que les exceptions
doivent être rigoureufement démontrées pour
être admifes, fur-tout lors qu'elles choquent la

loi la plus univerfelle, la plus conftante, la plus invariable de toutes celles que nous connoif- fons. Or, je demande à Mr. NEEDHAM, s'il eft auffi rigoureufement démontré que les Ani- malcules des Infufions n'ont point une origine femblable à celle des autres Animaux, qu'il l'eft que les Pucerons multiplient fans accouplement?

CES filamens, que Mr. NEEDHAM tranf- forme *en parfaits Zoophytes*, en font-ils réel- lement? ou plutôt, avons-nous des preuves qu'il exifte de vrais Zoophytes; je veux dire, des Etres qui foient à la fois & dans le fens propre, Végétaux & Animaux? Pour juger de cette queftion, il faudroit connoitre le *ca- ractère* qui différentie l'Animal de la Plante, & ceux qui ont le plus médité ce fujet, avouent de bonne foi leur ignorance. Quand on abftrait de l'Animal, tout ce qu'il a de *commun* avec la Plante, on eft furpris de voir, qu'il ne refte aucun caractère qu'on puiffe regarder comme *diftinctif*. BOERHAAVE difoit que la Plante fe nourrit par des Racines *extérieures*, & l'Ani- mal par des Racines *intérieures*. Il compa- roit les *Veines lactées* à des Racines? Mais n'y a-il pas un tems où l'Homme, le plus par- fait des Animaux, fe nourrit par des Racines *extérieures*? L'Embrion ne pouffe-t-il pas dans la Matrice des efpèces de *Racines*? Et les Oeufs qui *croiffent* au centre des *Galles*, ne font-ils pas des efpèces fingulières d'Animaux, qui fe nourriffent à la manière des Plantes *(a)*?

(*a*) Voyez l'Article 325.

L'*Irritabilité*, cette propriété si remarquable de la Fibre *musculaire*, paroitroit nous fournir un caractère plus distinctif : mais, est-il certain qu'aucune Partie du Végétal ne soit *irritable* ? Des Animaux qu'on multiplie de Bouture & que l'on greffe, des Animaux qui multiplient naturellement *par Rejettons*, ne font pas plus de vrais *Zoophytes* que la Chenille ou le Chien. Ce font seulement des Animaux qui ont plus de propriétés *communes* avec les Plantes, que n'en ont la Chenille ou le Chien. *Un Animal-Plante* ne seroit à proprement parler ni Animal, ni Plante ; il formeroit une classe à part, une nouvelle nuance, un nouvel échellon dans l'Echelle de la Nature.

MAIS, les filamens de Mr. NEEDHAM ont du mouvement & une sorte de vie. Des Atomes s'en détachent & s'en éloignent un peu. La Tige & les Branches de quelques Polypes *à Bouquet*, se donnent aussi des mouvemens : des Atomes s'en détachent & s'en éloignent. Si ces Polypes étoient aussi petits que les Animalcules des Infusions, ne nous méprendrions-nous pas sur leur véritable nature ? Démêlerions-nous la forme de l'Insecte ? Apercevrions-nous distinctement cet assemblage admirable de Branches, de Rameaux & de Cloches ? Devinerions-nous la division naturelle de celles-ci, & tout ce qui concerne une multiplication dont le Règne animal ne nous offre point d'autre exemple ? Je ne veux point insinuer par-là

O 5

que les Animalcules des Infusions appartiènnent au genre des Polypes ; j'ignore profondément la structure de ces Animalcules , leur origine & leur manière de multiplier : mais je veux donner à entendre que leur excessive petitesse ne nous permet pas de juger de ce qu'ils sont.

MR. NEEDHAM conclud encore de ses observations , que les Animalcules, qui se détachent des filamens, sont produits par les filamens. Je n'en vois aucune preuve. Des Animalcules aëriens ou aquatiques, d'une petitesse extrême, qui s'introduiroient en grand nombre dans la substance filamenteuse du Grain, qui s'en nourriroient , qui s'y développeroient & s'y multiplieroient, & qui l'abandonneroient enfuite les uns après les autres , ne produiroient-ils pas des apparences qui se rapprocheroient beaucoup de tout ce que nôtre Auteur nous raconte? J'en dis autant de semblables Animalcules qui se logeroient dans une Moisissure & qui y multiplieroient, comme quantité d'Insectes se logent & multiplient dans différentes Parties des Plantes.

LES filamens qu'on découve dans la Liqueur séminale peuvent être d'une toute autre nature que ceux des Infusions, & je ne trouve pas qu'il soit mieux prouvé que les Animalcules *spermatiques* naissent de ces filamens, qu'il l'est que les Atomes des Infusions naissent de cette sorte de Moisissure dont j'ai parlé. Nous ne connoissons point l'origine des Vers *spermatiques*:

c'eſt beaucoup que nous ſachions ſeulement qu'ils exiſtent. Sommes-nous plus au fait de l'origine des autres Vers du Corps humain, qui ſont d'énormes Coloſſes en comparaiſon ? En conclurons-nous qu'ils la doivent à une Force productrice, ou au concours de certaines molécules organiques communes au Végétal & à l'Animal ? Mais, pourrions-nous oublier ces Mouches *Ichneumons* qui vont dépoſer leurs Oeufs dans le Corps des Inſectes vivans, & d'autres Mouches plus hardies qui vont pondre dans le Nez du Mouton, dans le Rectum du Cheval, dans le Gozier du Cerf ? Combien d'Inſectes inviſibles qui, ſemblables en ce point à ces Mouches, donnent naiſſance à des milliers d'Animalcules, ſur l'origine desquels on s'épuiſe en vains ſyſtêmes !

J'ai dit que Mr. Needham avoit reconnu, que les prétendues Anguilles qu'il croyoit avoir vûes dans le Bled *niellé*, étoient des filamens ou des *Zoophytes* pareils à ceux des Infuſions. Son excellent Traducteur, dont le Génie philoſophique & lumineux éclairciroit des matières plus difficiles & plus obſcures encore que celle-ci, fait ſur ces prétendues Anguilles une remarque importante, qui, ſi elle étoit plus aprofondie, pourroit nous donner la clef de ces Découvertes. Voici cette remarque. ,, Il ar-
,, rive, dit-il (*a*), aſſés ſouvent, à ces An-

_____

(*a*) *Nouvelles Découvertes faites avec le Microſcope,* &c. page .103.

„ guilles de se rompre., & alors on voit sortir
„ de leur Corps plusieurs petits globules, noi-
„ râtres; enveloppés dans une fine Membrane;
„ or j'ai observé plusieurs fois que de ces pa-
„ quets de globules, il sortoit de petits Corps
„ qui nageoient dans l'eau avec beaucoup de
„ vitesse. Ces globules qu'on peut même dé-
„ couvrir dans le Corps de l'Anguille à cause
„ de sa transparence, sont-ils donc de petits
„ Animaux, renfermés dans l'Anguille comme
„ dans un étui? Pour être en état de résoudre
„ la question, il faut observer de suite une
„ Anguille jusqu'à-ce qu'on ait vû tous les glo-
„ bules en sortir; examiner ce qu'elle devient
„ alors, & suivre les progrès de ces derniers".
Telle est, en effet, la meilleure route à suivre
pour s'instruire de l'histoire secrette de ces petits Corps, & si Mr. NEEDHAM l'avoit suivie,
nous ne serions peut-être pas réduits aujour-
d'hui à de pures conjectures. Remarquez, je
vous prie, que le Traducteur n'insinue point,
que les Anguilles ou filamens soient des *Zoo-*
phytes, qui produisent des Animalcules. L'observation n'a point fait naître cette idée dans
son Esprit: il se borne sagement au simple récit de ce qu'il a vû, & il fait très-bien voir.
Il dit *qu'il arrive souvent aux Anguilles de se*
rompre, & qu'alors on en voit sortir des glo-
bules noirâtres. Il ajoute, *qu'il a observé plu-*
sieurs fois, qu'il sortoit de ces paquets de globu-
les de petits Corps qui nageoient avec vitesse. Il
n'ose pas même décider que ces petits Corps

foient des Animalcules. Admettons néanmoins avec Mr. NEEDHAM, que c'en font réellement : puisqu'ils paroiffent renfermés dans le filament *comme dans un étui*, ne feroit-ce pas une raifon de foupçonner que cet étui eft leur ouvrage ? Les mouvemens très fenfibles des étuis, dépendroient ainfi de ceux des Animalcules, s'ils ne tenoient encore au reffort naturel des Parties du Grain ou à l'action de l'eau fur ces Parties.

QUOI qu'il en foit, cette curieufe obfervation eft, à mon avis, une preuve affés directe, que les filamens du Bled *niellé*, dont parle Mr. NEEDHAM, ne font point de vrais Zoophytes, qui engendrent des Animalcules. Et comme il penfe, que ces filamens font de même nature que ceux des Infufions ; nous pouvons en inférer, que ces derniers ne font pas non plus des Zoophytes ; mais qu'ils font probablement des efpèces de fourreaux habités par des Animalcules, ou pleins de Globules mouvans.

JE ne cherche point à deviner quelle eft l'origine de ces fourreaux, quelle en eft la nature, comment ils font formés, pourquoi ils fe rompent, &c., je ne cherche qu'à prémunir mes Lecteurs contre des conféquences qui ne reffortent pas immédiatement des Faits, & qui font contraires à tout ce que nous connoiffons de plus certain de l'Hiftoire des Animaux.

JE fuis donc fort difpenfé d'examiner d'où provient cette dégradation continuelle des filamens & des Animalcules, ou pour fuivre l'idée de nôtre Auteur, cette converfion graduelle des Zoophytes en Animalcules, & des Animalcules en Zoophytes toûjours décroiffans. Ce ne font là que de pures apparences, & Mr. NEEDHAM l'auroit fans doute reconnu, fi fes Yeux qui nous ont découvert tant de chofes, lui avoient permis de reprendre des obfervations qui auroient exigé de leur part de nouveaux efforts. Mr. DE REAUMUR n'avoit point été trompé par ces apparences. On peut fe rappeller ce qu'il en écrivoit à Mr. TREMBLEY, & qu'il m'avoit confirmé à moi-même dans fes Lettres (*a*). *Il eft très-faux*, difoit ce grand Obfervateur, qui ne voyoit dans la Nature que ce qui y étoit; *il eft très-faux que les Générations de ces Animalcules foyent d'Animaux de plus en plus petits, comme l'ont avancé* M.M. NEEDHAM & de BUFFON ; *tout va ici comme à l'ordinaire, les petits deviennent grands à leur tour.*

Au refte, fi l'on foupçonnoit le moins du monde, que j'euffe trop preffé les idées de Mr. NEEDHAM, fur la manière dont il penfe que les Animalcules des Infufions font formés, je n'aurois, pour diffiper ce foupçon, qu'à citer le paffage fuivant de l'Auteur lui-même. *Les Animalcules microfcopiques*, dit-il, *ne font pas engendrés & n'engendrent pas de la manière ordinaire ; mais, ils fervent cependant comme de clef pour conduire à la Génération des*

(*a*) Voyez l'Article 135.

autres Animaux. Ces expreſſions, il eſt vrai,
ne réveillent pas des idées bien claires : l'Auteur les développe un peu plus en parlant des
Anguilles de la Colle. Il nous aprend qu'elles
ſont *vivipares.* Il dit qu'elles peuvent conti-
nuer à multiplier ainſi tandis qu'elles ſont dans
l'élément qui leur convient. Mais, il ajoute,
autant qu'il en peut juger par ſes obſervations,
que leur première origine eſt telle que celle
de tous les Animalcules microſcopiques. Il fait
entendre, qu'avant que d'arriver à l'état *d'Anguilles*, elles paſſent par plus de changemens,
que n'en éprouvent les Animalcules des Infuſions, & qu'enfin elles parviennent à l'état
d'Oeuf ou de *Chryſalide*, qui les conduit immédiatement à celui *d'Anguilles.*

On voit par ce court expoſé, que Mr. NEED-
HAM penſe ſur ces Anguilles comme Mr. DE
BUFFON (*a*), & ni l'un ni l'autre ne nous donnent aucune preuve démonſtrative de la vérité
d'une opinion ſi étrange. J'aimerois, je l'a-
voüe, à me perſuader à moi-même, qu'un
auſſi bon Eſprit que l'eſt Mr. NEEDHAM, &
pour lequel j'ai une eſtime ſi ſincère, n'a point
adopté de tels paradoxes. Je le prie de réflêchir de nouveau ſur les Faits & ſur leurs réſul-
tats les plus immédiats, & j'attends de la jus-
teſſe de ſon Eſprit, de ſa candeur & de ſon
amour pour le vrai, qu'il reconnoîtra que ſes
conſéquences vont beaucoup plus loin que les

(*a*) Voyez l'Article 310.

obſervations ne le comportoient. Il voudra bien
me pardonner la liberté avec laquelle je me ſuis
exprimé ſur ſes ſentimens : je ne confondrai jamais avec eux les Faits précieux dont il a enrichi l'Hiſtoire Naturelle.

JE le diſois ailleurs ; les Etres ſentans ont été
variés & multipliés autant que le plan de la Création le permettoit. La Matière brute a pour
dernière fin la Matière organique, & celle-ci
les Ames ou les ſubſtances ſimples qui lui ſont
unies, & qui en reçoivent différentes modifications. Une portioncule de Matière morte ou
vivante ſert de retraite ou de pâture à des Animalcules qui lui ſont aſſortis. Ce qui ſe paſſe
très en grand dans un morceau de Chair qui ſe
corrompt à l'air libre, ſe paſſe très en petit dans
une goutte d'Infuſion ou dans une Graîne. In-
dépendamment des Animalcules du dehors, contre les aproches deſquels on ne ſçauroit multiplier
trop ſcrupuleuſement les précautions dans ces
ſortes d'Expériences, leurs Oeufs ou leurs Semences peuvent ſe conſerver *au ſec* bien plus
longtems peut-être que les Oeufs de certains
Polypes (*a*), & donner ainſi naiſſance à de nouvelles Générations dont on cherche ailleurs l'o-
rigine. Ne ſeroit-ce point ici une des principales ſources des phénomènes que préſente le Bled
niellé, & que j'ai indiqués dans la ſixième Expérience de l'Article précédent ?

APRÈS

(*a*) Article 317.

APRÈS avoir compofé ce Chapitre, j'ai cru devoir écrire à Mr. NEEDHAM, pour le prier de m'aprendre s'il étoit toûjours dans les mêmes idées fur l'origine des Animalcules; car j'aimois à penfer qu'il les avoit abandonnées. Voici l'extrait de ma Lettre en date du 31. de Décembre 1761. *N'avez-vous rien découvert de nouveau fur les Animalcules microfcopiques depuis les obfervations que vous avez publiées dans les Transactions Philofophiques? Êtes-vous toûjours dans les mêmes idées fur l'origine de ces Animalcules? Penfez-vous qu'ils la doivent toûjours à ces filamens que vous avez regardés comme des Zoophytes? Admettez-vous encore cette dégradation continuelle des filamens & des Animalcules, & cette converfion des filamens en Animalcules, & des Animalcules en filamens qui décroiffent graduellement jufques à ce qu'ils foyent devenus invifibles au Microfcope? Avez-vous répété de nouveau vos curieufes Expériences fur le Bled niellé, je veux dire fur ces filamens animés que préfente la poudre corrompue qu'il renferme?*

MR. NEEDHAM m'a répondu en ces termes. *Je n'ai pas trouvé encore aucune raifon de changer mes fentimens fur l'origine des Animalcules en queftion. J'ai fouvent répété depuis les mêmes Expériences, avec le même fuccès, & encore depuis peu un Profeffeur de Reggio vient de m'écrire, qu'il a fait précifément les mêmes obfervations, auxquelles il en a ajouté plufieurs autres pour confirmer mes fentimens là-deffus. Il*

TOM. II.   P

va les publier en forme de Lettres, & vous les verrez bientôt.

En attendant la publication de ces nouvelles observations, j'oferois bien prédire qu'elles ne *démontreront* pas que les Animalcules dont il s'agit, ayent une origine auffi étrange que l'a penfé & que le penfe encore mon célèbre Confrère. Je m'en tiens donc, fans balancer, aux réflexions que je viens de foumettre au jugement du Lecteur éclairé & impartial.

CHAPITRE VII.

Idées fur la manière dont la Féconda-tion s'opère chez les Animaux.

332. *But de l'Auteur.*

TANT de Faits divers que j'ai raffemblés dans cet Ouvrage en faveur de *l'Evolution*, prouvent affez que les Corps Organifés ne font point pro-prement *engendrés*; mais qu'ils préexiftoient *ori-ginairement* en petit. Il s'agit donc pour expli-quer le grand myftère de la Génération, d'affi-gner les caufes phyfiques qui opèrent les pre-miers développemens de ces Corps: car fi rien n'eft produit, tout fe développe, & il n'eft pas plus de vrayes Générations que de vrayes Mé-tamorphofes.

LES belles obfervations de Mr. DE HALLER fur le Poulet, nous ont démontré ce que l'on n'avoit que foupçonné, que l'Embrion préexifte dans l'Oeuf à la Fécondation (*a*). On a vû ci-deffus (*b*), que plufieurs années avant cette importante découverte, j'étois parti de ce prin-cipe fondamental, que la Liqueur féminale n'é-toit qu'un Fluïde ftimulant & alimentaire, qui en pénétrant dans l'Oeuf, y devenoit la fource de l'Evolution du Germe (*c*). J'ai hazardé là-def-

(*a*) Voyez les Articles 142, 143. & fuivans.
(*b*) Art. 25, 26, 27, 28, 29, 38, &c. Art. 141.
(*c*) Art. 43.

P 2

fus quelques conjectures que je n'ai données que pour ce qu'elles valoient (*a*).

MON deffein n'eft pas actuellement de développer beaucoup ces conjectures, & d'en faire une aplication fuivie aux divers cas que préfente mon fujet. Je referve ces détails pour un troifième Volume que je publierai peut-être. Je me bornerai ici à des confidérations affez générales qui me paroiffent refulter naturellement des Faits.

333. *Principes généraux fur la Fécondation.*

UN Oeuf *infécond* n'eft donc pas privé de *Germe*; mais, le Germe invifible qu'il renferme ne fe développera jamais, parce qu'il a manqué d'une *condition* néceffaire au développement; il n'a pas été *fécondé*.

LA *Fécondation* n'introduit donc pas dans l'Oeuf ou dans la Véficule un Germe qui exiftoit auparavant chez le Mâle; elle ne fournit pas des Molécules organiques, qui en s'uniffant en vertu de certaines Forces de *raport* à celles de la Femelle, produifent le Fœtus : mais le Germe logé dès le commencement dans l'Oeuf ou dans la Véficule, reçoit de la Liqueur que fournit le Mâle, le principe d'une nouvelle vie. Elle le met en état de fe développer, & de franchir les bornes étroites qui le renfermoient.

A mefure que le Germe fe développe, il augmente en même tems de *volume* & de *maffe.*

(*a*) Art. 24, & 44.

Une Force *impulsive* ou expansive agit donc en lui, & des Molécules *étrangères* viennent *s'incorporer* à ses Parties *élémentaires*.

CETTE *incorporation* suppose la *Nutrition*, & celle-ci la *Circulation*. Il faut que les sucs nourriciers soient portés à toutes les Parties pour qu'ils s'incorporent avec elles, & c'est là un des principaux usages de la Circulation.

COMME la Liqueur séminale ne forme point le Tout entier, elle ne forme point non plus une Partie *intégrante* de ce Tout. Elle n'ajoute point à l'Embrion un Cœur qu'il n'avoit pas : mais, elle donne au Cœur *préformé* de l'Embrion une activité, sans laquelle il ne parviendroit point à surmonter la resistance des *Solides*.

LA cause *physique* des mouvemens du Cœur est dans son *Irritabilité* : des Expériences réitérées le prouvent (*a*). La Liqueur séminale est donc une sorte de *stimulant*, qui en irritant le Cœur de l'Embrion lui imprime un dégré de Force qu'il ne pouvoit recevoir que de cette seule Liqueur.

LE mouvement une fois imprimé au Mobile, s'y conserve par *l'Irritabilité*, toûjours subsistante, toûjours inhérente au *Muscle*. Voilà donc la petite Machine *montée* ; mais son jeu n'est pas simplement celui d'une Montre. Le Ressort, les Pignons, les Roües de nôtre petite

(*a*) Consultez l'Article 285, & la Dissertation de Mr. DE HALLER sur *l'Irritabilité*, & celle sur les Mouvemens du Cœur.

P 3

Machine animale, doivent revêtir peu à peu de nouvelles formes & de nouvelles situations respectives: enfin, ils doivent croître, se développer, & les changemens de formes & de situations dépendent du développement (*a*).

LE développement suppose l'action d'un Fluïde. Un Fluïde est donc chassé par le Cœur de l'Embrion dans ses Artéres qui le transmettent à toutes les Parties, d'où il est raporté au Cœur par les Veines.

CE Fluïde doit être proportioné à la prodigieuse finesse des Vaisseaux du Germe. Un Sang tel que le nôtre, n'y seroit pas admis. Le Sang de l'Embrion est d'abord une Liqueur transparente & presque sans couleur. Il devient bientôt jaunâtre, puis rougeâtre, & enfin rouge. Je prie que l'on veuille bien relire l'Article 163.

LE Fluïde qui circule dans l'Embrion acquiert donc par dégrés des Molécules de plus en plus grossières, & qui changent de plus en plus sa couleur primitive. Il étoit donc d'abord très délié, très atténué, & probablement moins hétérogène. L'impulsion continuelle du Cœur agrandit le calibre des Vaisseaux dont la souplesse est encore extrême. Ils admettent des particules plus grossières. Le sang s'épaissit, se colore & devient toûjours plus hétérogène.

LA ressemblance plus ou moins marquée des Enfans au Père & à la Mère, & sur-tout la ressemblance plus décidée du *Mulet* à l'Ane & à la

(*a*) Consultez le Chapitre IX. Tom. 1er.

Jument, doivent avoir une raiſon primitive, qu'on
ne peut trouver que dans la *Fécondation*. Le
Sperme du Mâle a donc ſur les *ſolides* de l'Embrion une *influence* qui porte ſur toute la vie de
l'Enfant ou du Mulet; car les *traits* qu'il leur
imprime, ne s'éffacent jamais.

CETTE reſſemblance n'affecte pas ſeulement
l'extérieur de l'Embrion, elle affecte encore ſon
intérieur. Le Mulet a une Voix qui imite fort
la Voix de l'Ane, & qui ne reſſemble point du
tout à celle du Cheval. L'Organe de la Voix
de l'Ane eſt un Inſtrument plus compoſé qu'on
ne l'imagineroit, & qu'un habile Anatomiſte a
ſçu nous faire admirer (*a*). Un *Tambour* d'une
conſtruction très ſingulière, placé dans le Larynx, eſt la Partie principale de cet Inſtrument.
Or, ce Tambour, qui a été accordé à l'Ane,
ſe retrouve dans le Mulet, & le Cheval en eſt
privé.

LE Sperme pénètre donc le Germe, & ſon
influence ne ſe borne pas à animer le Cœur. Le
Cheval, deſſiné en miniature dans l'Ovaire de
la Jument, reçoit de l'impreſſion du Sperme un
Organe qu'il n'avoit pas originairement. La Liqueur de l'Ane paroît donc le transformer en
Mulet.

POUR que le Sperme opère de tels changemens
dans l'Embrion, il faut, ce me ſemble, qu'il arrive de deux choſes l'une; ou qu'il ſoit porté

(*a*) Mr. HÉRRISSANT, *Mém. de l'Acad.* 1753. pag. 287. in 4°.

P. 4

lui-même par les Artères de l'Embrion à toutes les Parties, ou qu'il détermine les Fluïdes de l'Embrion à se porter avec plus ou moins d'abondance à certaines Parties.

LA surabondance des sucs suffit seule pour changer une Partie à nos yeux. Quelques Fibres d'une Feuille deviennent une grosse *Galle*, lors qu'elles sont trop abreuvées : & combien de *Tumeurs* animales qui n'ont pas d'autre origine ! La disette des sucs, au contraire, apauvrit les Vaisseaux: ils s'oblitèrent enfin, & la Partie devient presque méconnoissable, si même elle ne s'efface entièrement.

LES tristes effets de l'épuisement indiquent assez que la Liqueur séminale est portée aux Nerfs du Sujet, & qu'elle est très analogue aux Esprits animaux, dont elle est peut-être toute impregnée. La partie la plus subtile d'une Liqueur si élaborée, paroît très-propre à s'insinuer dans les Vaisseaux infiniment déliés du Germe. Les Faits prouvent qu'elle pénètre celui-ci. Elle pourroit encore y circuler, & produire par son action immédiatte sur différentes Parties ces traits frappans de ressemblance, dont nous tâchons de découvrir les causes. C'est ce que j'avois admis dans mes premières méditations, & que j'ai exposé dans le Chapitre III. du Tome 1er. de cet Ouvrage.

SI rien n'est *engendré*, les longues Oreilles du *Mulet* & le Tambour de son Larynx ne le sont pas. Le Ligament capsulaire & les Bandes liga-

menteufes qu'on obferve dans la Greffe de l'Ergot du Coq fur fa Crête, ne font certainement
pas engendrés: la plus fine diffection ne peut
pourtant les démontrer ni dans l'Ergot ni dans
la Crête. Ils y étoient néanmoins, mais fous
une autre forme, & la Greffe les a rendus vifibles fous celle qu'elle leur a fait revêtir (*a*). Le
Cœur du Poulet ne fe montre d'abord que fous
la forme d'un demi anneau: point de *Ventricules*, point d'Oreillettes du moins apparentes;
voyez dans les beaux Mémoires de Mr. DE HAL-
LER comment la fimple Evolution amène au jour
ces divers Organes auparavant invifibles ou trop
déguifés (*b*). Si donc on ne voit point au Larynx du Cheval, le Tambour qui eft fi vifible
dans celui du Mulet, il ne s'enfuit point du
tout, qu'il n'y ait dans le Larynx du premier aucune Partie qui en recevant de l'impreffion du
Sperme, certaines modifications, ne puiffe s'acquiter des fonctions propres à cet Inftrument, &
imiter ainfi celui de l'Ane.

QUE le Sperme agiffe fur certaines Parties,
qu'il les modifie, qu'il les faffe germer, croître,
développer, meurir, c'eft ce qui eft évident par
la muë de la Voix, par la végétation du Bois
du Cerf, par celle des Défences, des Cornes
de la Crête, de la Barbe, &c. & par bien d'autres Faits du même genre, qu'on ne fçauroit re-
voquer en doute.

(*a*) Confultez l'Article 271.
(*b*) Art. 144 & 146.

P 5

S1 le Sperme modifie la Voix, ce ne peut être qu'en modifiant l'Organe même de la Voix, & puisqu'il est capable de produire un tel effet dans l'Adulte, dont les Fibres déjà très développées, ont acquis de la consistence, quels changemens ne peut-il pas opèrer sur l'Organe de la Voix du Germe, qui n'est presque qu'une goutte de mucosité organisée?

DANS ces premiers tems, où tout est d'une délicatesse inconcevable, la plus petite quantité de matière, le plus léger mouvement, peuvent changer l'œconomie d'une Partie, & la changer pour toûjours. Car cette Partie se nourrit & elle croît. Les Atômes alimentaires qu'elle reçoit, s'y arrangent conséquemment aux modifications survenuës. Ils fortifient ainsi l'impression originelle du Sperme; ils la rendent saillante, durable, ineffaçable. Je renvoye à l'Article 170.

ON a crû trop légèrement, que la Liqueur séminale fournissoit à l'Embrion des Parties *intégrantes*. On a pris pour telles des Parties même de l'Embrion, modifiées originairement par l'action de cette Liqueur. Un examen plus scrupuleux de ces Parties l'auroit démontré; mais on s'est hâté de conclurre. Le Poulet appartient à la Poule, le Mulet à la Jument; les preuves en sont directes (*a*), tout le reste n'est qu'indirect. Apuïons nos raisonnemens sur la baze la plus solide. Le *Tambour* du Mulet peut imiter le Tambour de l'Ane; mais sûrement

(*a*) Article 142.

il n'eft pas celui de l'Ane. J'invite Mr. Herris-
sant à faire de nouvelles recherches & à recourir à des diffections plus délicates. J'oferois lui
prédire qu'il trouvera au moins autant de diffem-
blances que de reffemblances. MM. DE REAU-
MUR (*a*) & de Buffon (*b*) avouënt tous deux
qu'ils ne font point parvenus à fe fatisfaire fur
les *Mulets*. Les réfultats des Expériences n'ont
pas été invariables, & fouvent les Expériences
elles-mêmes n'ont rien produit : preuve évidente
qu'il n'eft pas fi facile d'établir les raports au Mâle.

Observons, difféquons, comparons. Le
Taureau a quatre Eftomachs, l'Aneffe n'en a
qu'un. De l'accouplement du Taureau avec
l'Aneffe il naît un *Jumar*. Nous n'avons point
la diffection de ce Mulet, & elle feroit à défirer. Si les principes dont je pars font vrais, le
Jumar ne doit point avoir les quatre Eftomachs
de fon Père ; mais, il eft poffible que l'Eftomach
unique qu'il avoit dans l'Ovaire de fa Mère,
éprouve de grands changemens de l'influence du
Sperme, & que ces changemens aillent au point
que l'Eftomach en paroîtra comme divifé ou multiplié. L'on affure, que de l'accouplement du
Coq avec la Canne, il naît un *Mulet* qui a les
Pieds du Coq : je fais fur ces Pieds le même rai-
fonnement que fur le *Tambour* du Mulet proprement dit. Je l'étendrai encore à cette Famille
de l'Ifle de Malthe dont Mr. DE REAUMUR nous

(*a*) *Art de faire éclorre les Poulets* &c. Tom. **2**. pag. **371.** de
la 2de. Edition.

(*b*) *Hift. Nat.* Tom. V. pag. **61e.** & fuivantes.

donne l'Hiſtoire, & dont les Individus viennent au Monde avec ſix Doigts aux Pieds & aux Mains (*a*). Ces Pieds de Coq étoient-ils donc de vrais Pieds de Coq? ces Doigts ſurnuméraires étoient-ils de *véritables* Doigts? les uns & les autres avoient-ils la ſtructure *extérieure* & *intérieure* propres à de telles Parties? C'eſt ſurquoi l'on ne nous a point mis en état de prononcer. Une altération un peu conſidérable dans les Pieds du Canard, un prolongement exceſſif de certaines Parties oſſeuſes ou membraneuſes des Mains & des Pieds, ont pû facilement induire ici en erreur, & donner lieu à tirer des conſéquences plus générales que les prémiſſes.

ENCORE une fois, & puis-je trop le répéter? le Poulet étoit tout formé avant que l'Oeuf fut fécondé par le Coq. Le Sperme du Mâle ſubſtitueroit-il aux Pieds de l'Embrion déjà préformés, des Pieds d'une autre eſpèce? A-t-on bien médité ſur tout ce que ſuppoſeroit une pareille ſubſtitution dans un Tout ſi harmonique? Et ſi l'on dit que le Sperme *transforme*, une ſemblable transformation répugneroit-elle moins au ſens commun que les Métamorphoſes des Poëtes?

334. *Deux points principaux qui reſtent à éclaircir.*

VOILA quelques principes généraux ſur la *Fécondation*. Ceux que j'ai plus développés dans

---

(*a*) *Art de faire éclorre les Poulets*, &c. Tom. 2, page 377 & ſuivantes de la Seconde Edition.

les Chapitres III, V & VI. du Tome premier, ont avec eux une grande analogie. Mais, je manquois alors d'un Fait effentiel qui n'étoit pas encore découvert, & que je ne faifois que fuppofer. Depuis, la Nature elle-même a prononcé; la préexiftence du Germe a été démontrée, & j'ai vû que j'avois bien raifonné.

Si l'on a été beaucoup trop loin, quand on a admis que le Sperme fourniffoit au Germe des Parties *intégrantes*, on ne peut, d'un autre côté, difconvenir qu'il n'y produife de grands changemens. Je prends toûjours le *Mulet* pour exemple, comme le plus frappant, le plus décidé.

Il refte donc deux chofes à faire, & le Myftère de la Génération fera dévoilé. Il faut montrer comment le Sperme arrive au Germe, & comment il agit fur lui & lui imprime ces traits ineffaçables qui caractérifent le *Mulet*.

335. *Comment le Sperme peut parvenir au Germe.*
Découvertes de MALPIGHI *fur la Fécondation des Oeufs du Papillon.*
Obfervation de l'Auteur fur ce fujet.

Nous avons des preuves que le Sperme peut agir par dehors. Les Oeufs des Poiffons (*a*), & plus fûrement encore ceux des Grenouilles (*b*) font fécondés ainfi. Le Mâle les arrofe de fa

(*a*) Article 294.
(*b*) Article 300.

Liqueur. On peut fuppofer à l'extérieur de l'Oeuf de petites ouvertures, des efpèces de fuc-çoirs ou de trompes qui pompent la Liqueur fécondante.

ON a beaucoup difputé fur la queftion fi le Sperme entroit dans la Matrice. Ceux qui le nioient, le faifoient paffer par les routes longues & tortueufes de la Circulation. VERRHEYEN & RUYSCH ont mieux fait que de difputer; ils ont difféqué & obfervé. Le premier ayant ouvert une Vache feize heures après l'accouplement, a trouvé une grande quantité de Sperme dans la Matrice (*a*). Le fecond ayant ouvert fur le champ une Femme furprife en adultère, & qui venoit d'être mife à mort, affure avoir vû beaucoup de Sperme, non feulement dans la Matrice, mais encore dans les *Trompes* (*b*).

LE Sperme entre donc dans la Matrice, il parvient même jufques dans les Trompes, & il faut bien qu'il parvienne encore jufqu'à *l'Ovai-re*, puifque Mr. LITTRE y a découvert un Fœtus tout formé (*c*). On a d'ailleurs des hiftoi-res de Fœtus adhérens à quelques Parties du Bas-Ventre, & qui s'étoient développés auffi dans l'Ovaire, & de Fœtus qui s'étoient déve-loppés dans les Trompes. Je ne puis omettre la belle Expérience de NUCK (*d*). Il a lié la Trompe d'une Chienne trois jours après la co-

---

(*a*) *Anat. Tract.* V. CAP. III.
(*b*) *Thef. Anat. Tab.* VI.
(*c*) *Mém. de l'Acad.* 1707.
(*d*) *Encyclop.* Tom. VII. pag. 568.

pulation. Au bout de vingt & un jour il a trouvé deux Fœtus placés entre l'Ovaire & la liga-
ture. Le resté de la Trompe & la Matrice é-
toient vuides.

LA Liqueur séminale peut s'élever dans les
Trompes à l'aide d'un mouvement *péristaltique*
qu'on croit leur avoir observé, ou par une force
analogue à celle qui s'exerce dans les Tubes *capillaires.* L'on peut se méprendre sur la cause
de cette ascension, mais, toûjours est-il certain que la Liqueur séminale agit sur l'Oeuf contenu encore dans l'Ovaire.

SI MALPIGHI a bien vû, & comment en douter? la Fécondation des Oeufs du Papillon s'o-
père tout autrement. La Liqueur du Mâle est
mise en réserve dans une espèce de Matrice,
placée à côté du Conduit des Oeufs. Ce Conduit aboutit à l'Anus, & c'est par l'Anus que
les Oeufs sortent. L'ouverture destinée à recevoir la Partie du Mâle, est distincte de l'Anus.
La Matrice a deux Canaux; l'un s'ouvre dans
le Conduit des Oeufs, l'autre se rend à la Partie qui caractérise le Sexe. Les Branches de l'O-
vaire, ou les Trompes qui contiennent les Oeufs,
se déchargent dans le Conduit par deux Troncs
principaux. Au moment où les Oeufs traver-
sent ce Conduit pour venir au jour, au moment
où ils passent devant l'embouchure du Canal de
la Matrice, ils sont fécondés. Un instant suffit
donc pour les rendre féconds. La Liqueur fécondante mise en dépôt dans la Matrice, agit
donc continuellement sur les Oeufs qui descen-

dent des Branches & traverſent le Conduit. Les Oeufs que l'on détache de l'Ovaire, avant qu'ils ayent paſſé devant le Canal de la Matrice, demeurent inféconds : ceux que l'on prend au-deſſous de ce Canal, ſont féconds. Enfin l'Auteur a trouvé dans la Matrice, la même Liqueur qu'il avoit obſervée à la Partie du Mâle (*a*).

C'EST ſur le Papillon du Ver-à-Soye que MALPIGHI a fait ces curieuſes obſervations. Il remarque, que les Oeufs qui ont été fécondés, ſont d'abord d'un jaune qui tire ſur celui du ſouphre ; il ſe change enſuite en violet, & la Coque demeure toûjours très-arrondie. Les Oeufs ſtériles, au contraire, conſervent leur couleur de ſouphre, & il ſe fait à la Coque un enfoncement très-marqué (*b*).

SI l'on penſoit que ce caractère de Stérilité eſt univerſel, & peut-être MALPIGHI l'a-t-il penſé, l'on ſe tromperoit. Des Oeufs d'un brun marbré, pondus ſous mes yeux par un grand Papillon, m'ont offert préciſément le contraire. Les uns conſervèrent leur couleur natale, & la Coque ſouffrit un enfoncement conſidérable ; les autres prirent une teinte de violet ; & la Coque demeura toûjours très arrondie. Les premiers étoient pourtant féconds, & j'en vis ſortir des Chenilles ; les derniers ne produiſirent rien.

(*a*) *Diſſert. Epiſt. de Bomb. Mém. pr. ſerv. à l'Hiſt. des Inſect.* Tom. 2. Mém. 2. pag. 82. & ſuivantes.
(*b*) *Ibid.* pag. 84.

MAL:

MALPIGHI a imaginé une Expérience ingénieu-
se, qui, à la vérité, n'a point eu de succès,
mais que je ne puis trop exhorter à répéter & à
varier. Il a détaché les Oeufs de l'Ovaire, &
il les a arrosés de la Liqueur du Mâle. S'ils a-
voient été ainsi fécondés, ils l'auroient été, en
quelque sorte, par art, & à la manière de ceux
des Grenouilles.

J'IGNORE à quelle hauteur la Liqueur séminale
s'élève dans la Trompe; car on ne l'a pas trouvée encore sur l'Ovaire même. D'habiles Gens
pensent que la vapeur odorante qui s'exhale de
cette Liqueur, suffit pour opèrer la Fécondation.
Les odeurs pénètrent fort bien dans des cavités
peu différentes de celle-ci: mais, il me paroît
qu'il faut ici plus que des odeurs. J'en ai déjà
indiqué les raisons; je vais y revenir.

336. Dernières tentatives de l'Auteur pour tâcher d'éclaircir le Mystère de la Génération.

LA question comment la Liqueur séminale a-
git dans le Germe, comment elle imprime au
Mulet ces traits qui le différentient du Cheval,
passe généralement pour insoluble, & l'on n'a
pas manqué de la tourner en objection contre la
préexistence des Germes. Je la crois au moins
une des plus difficiles de la Physique, & je ne
me suis jamais flatté de la résoudre. L'on a vû
dans les Chapitres III. & VI. du Tome 1er. de
cet Ouvrage, les idées qu'elle m'avoit fait naître. Je suis appellé maintenant à les rema-

nier de nouveau, & à les perfectionner si je le
puis.

ON a dit, & on l'a répété dans cent Ecrits,
que la Liqueur séminale est un extrait du Tout
individuel. On a supposé cela pour rendre raison de la ressemblance des Enfans à leurs Parens.
Mais on ne nous avoit point dit comment cet
extrait se prépare, & jusqu'à Mr. DE BUFFON,
je ne vois aucun Auteur qui ait conçu un Système en forme sur ce sujet. J'ai donné le précis
du Système de ce Physicien (*a*), & j'ai montré
qu'il pèche par les fondemens (*b*). Des Molécules organiques renvoyées de toutes les Parties du Corps aux Organes de la Génération,
parce qu'elles n'ont pû être admises dans ces Parties, comment y auroient-elles été *moûlées?*
Quelle idée se faire des Moûles *intérieurs* de nôtre Auteur, & de cette force qui, selon lui,
agit comme la *Pesanteur*, en pénétrant les mas-
ses? Je choquerois le Lecteur judicieux, si je
m'arrêtois encore à combattre ces sçavantes chimères trop caressées par le célèbre Naturaliste,
& dont je m'étonne qu'il se soit contenté. Je
voudrois bien ne pas publier aussi des chimères:
on me jugera sur la suite de mes principes & de
leurs conséquences.

LE Germe, qui préexiste à la *Fécondation*,
ne peut se développer sans elle.

PAR elle, non seulement il se développe, mais

(*a*) Art. 112. & suivans.
(*b*) Art. 122, 123, 124, 171, 173, 174, 177, 309, & la
310.

il reçoit encore de nouvelles *modifications*, qui affectent son extérieur & son intérieur.

CES modifications ont toûjours un raport. plus ou moins marqué avec l'Individu qui opère la Fécondation.

IL l'opère par la Liqueur qu'il répand dans l'acte de la Génération.

CETTE Liqueur introduite dans la Matrice, s'élève dans la Trompe, & l'Oeûf est fécondé dans l'Ovaire même.

LA Liqueur fécondante pénètre le Germe, puis qu'elle modifie son intérieur.

ET si elle le modifie dans un raport au Mâle, elle est donc elle-même dans un raport avec lui.

LA Liqueur féminale renferme donc des Molécules qui correspondent à différentes Parties du Mâle; car elle imprime au Germe des traits de ressemblance avec différentes Parties de celui-là.

CHAQUE Partie du grand Tout organique a sa nature propre. Elle se nourrit par elle-même, elle croît, & tandis qu'elle croît, elle retient sa structûre & ses fonctions primitives.

ELLE est donc construite de manière, qu'elle n'admet que les Molécules qui lui conviennent, & qu'elle leur donne un arrangement rélatif à sa structûre & à ses fonctions.

CES Molécules sont séparées du Sang ou de la Lymphe. Si elles y retournoient, elles s'y confondroient de nouveau, & il faudroit encore des Organes pour les en féparer.

MAIS, la Partie augmente de maffe à mefure qu'elle croît; elle acquiert journellement plus de confiftence. Elle retient donc les Molécules qui ont fervi à fa nutrition & à fon développement. Ces Molécules ne font donc pas renvoyées aux Organes de la Génération, comme à un dépôt général.

IL faut pourtant que la Liqueur féminale renferme des Molécules analogues à différentes Parties du Mâle. Les Organes de la Génération du Mâle féparent donc de fon Sang ou de fa Lymphe, des Molécules analogues à différentes Parties de fon Corps.

IL y a donc dans les Organes de la Génération du Mâle des Vaiffeaux analogues à ceux qui, dans ces différentes Parties, féparent les Molécules qui leur conviennent.

LES Organes de la Génération du Mâle font donc pour ainfi dire, une *Angiologie* en raccourci. La même MAIN qui a deffiné fi en petit le grand Tout organique, a bien pû deffiner moins en petit le Syftème de fes Vaiffeaux *Sécrétoires* fous des proportions rélatives au grand.

LA Liqueur féminale de l'Ane renfermeroit ainfi des Molécules correfpondantes aux Oreilles & aux Larynx qui ne fe trouveroient pas dans la Liqueur féminale du Cheval: & celle-ci renfermeroit des Molécules rélatives au développement de la Queuë, qui ne se rencontreroient pas dans la Liqueur séminale de l'Ane.

LA petitesse & la délicatesse extrêmes du Germe, indiquent que ses Parties ont besoin pour se nourrir & pour se développer, d'un Fluïde aproprié à leur état actuel. J'ai crû trouver ce Fluïde dans la Liqueur que le Mâle fournit.

ELLE est le principe d'un développement qui ne commenceroit point sans elle, & qui suppose une véritable Circulation. Elle est donc le principe de cette Circulation. Elle agit donc sur les Organes de la Circulation du Germe, elle en pénètre le Cœur, elle l'anime, & si elle l'anime, si elle s'y introduit, elle peut encore circuler dans toutes les Parties.

ELLE y répandra plus de chaleur & de vie; elle leur donnera plus de consistence. Elle déployera les Vaisseaux, elle ouvrira les mailles des Fibres. Elle mettra le Germe en état de recevoir des nourritures plus fortes, que la Matrice lui fournira.

PORTE'E ainsi à toutes les Parties, elle leur imprimera plus ou moins de ces caractères qu'elle tient du Mâle qui l'a fournie. Elle n'agira pas seulement comme nourriture, elle agira encore comme Fluïde doué de certaines propriétés qui le distinguent, & dont les effets doivent varier dans un raport déterminé au sujet sur lequel son activité se déploye.

Q 3

CE sujet eft le Germe, dont les Organes concentrés, affaiffés, pliffés & repliés fur eux - mêmes, ont des formes, des proportions & un arrangement très différent de ceux qu'ils auront dans l'Adulte. Les révolutions du Poulet en font une belle démonftration.

EN commençant l'Evolution, la Liqueur fécondante tendra donc à ouvrir, à redreffer, à déployer les Organes du Germe, & fon action différemment modifiée par le plus ou le moins de Molécules de chaque genre, précipitera ou accroîtra l'Evolution de quelques Organes, tandis qu'elle retardera ou empêchera celle de quelques autres.

COMME Fluïde nourricier, elle s'incorporera aux Solides dans le raport de l'analogie des Molécules à tel ou tel Solide particulier. Les Molécules analogues ou correfpondantes feront admifes; les autres rejettées ou renvoyées.

S'IL y a plus de Molécules apropriées à un certain Organe, ou fi ces Molécules font plus actives, cet Organe fe développera davantage. Il recevra de leur impreffion d'autres modifications particulières en conféquence de leur difpofition à lui donner plus ou moins de confiftence, à le laiffer membraneux ou à déterminer l'offification.

AINSI le Sperme de l'Ane porté dans le Germe du Cheval, y déployera fon activité dans le raport à la nature propre de chaque Organe du Germe & à celle des Molécules fécondantes qui lui correfpondront. De - là l'allongement des

Oreilles du Cheval, la nouvelle modification de son Larynx, & l'altération de sa Queuë. De-là, la transformation apparente du Cheval en *Mulet*.

PAR cette sorte de transformation, le Cheval perd la faculté d'engendrer. Les Anciens ont dit pourtant que le Mulet engendroit; mais cela n'a pas été vérifié. La Semence de l'Ane n'ouvre pas tous les Vaisseaux propres à l'Organe de la Génération du Cheval: une partie de ces Vaisseaux s'oblitère donc, & c'en est assez pour que le Mulet soit impuissant (*a*).

(*a*) DEPUIS l'envoi de mon Manuscript au Libraire, j'ai lu dans la 2de Partie de *Mars* du *Journal Encyclopédique* de cette année 1762. des recherches curieuses de feu Mr. HEBENSTREIT sur les Organes de la Génération du *Mulet* & sur les causes de sa *stérilité*. En commenceant ses dissections, ce sçavant Naturaliste s'attendoit, comme il nous le dit lui-même, *à trouver un défaut considérable dans les Organes du Sexe des Mâles*. Ce ne fut donc point sans une extrême surprise, qu'il reconnut *que le Mulet comparé à l'Etalon, & même à l'Homme, ne leur cédoit en rien dans l'exacte configuration des Parties sexuelles*. Mêmes Corps caverneux, même Urètre, mêmes Artères, mêmes Veines, mêmes Muscles, mêmes Nerfs, *& ce qui étoit encore plus remarquable, les Vaisseaux spermatiques étoient dans le meilleur état; les Testicules placés dans leur bourse étoient attachés à leurs Muscles, & avoient leur double Peau. Leur intérieur étoit un tissu de millions de Vaisseaux capillaires. Le Réservoir spermatique, en particulier, s'élevoit au-dessus de sa place ordinaire, & alloit se rendre, comme on l'observe dans les Quadrupédes, à son lieu déterminé. Là, il se déchargeoit dans les Vésicules séminales dont la structure avoit plus de rapport à la conformation du Cheval, qu'à celle de l'Homme*, &c.

MR. HEBENSTREIT ne découvrant donc rien dans les Organes de la Génération du *Mulet* qui put lui donner les causes de sa stérilité, s'arrêta à en considérer la Liqueur séminale qui est très-abondante. *Il ne lui trouva aucune conformité avec le Sperme des Animaux Mâles féconds, quoique d'abord les apparen-*

Les Organes de la Génération ont pour fin principale la conservation des espèces, & non l'augmentation du nombre des espèces. Ils sont pourvus de Vaisseaux qui séparent les Molécules apropriées au développement de ces Organes

ces fussent encore les mêmes, qu'à l'égard des Organes. Ces Molécules animées, qu'on découvre en si grande quantité, à l'aide du Miscroscope, dans les Liqueurs séminales des Mâles, & qu'on a nommées *Animalcules spermatiques*, échappent ici entièrement à l'observation. *Il est certain,* ajoûte notre habile Physicien, *que ces Animalcules placés soigneusement & à plusieurs reprises, & examinés au foyer de la Lentille, n'ont jamais pu être aperçus. Le Conseiller* WALTER *& le Professeur* HAUSEL *qui ont fait chacun séparément leurs observations, se sont trouvés d'accord dans ce résultat. La matière étoit encore chaude, on avoit ouvert le Mulet aussi tôt qu'il avoit été égorgé, & l'on avoit pris toutes les précautions nécessaires pour qu'il ne restât aucun doute sur ce sujet.*

MR. HEBENSTREIT conclud de ces observations, que l'on doit *chercher la cause de la stérilité du Mulet dans le défaut de la Partie animée, & pour ainsi dire ignée de sa Semence :* car il ne veut pas reconnoître les Molécules en question pour de vrais Animalcules. *Il est plus probable* dit-il *que ces Particules agitées qui ont des diversités de figure rélatives à celles des Espèces, sont la partie active de la Semence par laquelle est animé l'Embrion, qui existe toûjours dans l'Ovaire,*

On a vû dans la Note que j'ai mise au bas de l'Article 135. que MR. DE REAUMUR croyoit s'être assuré que ces Molécules étoient de vrais Animalcules qui se propageoient, & Mr. HEBENSTREIT l'ignoroit. Mais quand cela ne seroit pas certain, l'absence de ces Molécules de quelque nature qu'on les suposât, prouveroit toujours un *vice* dans la Liqueur séminale du *Mulet* ; puis qu'on les découvre constamment dans les Liqueurs séminales des Animaux féconds, & qu'elles manquent dans ceux qui ne sont pas encore en état d'engendrer ou qui en sont devenus incapables. Or ce vice de la Liqueur séminale du *Mulet*, ne peut lui même dépendre que d'un vice secret dans les Organes qui la préparent. La plus fine Anatomie ne sçauroit sans doute, le découvrir. Il tient apparemment à des tuïaux si déliés, que nos meilleurs Microscopes ne pourroient y atteindre. Je pense donc qu'on ne doit pas affirmer avec Mr. HEBENSTREIT, que les Organes de la Génération du *Mulet* sont aussi bien conditionés que ceux du Cheval ou de l'Hom-

dans le Germe. Ces Vaiſſeaux peuvent avoir
été conſtruits ou calibrés de manière qu'il n'y
ait que ceux de la même eſpèce qui ſe correspondent exactement dans le grand & dans le
petit.

me. Il n'a vû de ces Organes que les Parties les plus groſſières ou qui en conſtituent la charpente. Et *ces millions de Vais-*
ſeaux capillaiaes dont il parle, auroit-il jamais pû les démêler
& les comparer à ceux du Cheval ou de l'Homme?

NÔTRE ſçavant Profeſſeur paſſe enſuite à la deſcription des
Organes de la *Mule.* Les Parties extérieures ne lui ent point
paru différer de celles de la Jument. *Mais ce qu'il y a de ſin-*
gulier dit-il, & qu'aucun Auteur n'a décrit, c'eſt que la Mule a
le conduit de l'urine placé d'une manière différente de celle qui a
lieu dans les autres Animaux; il ne va point à la Vulve en paſſant
entre le Clitoris & l'orifice extérieur de la Matrice, mais il eſt ren-
fermé dans l'Etui même de la Matrice, & c'eſt de là que l'urine
coule. L'Auteur de cette découverte en infère avec fondement, *que cette ſeule conformatiom paroîtroit ſuffiſante pour cauſer*
la ſtérilité de la Muſe: elle doit emporter, ajoute-t-il, avec ſon
urine la Sémence qu'elle a reçuë. Joignez à cela, que cet écoule-
ment perpétuel d'urine, durcit l'Etui de la Matrice en ſorte qu'on
n'y trouve pas, même lorſque que la Mule eſt jeune, les plis & les
rides ordinaires.

UNE ſeconde obſervation importante de Mr. HEBENSTREIT
regarde l'Ovaire. Il a, dit-il, *les Vaiſſeaux ordinaires, Artères,*
Veines, Nerfs; ils procèdent tous des lieux accoûtumés, & ſe par-
tagent dans l'Ovaire, comme on le voit diſtinctement après les avoir
préparés par l'injection du Mercure. Mais cet Ovaire ne contenoit
aucune des Véſicules transparentes qu'on a coûtume de nommer Oeufs,
à moins que ces Oeufs, qui, dans leur origine ſont preſque imper-
ceptibles, n'ayent été encore cachés dans la partie jaune de l'Ovai-
re; cependant comme le ſujet de la diſſection avoit déjà l'âge requis
pour l'accouplement, quelques Oeufs du moins auroient dû s'y ma-
nifeſter comme dans les autres Femelles de cet âge. Ainſi l'on eſt
en droit de conclurre de l'abſence des Oeufs la ſtérilité.

ENFIN, une troiſième obſervation très remarquable, eſt
celle par laquelle Mr. HEBENSTREIT termine la Lettre dont je
donne l'extrait. Elle roule ſur la Matrice de la Mule. *Je*
ne connois point, dit-il, de Matrice dans aucune autre Femelle, qui
ait la Peau auſſi déliée, & dont la circonférence ſoit auſſi ſpacieuſe

Q 5

IL y aura eu plus de latitude à l'égard des autres Organes. Nous ignorons les limites de cette latitude. L'expérience feule peut nous les
faire connoître : mais, il n'y a pas d'apparence
qu'elle s'étende du Quadrupéde à l'Oiseau. Un

*que dans la Mule. L'Uterus des Animaux est en général d'une fub-
stance fort compacte, celle de la Mule est à peine égale en folidité à
la Veffie de l'urine. Cela me la fait croire inbabile à porter, ayant
beaucoup trop de transparence & de rareté en comparaison de celle
des autres Animaux, pour foutenir le poids du Foetus.*

IL paroît donc que l'altération des Organes fexuels, qui ne
fe manifefte chez le *Mulet* que par fes effets, je veux dire par
l'état de la Liqueur féminale, fe manifefte chez la *Mule* dans
les Organes eux‐mêmes. On n'attend pas de moi que je ren-
de raifon du déplacement de l'*Urétre*, il faudroit d'ailleurs s'affurer qu'il eft conftant. A l'égard de l'abfence vraye ou apparente des Oeufs & du peu d'èpaiffeur de la Matrice, ce font
des Faits dont l'explication rentre dans la fphère de mes principes & qui les confirment.

TOUT ceci nous démontre de plus en plus, combien les Expériences fur les Mulets peuvent répandre de jour fur le myftère de la Génération, & il eut été bien à défirer, qu'au‐lieu
de differter fans fin fur cette matière, l'on fe fut adreffé directement à la Nature, le fcalpel & la lentille à la main. N'eft-
il pas étonnant qu'on n'ait pas cherché plutôt par cette voye,
les caufes de l'impuiffance du Mulet ?

DANS la Partie fuivante du même Journal eft une Lettre du
célèbre Mr. KLEIN, rélative à la précédente, mais bien moins
inftructive. L'Auteur y applaudit aux obfervations du Profeffeur de Leipfig, & fait fur le myftère de la Génération des réflexions qui prouvent qu'il n'avoit pas cherché à aprofondir
ce fujet. Il rejette la préexiftence du Germe dans l'Oeuf,
& fe déclare Pirrhonien à l'égard de tous les Syftèmes connus.
Mr. HEBENSTREIT dit‐il, *admet que l'Embrion existe toujours dans
les Oeufs de la Mère. Mais n'est-ce pas un paradoxe ? L'Embrion
du Mulet existe toujours dans les Oeufs de la Jument, & l'Ane
l'anime. Pour moi je trouve ici de la contradiction. Ajoutez que
le deffein de l'Animal dans l'Oeuf, ce qu'on n'a jamais pu observer
avec les meilleurs Microscopes, a bien l'air d'être une fupofition gra-
tuite, un être de raifon, on ne le trouve point dans les Animalcules fpermatiques. Je demanderai ensuite en quoi confifte ce deffein
& qu'est-ce qui est deffiné ? cela reffemble‐t‐il aux premiers coups.*

grand Obfervateur a rendus fameux les amours du Lapin & de la Poule (*b*). Probablement il en avoit trop efpèré. Mr. DE BUFFON l'a relevé avec raifon, en faifant remarquer que de l'union du Lièvre & de la Lapine, efpèces très voifines, il n'a rien refulté (*c*). *Je n'ai point de foi aux amours du Lapin & de la Poule*, m'écrivoit Mr. DE HALLER; *j'ai vérifié l'expérience de Mr. DE REAUMUR, & j'ai des raifons fuffifantes de croire que ce n'étoient que des badinages d'un Animal extrémement vif & fémillant.* Confultez l'Article 139.

MAIS, chez les Oifeaux, les *Mulets* propagent pourtant. Mr. DE HALLER m'écrivoit encore; *les Oifeaux Mulets font des exemples évidens du concours des deux Sexes, avec une certaine prérogative du Mâle.* Mr. SPRENGEL *a étudié la multiplication des Bâtards qui naiffent de l'accouplement des Serins & des Chardonnerets. Le Bec plus épais de ceux-ci s'eft confervé dans*

de crayon d'un Peintre qui font encore bien éloignés de la perfection, mais qui préfentent pourtant une image reconnoiffable? &c.

SI Mr. KLEIN avoit plus médité ce fujet difficile, il auroit compris, qu'il ne falloit pas chercher un Germe de *Mulet* dans les Ovaires de la Jument, & qu'il n'y avoit point de contradiction à admettre que le Sperme de l'Ane modifie le Germe du Cheval. J'ai montré comment on peut le concevoir.

EN parlant du déplacement de l'Urétre de la *Mule*, il ajoute; *je me rapelle une chofe, que j'ai remarquée dans mon Traité de l'origine des Poiffons, page 5. c'eft que les Oifeaux comme les Poiffons, rendent l'urine & les excrémens par un feul & même conduit, je n'ai aucune expérience qui m'indique fi le conduit de l'urine eft auffi caché dans celui des Oeufs.*

(*b*) Mr. DE REAUMUR, *Art de faire éclorre les Poulets.* Tom. 2. pag. 340. & fuivantes. 2de. Edition.

(*c*) *Hift. Nat.* Tom. VI. pag. 303, & 304.

plufieurs *Générations*. *Car dans des Oifeaux
aufli femblables*, *les Bâtards ont multiplié & entr'eux*, *& avec leurs races paternelles & mater-
nelles*.

La Semence du Chardonneret eſt donc propre à faire développer en entier les Organes de
la Génération du Serin. Ces Organes font en
raport avec les autres Parties ; ils les repréſentent
en quelque forte. Le Chardonneret ne paroît
pas différer beaucoup du Serin ; au moins a-t-il
avec lui de grands raports. Les Organes de la
Génération du premier doivent donc être fort
analogues à ceux du fecond, & les Semences
font entr'elles comme les Organes qui les préparent. Si le Bec du Chardonneret *s'eſt confervé
dans plufieurs Générations*, ce n'eſt pas qu'il envoye des Molécules *moûlées* aux Organes de la
Génération : mais c'eſt que ceux - ci ont un raport avec le Bec, & que les Molécules correfpondantes qu'ils féparent, ont pû agir fur la Partie de l'Organe de la Génération du Germe qui
répond au Bec. Cet Organe aura donc filtré
des Molécules propres à modifier le Bec du Serin. On n'exigera pas davantage de mes principes ; je ne fçaurois en pouſſer plus loin la dé-
duction. C'eſt beaucoup qu'ils m'ayent conduit
juſqu'ici.

Une nouvelle modification qui furvient à une
Partie organique, affoiblit ou éteint une modification antécédente. Le Bec de Chardonneret
fe changera peu à peu en Bec de Serin, par l'ac-

tion répétée de la Semence du Serin fur plufieurs Générations.

MR. DE BUFFON regarde comme des Animaux de *même efpèce*, tous ceux de l'union defquels refultent des Individus capables d'engendrer (*a*). Suivant cette notion, l'Ane & le Cheval n'appartiennent pas à la même efpèce; le Mulet n'engendre point. Par la raifon des contraires, le Chardonneret & le Serin feroient de même efpèce. Je fuppofe toûjours que Mr. SPRENGEL a bien obfervé.

337. *Expériences à tenter pour décider des Idées de l'Auteur fur la Fécondation.*
Réflexions fur ces Expériences.

IL eft une efpèce de Poule qui a cinq Doigts; les efpèces communes n'en ont que quatre. Mr. DE REAUMUR propofe des mariages entre des Coqs à cinq Doigts & des Poules à quatre Doigts, & entre des Coqs à quatre Doigts & des Poules à cinq Doigts (*b*). Je ne prétends pas deviner les réfultats qu'auront des Expériences fi propres à éclaircir le myftère de la Génération. Je dirai feulement, que fi mes principes fur cette matière font vrais, la Semence du Coq à cinq Doigts fera développer dans le Germe à quatre Doigts quelque chofe qui aura l'air d'un Doigt furnuméraire. Peut-être encore qu'elle changera un peu la conformation ou les proportions des Doigts

(*a*) *Hift. Nat.* Tom. IV. pag. 384.
(*b*) *Art de faire éclorre les Poulets.* Tom. II. pag. 366. 2de Edition.

naturels. La Semence du Coq à quatre Doigts, portée dans le Germe à cinq Doigts, devra, au contraire, laisser le cinquième Doigt imparfait ou le rendre mal conformé, & altérer ses proportions. Ce vice de conformation ou de proportion pourra s'étendre encore aux autres Doigts. &c. Mr. DE REAUMUR n'a pas anoncé de semblables résultats: il n'étoit pas parti des mêmes principes que moi. ,, Si les Germes, dit-il (a),
,, sont dans la Poule, celle qui a cinq Doigts,
,, a des Germes à cinq Doigts, & quoi qu'elle
,, ait été fécondée par un Coq commun, elle don-
,, nera des Poulets à cinq Doigts. Ceux qu'el-
,, le donnera n'en auront que quatre comme le
,, Coq avec qui elle a habité, si les Germes sont
,, dans le Coq. De même la Poule commune
,, qui doit la Fécondation de ses Oeufs à un
,, Coq qui a cinq Doigts, produira des Poulets
,, à quatre Doigts, si les Germes des Poulets
,, étoient en elle, & elle produira des Poulets
,, à cinq Doigts, si les Germes lui ont été ap-
,, portés par le Coq."

AUJOURDHUI il est démontré, *que les Germes sont dans la Poule*, & nôtre Illustre Académicien l'ignoroit. Mais, de ce que les Germes sont dans la Poule, il ne s'ensuit point du tout, qu'une Poule à quatre Doigts, fécondée par un Coq à cinq Doigts, produira des Poulets à quatre Doigts, ni qu'une Poule à cinq Doigts, fécondée par un Coq à quatre Doigts, fera des Poulets à cinq Doigts. Cette conclusion ressem-

(a) *Ibid.* pag. 367.

ble à celle que l'Auteur tire des Oeufs qui auroient été fécondés par un Lapin, lors qu'il a-
vance (*a*) *qu'ils nous vaudroient des Poulets*
vêtus de poils, ou des Lapins couverts de plumes.
Ce ne feroient proprement ni des Poulets ni des
Lapins, ni des poils ni des plumes. Les Germes qui exiftent dans la Poule font des Germes
de Poulets qui renferment des Germes de plumes. La Semence du Lapin ne transformeroit
pas les Poulets en Lapins, les plumes en poils.
De pareilles transformations n'ont point lieu dans
la Nature; je l'ai fuffifamment prouvé en divers
endroits de ce Livre. Mais, la Semence du
Lapin, portée dans les Germes des Poulets, y
produiroit des modifications plus ou moins frappantes, qui changeroient plus ou moins la forme extérieure & intérieure des Individus. Toûjours pourtant ce feroient au fond des Poulets,
comme le Mulet eft au fond un Cheval modifié. L'action de la Liqueur féminale doit varier
dans un raport déterminé au fujet fur lequel elle
travaille.

L'Auteur de la *Vénus Phyfique* propofe d'autres Expériences, qui feroient encore bien propres à vérifier mes principes. ,, Ce feroit af-
,, furément, dit-il (*b*), quelque chofe quî
,, mériteroit bien l'attention des Philofophes,
,, que d'éprouver fi certaines fingularités arti-
,, ficielles des Animaux ne pafferoient pas après
,, plufieurs Générations aux Animaux qui naî-

(*a*) *Ibid.* pag. 351.
(*b*) *Vénus Phyfique*; feconde Partie, pag. 159. Edit. de 1745.

,, troient de ceux-là. Si des Queuës ou des
,, Oreilles coupées de Génération en Génération
,, ne diminueroient pas, ou même ne s'anéan-
,, tiroient pas à la fin ". On voit que suivant
mes idées, des Queuës retranchées aux Mâles
de Générations en Générations, ne diminueroient pas ou n'anéantiroient pas à la fin les
Queuës dont les Germes auroient été originairement pourvus. Cela arriveroit infailliblement,
si la Queuë du Mâle fournissoit des Molécules
de la réunion desquelles se formât celle des Germes. Mais, en retranchant la Queuë au Mâle, on ne lui retranche pas la Partie des Organes de la Génération que je suppose corres-
pondre au Coccix.

338. *Sources de la ressemblance des Enfans à leurs Parens, &c.*

Des Envies *des Mères.*

IL ne faut pas croire que le Germe ait très
en petit tous les traits qui caractérisent la Mère comme *Individu.* Le Germe porte l'empreinte originelle de l'Espèce, & non celle de
l'Individualité. C'est très en petit un Homme,
un Cheval, un Taureau, &c. mais, ce n'est
pas un *certain* Homme, un *certain* Cheval,
un *certain* Taureau, &c. Tous les Germes
sont contemporains dans le Système de l'Evolution. Ils ne se sont pas communiqués les uns
aux autres leurs traits, leurs caractères distinc-
tifs. Je ne dis pas que tous ceux d'une même
espèce

efpèce foient parfaitement identiques. Je ne vois rien d'identique dans la Nature ; & fans recourir au principe des *Indifcernables*, il eft très clair, que tous les Germes d'une même efpèce n'achèvent pas de fe développer dans la même Matrice, dans le même tems, dans le même lieu, dans le même climat, en un mot, dans les mêmes circonftances. Voilà bien des caufes de variétés. Il en eft d'autres plus efficaces encore; ce font les Liqueurs féminales.

LES raports que je conçois entre l'Organe de la Génération du Mâle & les différentes Parties de fon Corps, fe tranfmettent jufqu'à un certain point au Germe par l'action de la Liqueur féminale. Le tempéramment de la Mère, fes inclinations, fes paffions, les alimens dont elle fe nourrit, l'éducation qu'elle a reçuë, fon genre de vie, le climat qu'elle habite, peuvent auffi modifier plus ou moins l'Embrion. Et fi l'on admettoit avec divers Auteurs, que la Femelle fournit une Liqueur prolifique, cette Liqueur produiroit dans le Germe des modifications analogues à celles qu'y produit le Sperme du Mâle. Mais cette Liqueur de la Femelle eft au moins douteufe. Des Femelles, qui conçoivent très bien, ne répandent aucune Liqueur dans l'acte de la Génération. RUISCH n'a trouvé que celle du Mâle dans la Matrice & dans la Trompe. Si les Femelles étoient pourvuës d'une telle Liqueur, elle devroit les exciter à l'amour, comme elle y excite les Mâ-

TOM. II.   R

les. Pourquoi donc le Cerf, & le Chevreuil d'Angleterre usent-ils de violence pour se soumettre leurs Femelles? Les Corps *jaunes*, qui suivant Mr. DE BUFFON fournissent la Liqueur fécondante de la Femelle, ne sont point nécessaires à la conception. Mr. DE HALLER ne les a point trouvés dans des centaines de Femmes & de Filles qu'il a ouvertes; mais, il les a vûs dans celles qui étoient enceintes ou accouchées depuis peu. Ils sont donc plutôt l'effet que la cause de la Fécondation (*a*).

CE seroit dans les sources que je viens d'indiquer, que je puiserois les raisons de la ressemblance des Enfans au Père & à la Mère, de l'air de famille, & encore de l'air national. L'Ane & le Cheval diffèrent beaucoup. Si la Semence du premier produit de si grands effets sur le Germe du second, pourquoi celle de l'Homme n'imprimeroit-elle pas à ses Enfans divers traits de sa ressemblance? Des difformités purement accidentelles ne seront pas transmises, si les accidens n'ont pas porté sur les Organes de la Génération du Mâle, ou si ces difformités ne sont pas de nature à influer sur ses humeurs. Mais, les maladies héréditaires se transmettront, parce qu'elles affectent les humeurs, & par elles la Liqueur fécondante. Une violente commotion de la Mère pourra porter sur son Fœtus; mais l'envie d'un Fruit

(*a*) *Bibliothèque raisonnée*, Tom. 46. Extrait de l'*Histoire Naturelle Générale & Particulière.*

n'ira pas peindre fur lui la figure de ce Fruit ;
parce que ce défir n'appartient qu'à l'Ame, &
que l'Ame & les Sens de l'Embrion ne font pas
l'Ame & les Sens de fa Mère. Les *Envies* font
comme les nuées ; on y voit ce que l'on veut.
L'Auteur de la *Vénus Phyfique* l'a très-bien remarqué. „ Cependant, dit-il (*a*), rien n'eft
„ fi fréquent que de rencontrer de ces Signes
„ qu'on prétend formés par les Envies des Mè-
„ res. Tantôt c'eft une Cerife, tantôt c'eft
„ un Raifin, tantôt c'eft un Poiffon. J'en ai
„ obfervé un grand nombre ; mais j'avouë que
„ je n'en ai jamais vû qui ne pût être facile-
„ ment réduit à quelque excroiffance ou quel-
„ que tache accidentelle. J'ai vû jufqu'à une
„ Souris fur le cou d'une Demoifelle dont la
„ Mère avoit été épouvantée par cet Animal ;
„ une autre portoit au bras un Poiffon que fa
„ Mère avoit eû envie de manger. Ces Ani-
„ maux paroiffoient à quelques-uns parfaite-
„ ment deffinés : mais pour moi l'un fe rédui-
„ fit à une tache noire & veluë de l'efpèce de
„ quelques autres qu'on voit quelquefois pla-
„ cées fur la jouë, & auxquelles on ne donne
„ aucun nom, faute de trouver à quoi elles
„ reffemblent. Le Poiffon ne fût qu'une ta-
„ che grife. Le rapport des Mères, le fou-
„ venir qu'elles ont d'avoir eû telles craintes
„ ou tels défirs, ne doit pas beaucoup embar-

(*a*) *Vénus Phyfique*, Ire. Partie, page 88. &c.

„ raffer ; elles ne fe fouviennent d'avoir eû ces
„ défirs ou ces craintes, qu'après qu'elles font
„ accouchées d'un Enfant marqué ; leur mé-
„ moire alors leur fournit tout ce qu'elles veu-
„ lent , & en effet il eft difficile que dans un
„ efpace de neuf mois, une Femme n'ait ja-
„ mais eû peur d'aucun Animal, ni envie de
„ manger d'aucun Fruit ".

Je le répète fouvent ; la Liqueur féminale
ne *forme* rien à parler philofophiquement ; elle
ne fait que *modifier* ce qui étoit déjà *préformé*.
Les divers traits de reffemblance que la Fécondation imprime au Germe, ne fauroient repréfenter avec précifion *l'Original*. Ils n'en font
pas proprement des *Copies* : ils n'y ont pas pris
leur empreinte comme dans un *Moule*. Auffi
les Enfans ni les Mulets ne reffemblent-ils jamais parfaitement à leur Père. Si la Liqueur
féminale modifie le Germe , celui-ci modifie
à fon tour l'action de cette Liqueur dans un
raport à fa manière de la recevoir & de fe l'incorporer.

339. *De la Fécondation des Germes qui doivent donner des Femelles, & de celle des
Germes de* Neutres.

Mais, après qu'un Germe *Femelle* a été fécondé, il fe développe chez lui des Parties qui
n'exiftoient point dans le Mâle , des Ovaires,
des Trompes, une Matrice , &c. Si la Liqueur féminale eft néceffaire pour procurer les
premiers développemens de toutes les Parties

du Germe, comment peut-elle procurer celui de Parties que le Mâle n'a point, & dont par conféquent il ne fauroit fournir les Molécules correfpondantes?

JE ne diffimule point la difficulté. Elle feroit bientôt réfoluë, fi le concours des deux Semences étoit prouvé. Non-feulement il ne l'eft point (*a*); mais on a vû ci-deffus les raifons qui indiquent que les Femelles ne font pas pourvuës d'une Liqueur *prolifique*. J'ajoute, que fi elles en étoient pourvuës, on ne verroit pas trop pourquoi un Quadrupéde, un Oifeau, ne multiplieroient pas fans accouplement, à la manière du Puceron.

JE me renfermerai donc dans cette queftion; s'il eft abfurde d'imaginer, que les Organes de la Génération du Mâle ont été auffi conftruits fur des raports déterminés à différens Organes de la Femelle? Cette nouvelle fuppofition ne révoltera pas ceux de mes Lecteurs qui auront bien médité la fuite de mes principes, & qui regarderont avec moi la Liqueur féminale comme un Fluïde *nourricier*, & la *Génération* comme un fimple *Développement* opéré par la *Nutrition*. Et combien de Faits nous ramènent à cette conclufion!

J'AI fait remarquer dans l'Article 175. l'oppofition frappante qui eft entre le Syftème de Mr. DE BUFFON, & la Génération des *Neutres* chez

(*a*) Article 338.

R 3

les Abeilles (*a*). Ces Neutres, comme leur nom l'indique, sont de parfaits *Mulets*. Non seulement ils n'engendrent point ; ils sont même absolument privés de *Sexe*. La plus fine dissection, aidée des meilleurs microscopes, ne sçauroit y découvrir le moindre vestige des Organes extérieurs & intérieurs de la Génération. Ce sont donc des *Mulets* que la Nature a faits tels dès le commencement. Elle les avoit destinés uniquement au travail, & elle leur a donné, dans cette vuë, des instrumens, des espèces d'outils & de laboratoires, qu'elle a refusé aux Mâles & aux Femelles. Ces instrumens accordés aux Neutres, sont rélatifs à la recolte du Miel & de la Cire, à la préparation de celle-ci, à son emploi, à la construction des Gâteaux, à l'éducation des Petits, &c. Si les Molécules destinées à la production de l'Embrion, *se moûloient* dans les Parties du Mâle & de la Femelle, si elles étoient renvoyées ensuite par ces Parties aux Organes de la Génération, comme le pense Mr. DE BUFFON, il seroit impossible d'expliquer suivant cette hypothèse, la formation des divers Organes propres aux Neutres : car où prendre les *Moûles* de pareils Organes ? Les Individus générateurs en sont dépourvus. Mais, si l'on admet, que les Organes de la Génération des Mâles ont été construits de manière, qu'ils filtrent & préparent les Molécules rélatives au développement des trois sortes d'Individus, la difficulté disparoîtra, & on concevra comment s'o-

(*a*) Consultez ici l'Article 298.

père l'Evolution des Neutres. Les trois fortes d'Individus ont été deffinés originairement en petit dans les Ovaires de la Reine-Abeille : la Fécondation ne procure pas aux Germes des Neutres de nouveaux Organes, elle n'y anéantit pas ceux de la Génération qu'ils n'ont jamais poffédés; elle ne fait que les mettre en état de fe développer & de paroître au jour.

340. *Remarques fur l'Organe de la Voix du* Mulet.

Un Phyficien qui parviendroit à expliquer d'une manière fatisfaifante, cette modification fi remarquable, que la Liqueur féminale de l'Ane produit dans l'Organe de la Voix du Cheval, lors qu'elle le convertit, pour ainfi dire, en *Mulet*, expliqueroit par le même moyen tous les phénomènes de la Génération. Je difois dans l'Article 136, que fi l'on pouffoit les recherches fur le Mulet jufqu'à fon intérieur, les difficultés fe multiplieroient à proportion que l'examen feroit plus aprofondi. La découverte de Mr. HERISSANT en eft une belle preuve, & elle aprend aux Anatomiftes combien ils peuvent fe promettre de ce genre de recherches. Après avoir compofé l'Article précédent, j'ai voulu relire le Mémoire intéreffant de ce fçavant Académicien *fur les Organes de la Voix des Quadrupédes & de celle des Oifeaux* (a), & je vais mettre fous les

(a) *Mém. de l'Acad.* An. 1753. pag. 279. in 4º.

R 4

yeux du Lecteur le passage qui concerne le *Mulet.*

,, LE Mulet, dit-il (*a*), a une Voix qui se
,, rapproche beaucoup de celle de son Père, &
,, ne ressemble nullement à celle d'un Cheval
,, qui hennit: aussi les Organes par lesquels il en
,, forme les sons, sont presque autant multipliés
,, que ceux de la Voix de l'Ane, & construits
,, à peu près de la même manière. Le Tambour
,, d'une composition si singulière, qui se trouve
,, au Larynx de l'Ane, & qu'on ne voit point
,, à celui du Cheval, a été accordé au Mulet.
,, Voilà donc un Animal qui doit sa naissance à
,, deux Animaux d'espèce différente, qui a en
,, partage une Partie d'une structure très singu-
,, lière, propre au Mâle; c'est un Fait dont la
,, connoissance ne sauroit être indifférente à ceux
,, qui cherchent à répandre du jour sur le mystè-
,, re de la Génération, & qui pensent comme
,, Mr. DE REAUMUR avec beaucoup de vraisem-
,, blance, que les Mulets de différentes espèces
,, d'Animaux doivent nous fournir les Faits les
,, plus propres à décider laquelle des opinions
,, entre lesquelles on est partagé, par raport à
,, cette importante matière, est vraye.''

J'OBSERVE d'abord, que Mr. HERISSANT ne
dit point que l'Organe de la Voix du Mulet soit
précisément semblable à celui de l'Ane. La comparaison qu'il a faite entre les deux Organes,
l'oblige à se servir des diminutifs *presque* & *à peu*

(*a*) *Ibid.* pag. 287.

pre. Il a donc aperçu des *diſſemblances*, & il eut
été à déſirer qu'il les eut détaillées, & qu'il eut
pauſſé le parallèle ſur ce point eſſentiel juſqu'à
ſes derniers termes. La queſtion importante qu'il
s'agiſſoit de décider l'exigeoit abſolument. Je
ſuis donc toûjours très bien fondé à rappeller cet
habile Anatomiſte à un examen plus ſcrupuleux.
Il tenoit lui - même un fil qui pouvoit le conduire à la découverte du myſtère de la Génération.

IL diviſe les Organes de la Voix en *ſimples* &
en *compoſés.* Les premiers n'ont proprement que
la *Glotte;* elle y conſtituë ſeule la Partie eſſentielle de l'inſtrument. Les autres ont, outre la
Glotte, une ou pluſieurs Membranes tendineu-
ſes, diſpoſées avec art, ou des eſpèces de ſacs
plus ou moins amples, & plus ou moins épais,
tantôt membraneux, tantôt oſſeux , ou enfin
une eſpèce de Caiſſe ou de Tambour, & ce
ſont ces différentes pièces ajoutées à la Glotte,
qui produiſent ici les principales modifications de
la Voix (*a*). C'eſt à regrêt que je ne fais que
nommer des choſes ſi peu connuës encore, &
qui ont tant de droit à nôtre admiration; mais,
je ſortirois de mon ſujet en me laiſſant entrainer
par le plaiſir de les décrire.

LE Cheval & l'Ane ont tous deux des Organes *compoſés;* cette remarque me paroît mériter
une grande attention. Il eſt vrai que l'Organe
de la Voix du Cheval eſt bien moins compoſé

(*a*) *Ibid.* pag. 282 & 283.

R 5

que célui de l'Ane. Il n'eſt formé que de la
Glotte & d'une Membrane triangulaire & tendineuſe, poſée à plat ſur chaque extrèmité ces
Lèvres de la Glotte. C'eſt au jeu de cette Membrane que ſont dûs les tons aigus du *henniſſement*.
Il y a plus d'appareil dans l'Organe de la Voix
de l'Ane. Un profond enfoncement du Cartilage thyroïde, forme une eſpèce de Caiſſe ou
de Tambour. Ce Tambour eſt recouvert d'une
Membrane tendineuſe & lâche, poſée verticalement, & à l'extrèmité des Lèvres de la Glotte.
Là eſt une petite ouverture qui communique dans
le Tambour. Au-deſſus des Lèvres de la Glotte, ſont deux ſacs, qui ont chacun un trou preſque rond, taillé en bizeau, tourné du côté de
l'ouverture du Tambour (*a*).

Voila aſſurément un Organe bien compoſé;
mais toute cette compoſition ne paſſe pas dans
le *Mulet*. Mr. HERISSANT l'inſinue aſſez, lorſqu'il dit, *que les Organes de la Voix du Mulet,
ſont preſque autant multipliés que ceux de la Voix
de l'Ane*. Ceux-là ne le ſont donc pas autant
que ceux-ci. Les premiers ne renferment donc
pas toutes les pièces que nous offrent les ſeconds.
Le mot *preſque* m'autoriſe ſuffiſamment à tirer
cette conſéquence, ſi conforme d'ailleurs à mes
principes.

On n'a pas encore examiné tous les recoins
du Larynx du Cheval. On n'en connoit pas toutes les pièces qui, modifiées par le Sperme de

(*a*) *Ibid.* pag. 285 & 286.

l'Ane, peuvent faire paroître l'Organe de la Voix du Mulet plus compofé que celui du Cheval.

Je ne veux pas me livrer aux conjectures qui me viennent actuellement dans l'efprit. Elles n'auroient guères de fondement que dans mon ignorance. J'attendrai de nouvelles lumières des talens & de la dextérité de Mr. HERISSANT, & je m'en tiendrai aux Faits qui prouvent inconteftablement la préformation des Corps organifés.

341. *Que le Germe croît avant la Fécondation: pourquoi il n'achève pas de fe développer fans elle?*

LES Oeufs croiffent dans les Poulets *vierges*: leurs Ovaires en contiennent de toute grandeur. Le Germe y croît donc auffi. Le *Jaune* eft une Partie effentielle du Poulet (*a*), & le Jaune exifte dans les Oeufs qui n'ont point été fécondés. Pourquoi les fucs de la Poule qui peuvent faire développer le Jaune, ne peuvent-ils opèrer le développement des autres Parties du Germe? Pourquoi la Liqueur du Mâle eft-elle néceffaire à ce développement?

CERTAINES Parties *réfiftent* plus que d'autres; les Os, plus que les Membranes. Le *repliement* ajoute à la réfiftance: l'Evolution eft plus difficile dans des Parties contournées, repliées, & qui doivent s'étendre, fe redreffer, fe déployer.

SI le Cœur du Germe bat avant la Féconda-

(*a*) Articles 142, 151.

tion, c'est trop foiblement pour surmonter la résistance des Solides. La Liqueur séminale lui imprime un nouveau dégré d'activité. Elle augmente sa force impulsive. Elle le met en état d'ouvrir davantage les Vaisseaux &c.

L'INCUBATION entretient cette activité. Une chaleur de 30 à 32. dégrés du Thermomètre de Mr. DE REAUMUR, est nécessaire pour faire éclorre les Poulets.

LES Oeufs qui n'ont pas été fécondés, soutiennent cette chaleur pendant 30, 40, ou même 50. jours sans presque s'altérer. Gardés dans un lieu frais les Oeufs inféconds, sont encore très mangeables au bout de cinq à six mois (a).

LES Oeufs inféconds n'ont donc pas le même principe de corruption qui réside dans les Oeufs féconds Ceux-ci se corrompent bien vite sous la Poule ou dans un four à Poulets lorsque l'Embrion ne parvient pas à s'y développer.

CE principe de corruption est donc dû uniquement à la Fécondation. Un mouvement intestin hâte la corruption des humeurs. La Fécondation occasionne donc un mouvement intestin dans les humeurs de l'Oeuf.

CE mouvement différeroit-il de celui de la Circulation, que la Fécondation augmente, & que des accidens interrompent?

SI le Cœur du Germe battoit assez fortement,

(a) *Art de faire éclorre les Poulets*, &c. par Mr. DE REAUMUR. Tom. II, pag. 290. & suivantes de la 2de. Edition.

avant la Fécondation, pour faire développer toutes les Parties, pourquoi le Germe entier ne fe
développeroit-il point fans le fecours de la Liqueur que le Mâle fournit?

342. *Faits qui indiquent* l'Emboitement.
Réponfe à un calcul contre cette Hypothèfe.

Je n'ai pas rejetté la *Diffémination* des Germes; mais j'ai laiffé voir que je panchois vers
l'Emboitement. J'ai indiqué divers Faits qui le
favorifent. Il en eft d'autres qui ne le favorifent pas moins. Je ne parle pas de Fœtus trouvés dans d'autres Fœtus: les hiftoires en font
trop fufpectes. Mais on a trouvé plus d'une
fois un Oeuf renfermé dans un autre Oeuf (*a*).
On a vû encore des Parties offeufes d'un Fœtus renfermées dans un autre Fœtus (*b*).

On oppofe à *l'Emboitement* d'éfrayans calculs.
Hartsoeker affûroit *que la première Graîne feroit à la dernière & la plus petite qui paroîtroit
la dernière année du foixantième Siécle, comme
l'unité fuivie de trente mille zèros eft à l'unité,*
d'où il concluoit que l'Emboitement étoit abfurde.

Mr. Bourguet lui a très bien répondu, &
en fa perfonne à tous les adverfaires de l'Emboitement. J'inférerai ici fa réponfe, quoique un
peu longue.

(*a*) *Hiftoire de l'Académie*, 1742. pag. 42. où MM. Petit
& Winslow atteftent ce fait.
(*b*) *Ibid.* 1746, pag. 41. Mr. Morand.

,, CET Auteur, dit-il (*a*), calcule la peti-
,, teſſe d'un Grain de Semence ſur le rapport
,, de groſſeur qu'acquiert, par exemple, une
,, Plante dans une année; au lieu que ce calcul
,, ne doit ſe prendre, ſi je ne me trompe, que
,, du tems qu'il faut, pour faire paroître le Grain
,, de Semence depuis ſa conception juſqu'à ſa
,, maturité. J'appelle *conception*, l'état dans le-
,, quel eſt une Graine dès que la précédente eſt
,, ſortie de ſa Plante ſéminale; parce que l'ex-
,, périence a appris (*b*) que les Graines ſont déjà
,, dans la petite Plante, où elles croiſſent dans
,, une certaine proportion, pendant que toutes
,, les Parties de la Plante qui les porte, croiſſent
,, auſſi de leur côté. Cette proportion donc,
,, doit être priſe, du tems qui ſe paſſe entre
,, cette eſpèce de conception & l'entière per-
,, fection de la Semence. Ainſi le même tems
,, qui eſt employé à faire croître une Plante ou
,, un Arbre, ſert dans des eſpaces égaux à per-
,, fectionner une, ou pluſieurs Générations de
,, Graines. Il ſemble que l'origine de l'équivo-
,, que vient de ce que Mr. HARTSOEKER paroit
,, ſuppoſer, que les Auteurs qui ſuivent le Syſtè-
,, me des Développemens, croyent que toutes
,, les Parties qui forment le volume d'une Plan-
,, te dans ſa parfaite grandeur, exiſtoient aupara-
,, vant dans la Semence.

(*a*). *Lettres Philoſophiques*, &c. pag. 134. & ſuivantes.
(*b*) Il n'y avoit point d'expérience qui démontrât cela avant
la découverte de Mr. de HALLER ſur la prééxiſtence du Poulet.
Mr. BOURGUET ſuppoſe donc ce qui étoit en queſtion quand il
écrivoit. Voyez l'art. 178.

. . . . „ On s'éloigneroit, fans doute,
„ beaucoup de la vérité, fi l'on jugeoit de la
„ petiteffe primitive de la Semence des Plan-
„ tes, & de celle des Oeufs, dans l'hypothè-
„ fe de Mr. HARTSOEKER lui-même, en les
„ comparant avec la groffeur & la grandeur que
„ ces divers Corps organifés acquièrent après
„ un certain tems plus ou moins confidérable.
„ Car cette comparaifon mèneroit infaillible-
„ ment à l'équivoque, que l'on doit éviter;
„ puis qu'il faudroit dire, en admettant le prin-
„ cipe de Mr. HARTSOEKER, que les Oeufs
„ des Animaux d'une même efpèce auroient
„ été infiniment différens en groffeur, & que
„ les Semences d'une même efpèce de Plante,
„ feroient entièrement diffemblables. La gran-
„ de égalité que l'on remarque dans la Graine
„ de la plûpart des Plantes, dès qu'elle com-
„ mence à paroitre, & celle qu'ont d'abord
„ les Oeufs de toute forte d'Animaux, ou leurs
„ prétendus Vers féminaux, ne détruit-elle
„ pas le fondement du calcul de Mr. HART-
„ SOEKER? Il ne faut pas même fonder telle-
„ ment le calcul dont il s'agit, fur le tems,
„ que l'on oublie d'avoir égard à la différente
„ contexture des Germes & à mille circonftan-
„ ces qui rendent le *Développement* plus prompt
„ ou plus tardif: autrement il faudroit dire,
„ qu'un Géant de trente ans, auroit vécu au-
„ tant de plus, que fa maffe excède celle d'un
„ Nain de même âge ".

„ CEPENDANT, continue Mr. BOURGUET,

,, fi l'on examine la queſtion de ce côté, il
,, paroitra que le calcul ne fera pas fi épouvan-
,, table, & l'on verra que les proportions y fe-
,, ront gardées, felon les mouvemens plus ou
,, moins prompts de la progreſſion que font
,, les Corps organiſés dans leur accroiſſement.
,, Le moindre Jardin, & les Plantes les plus
,, communes fourniſſent pluſieurs exemples de
,, cette variété de progreſſions, furquoi les Géo-
,, mètres n'ont point encore exercé la ſcience
,, du calcul, fi je ne me trompe.   Mais quelle
,, qu'ait été la proportion de la petiteſſe de la
,, Graine de cette année avec celle de l'année
,, précédente dont elle eſt iſſuë ; elle ne peut
,, être que comme le tems qu'il a fallu pour
,, rendre la dernière parfaitement ſemblable à
,, celle qui l'a précèdé.   Suppoſons, par exem-
,, ple, que la Graine dont nous parlons ait été
,, d'abord renfermée dans celle dont elle eſt
,, ſortie, dans une raiſon réciproque de ſon
,, volume à cinq minutes ou trois cens ſecon-
,, des, elle aura pû augmenter cent mille fois
,, ſon volume dans une année, puis que trois
,, cens ſoixante-cinq jours, contiennent *cinq*
,, *cens vingt-cinq mille & ſix cens minutes.* Il
,, me paroit qu'il s'enſuit de là, que la Graine
,, qui parût la première année du Monde, au-
,, roit été à celle qui doit paroitre la dernière
,, année du ſoixantième Siècle, comme le nom-
,, bre des minutes que contiennent ſix mille ans,
,, eſt à cinq.   Soixante Siècles n'ont que *trois*
mil-

„ milliars, cent cinquante-trois millions, &
„ six-cens mille minutes. C'est-là un nombre
„ fort petit en comparaison de ceux que Mr.
„ HARTSOEKER employe".

JE prie qu'on relise l'Article 274. HARTSOE-
KER & ses pareils mettent ici les Sens & l'Imagination à la place de l'Entendement pur. Ils
voudroient, pour ainsi dire, voir & palper ce
que la Raison seule peut saisir.

343. *Sentiment de Mr. BOURGUET sur la
Génération.*

Jugement sur cet Auteur.

MR. BOURGUET suivoit une bonne route
pour éclaircir la matière de la Génération. Mais,
il manquoit d'une multitude de Faits intéres-
sans, qui n'ont été découverts que bien des
années après la publication de son Livre en
1729. Son Génie vrayement philosophique se
seroit sûrement refusé aux nouvelles opinions
qu'on a tenté depuis peu d'introduire dans la
Physique des Corps Organisés. Il admettoit
leur préformation dans les Oeufs, & il ne re-
gardoit la Génération que comme un simple
Développement, qui s'opéroit par l'influence
de la Liqueur séminale, qu'il considéroit aussi
en qualité de Fluïde nourricier. Il la définis-
soit *une Liqueur spiritueuse, qui n'est qu'un extrait des Parties de l'Animal qui la communique* (*a*). Il admettoit encore le concours des

(*a*) Ibid. pag. 149.

deux Semences, & voici comment il concevoit la Génération.

„ La Liqueur extraite des deux Animaux,
„ difoit-il (a), fe mêle, & agit fur l'Oeuf,
„ enforte que les Parties les plus fubtiles de la
„ Liqueur y entrent & s'uniffent avec le Flui-
„ de qui environne la petite machine organifée,
„ y excitent un mouvement, qui met le petit
„ Animal en état de fe développer, par la nour-
„ riture qu'elles lui fourniffent en s'infinuant
„ dans fes Organes, qui font alors d'une telle
„ délicateffe, que toute autre nourriture ne
„ fauroit lui convenir. La quinteffence, pour
„ ainfi dire, du grand Animal, fert d'abord de
„ nourriture à l'Embrion ".

J'IGNOROIS les principes de cet habile Natu-
ralifte, lors que je compofois les Chapitres III.
V. & VI. du Tome I. de cet Ouvrage, &
puis qu'il m'a prévenu fur un point effentiel,
je me fuis fait un devoir de le reconnoitre, en
tranfcrivant le paffage qu'on vient de lire. Il
auroit été à défirer, que cet eftimable Auteur
eût plus aprofondi fon idée fur la Liqueur féminale, & qu'il l'eût appliquée plus en détail,
& avec plus de netteté aux divers cas qu'il s'é-
toit propofé de réfoudre. Il n'explique nulle
part comment fe forme cet *Extrait*, cette *Quinteffence* du grand Animal, & quel mouvement il
imprime au Germe. Si l'on fe donne la peine
de lire la manière dont il entreprend de rendre

(a) *Ibid.*

raifon de la reffemblance des Enfans au Père &
à la Mère, (a), des Mulets, des Jumars (b),
&c. on trouvera, je m'affure, qu'il n'a pas tiré un affez grand parti de fes principes, qu'il ne
les a pas affez analyfés, & l'on regrettera avec
moi, qu'il ait confumé à réfuter les *Natures
Plaftiques*, un tems précieux, qu'il auroit pû
employer plus utilement à creufer davantage fon
fujet, & à décompofer les Faits qu'il avoit en
main. Il dit d'excellentes chofes fur le *Méchanifme Organique* (c); mais tout cela ne m'a paru qu'ébauché, & j'aurois fouhaité par tout plus
de clarté, de précifion & d'analyfe. Sa définition du *Méchanifme Organique* paroitra un
peu obfcure : il vouloit concilier divers Syftèmes. *Le Méchanifme Organique*, dit-il (d),
*n'eft autre chofe que la combinaifon du mouve-
ment d'une infinité de Molécules éthériennes, aëri-
ennes, aqueufes, oléagineufes, falines, terreftres &c. accommodées à des Syftèmes particuliers
déterminés dès le commencement par la Sagef-
fe fuprême, & unis chacun à une Activité ou
Monade fingulière & dominante, à laquelle celles qui entrent dans fon Syftème font fubordon-
nées.*

Il s'explique un peu plus clairement dans le
paffage fuivant, qui forme avec le précédent la

(a) *Ibid.* pag. 154, & 155.
(b) *Ibid.* pag. 161.
(c) *Ibid.* pag. 142. & fuivantes.
(d) *Ibid.* pag. 164. & 165.

conclusion de tous ses principes.

,, ON peut, continue-t-il (a), en sui-
,, vant cette idée sur le *Méchanisme Organi-*
,, *que*, concilier tous les Systèmes, n'y en
,, ayant aucun qui ne contienne quelque véri-
,, té. *Les Moules* se trouvent dans toutes les
,, Parties du Corps humain : la figure *idéale* ou
,, *sigillée* se trouve dans les Parties les plus spi-
,, ritueuses du Sperme des Mâles & des Fe-
,, melles, parce qu'elles renferment en petit
,, tout ce qu'il y a de différens mouvemens
,, dans les grands Corps Organisés. Et c'est
,, l'opération de cette Liqueur, semblable à cel-
,, le des Elixirs & des Esprits de la façon des
,, Chymistes, qui a donné lieu à tant de pen-
,, sées bizarres, qu'on a débitées sur ce sujet;
,, *l'Embrion préformé*, se trouve enfin dans
,, l'Oeuf, au sens du Système des *Développe-*
,, *mens*, qui contient les autres, sans en avoir
,, les difficultés. Il y a beaucoup de confor-
,, mité entre l'emploi de la grande quantité de
,, matière qui sert à l'accroissement des Plan-
,, tes & des Animaux, & une infinité de dif-
,, férens matériaux que les Hommes employent
,, dans les Arts méchaniques. Il se fait ici une
,, circulation merveilleuse : ce que l'industrie
,, des Hommes & le Méchanisme organique
,, ôtent à la terre, lui est rendu avec le tems
,, d'une autre manière. Tous les divers ma-
,, tériaux dont les Hommes se servent, ne

(a) *Ibid.* pag. 165. & 166.

„ changent jamais de nature : ce n'eſt que mê-
„ langes & arrangemens. De même les Molé-
„ cules qui entrent dans les Corps Organiſés,
„ peuvent en s'uniſſant & en ſe ſéparant, former
„ tous les changemens néceſſaires, ſans qu'il y
„ ait de véritable transformation dans l'intérieur
„ des choſes. Elles ſuffiſent à tout, en reſtant ce
„ qu'elles ſont, par le Méchaniſme que Dieu
„ a inſtitué dès le commencement. Les Corps
„ donc des Plantes & des Animaux ſont à la let-
„ tre des Petits *Mondes*; des *Series* infinies en
„ leur genre qui renferment une infinité d'au-
„ tres *Series* dans des expreſſions moindres à
„ l'infini."

Au reſte, nôtre Auteur tiroit de la conſidéra-
tion des *Mulets* un argument en faveur de la
préexiſtence du Germe dans la Femelle. Il faut
encore que je le laiſſe parler lui-même : le paſſage eſt remarquable.

„ RIEN ne me paroît plus propre, dit il (*a*),
„ à prouver la réalité de l'action de l'extrait ſpi-
„ ritueux des corps du Mâle & de la Femelle
„ ſur le Fœtus, que l'exemple des Petits qui ont
„ été engendrés par des Animaux de diverſe eſpè-
„ ce. L'on voit en (*b*) Piémont des *Jumarres*
„ qu'on diviſe en deux eſpèces : la première qui
„ vient d'une Aneſſe & d'un Taureau eſt ap-

(*a*) *Ibid.* pag. 160. & ſuivante.
(*b*) Voyez l'Hiſtoire Générale des Egliſes Evangeliques des
Vallées de Piémont par Mr. LEGER Chap. I. pag. 7 & 8. folio.
Leiden 1669.

S 3

„ pellée *Bif*, & la seconde qui vient d'une Ju-
„ ment & d'un Taureau est appellée *Baf*. Ces
„ Animaux qui sont véritablement des *Anes* &
„ des *Chevaux*, *parce que les Petits appartien-*
„ *nent à l'espèce de la Femelle (a)*, portent néan-
„ moins des marques du Mâle, c'est à-dire qu'ils
„ ont le Front un peu bossu aux endroits où les
„ Taureaux ont des Cornes, leur Machoire est
„ un peu plus courte l'une que l'autre, & leur
„ Queuë tient quelque chose de celle du Bœuf.
„ Quant aux *Mulets* qui sont communs en Pié-
„ mont & dans tous les Pays méridionaux de
„ l'Europe; comme l'Ane ne diffère pas autant
„ du Cheval que le Taureau, les espèces sont
„ plus confonduës dans les Petits : cependant
„ les marques du Mâle y sont fort sensibles,
„ bien que le Mulet soit un Cheval, & non un
„ Ane vicié, comme l'on peut s'en convaincre
„ en l'examinant avec attention. Cette double
„ espèce de Monstres prouve évidemment, que
„ les Corpuscules organisés primitifs sont dans
„ les Oeufs des Femelles, & non dans le Sper-
„ me des Mâles, & que cette Liqueur mêlée
„ avec celle de la Femelle agit sur le corps pré-
„ existant organisé, pour son développement
„ & sa première nutrition. Les Enfans qui
„ naissent d'un Père blanc & d'une Mère noire
„ ou d'une Mère blanche & d'un Père noir,

(*c*) L'argument que Mr. Bourguet tire ici des *Mulets* en faveur de la préexistence du Germe dans la Femelle, n'étoit pas
assez concluant pour fonder cette assertion, qu'il n'auroit dû
donner en bonne Logique que pour une supposition probable.
Voyez l'article 333. sur la fin.

„ prouvent abfolument la même chofe par ra-
„ port aux Hommes."

QUAND ceux qui ont écrit fur la Génération
depuis Mr. BOURGUET, n'auroient fait que remanier fes principes, les perfectionner, les développer, les appliquer à de nouveaux cas, ils
auroient, ce me femble, travaillé avec plus de
fruit, que n'ont fait en particulier les Auteurs
des nouvelles opinions.

344. *Sentiment d'un Encyclopédifte fur la
Génération.*

LE fçavant Auteur de l'intéreffant Article *Génération* dans l'Encyclopédie, a auffi effayéde
pénétrer le myftère; mais, je ne fçais fi fa folution paroîtra lumineufe. Je la tranfcrirai néanmoins, parce que je dois faire mention des fentimens des Phyficiens qui fe font le plus rapro-
chés de mes principes.

„ SI le Fœtus, dit cet Auteur (*a*), eft pré-
„ exiftant dans l'Oeuf de la Mère, comment
„ fe peut-il que l'Enfant reffemble à fon Père?
„ Cette objection paffe communémcnt pour ê-
„ tre infurmontable; mais ne pourroit-on pas
„ la faire ceffer d'être telle, en répondant que
„ la difpofition des Organes de l'Embrion, a-
„ vant & après la Fécondation, dépend beau-
„ coup de l'activité plus ou moins grande, avec

(*a*) *Encyclop.* Tom. VII. pag. 569. 2de. Colonne vers le
milieu.

S 4

,, laquelle s'exerce, s'entretient la vie de la Mè-
,, re, & de l'influence de cette activité, pour
,, qu'il foit conformé de telle forte ou de telle
,, manière, analogue à celle dont cette même
,, action de la vie (*vis vitæ*) dans la Mère a
,, conformé fes propres Organes, & que cette
,, même difpofition des Parties de l'Embrion ne
,, peut que dépendre auffi plus ou moins de la
,, force avec laquelle elles ont été mifes en jeu
,, par l'effet de l'efprit féminal du Père, dont
,, elles ont été imprégnées : d'où il s'enfuit
,, que la reffemblance tient plus ou moins du
,, Père ou de la Mère, felon que l'un ou
,, l'autre a plus ou moins influé, par cela mê-
,, me qu'il fournit dans la *Génération* & la for-
,, mation & le développement du Fœtus fur le
,, principe de vie & l'organifation de l'Embrion,
,, qui en reçoit à proportion une forme plus ou
,, moins approchante de celle du Père ou de la
,, Mère ; ce qui peut rendre raifon, non feule-
,, ment de ce qu'on obferve par rapport à la
,, reffemblance quant à la figure, mais encore
,, par rapport à celle du caractère. "

345. *Sentiment de* Mr. DE HALLER *fur la Génération.*

DANS fes *Corollaires mêlés* fur le Poulet, publiés à Laufanne en 1758, Mr. DE HALLER
donne un léger précis de fes idées fur la Génération. C'eft une efpèce de folution qu'il dé-
duit de fes découvertes fur la Formation du Poulet, & qu'il préfente comme un réfultat de l'ob-

fervation. Je ne rendrois pas à cet Illuftre Phyficien toute la juftice qui lui eft duë, & que
j'ai tant de plaifir à lui rendre, fi je ne plaçois
ici les premières ébauches d'une théorie qu'il
fçaura perfectionner & embellir dans fon grand
Ouvrage de la *Phyfiologie.*

,, QU'ON m'oppofe, dit-il (*a*), l'exemple
,, des Mulets, & des Animaux *hybrides*, qui
,, effectivement reffemblent fouvent au Mâle
,, par des marques diftinctives; je croirois pou-
,, voir répondre encore. Mes preuves font di-
,, rectes : s'il n'y a pas quelque faute dans les
,, Faits, il ne fauroit y en avoir dans les Con-
,, clufions. Il feroit peu philofophique de dire
,, que l'Artère du Jaune eft née autrefois d'une
,, Artère de la Mère, qu'elle s'en eft détachée,
,, dans la ponte, & qu'elle s'eft entée fur un
,, bout d'Artère méfentérique du Fœtus préparé
,, pour elle : que la Veine en a fait de même,
,, & que le Jaune tout entier s'eft enté en mê-
,, me tems par un petit canal dans un Inteftin
,, de l'Embrion.

,, MAIS comment expliquer dans mon Syftè-
,, me les grandes Oreilles du Mulet : les Pieds
,, de Poule de l'Oifeau né d'un Coq & d'une
,, Canne : le gros Bec de l'Oifeau bâtard, que
,, le Chardonneret a engendré avec un Serin
,, femelle ? Je ne fçaurois l'expliquer méchani-
,, quement, mais je vais faire voir que ces phé-

(*a*) *Mémoires fur la Formation du Poulet* &c. Mém. II. Section.
XIII, pag. 189 & 190.

S 5

„ nomènes ne font rien contre le Système des
„ Ovariſtes.

„ LE Sperme du Mâle a ſans contredit le pou-
„ voir de faire croître quelque Partie de l'Ani-
„ mal plus que les autres : il fait croître les Poils
„ de la Barbe dans l'Individu, dont il fait par-
„ tie, & il n'en fait pas croître les Cheveux.
„ Il pouſſe les Cornes des Animaux, depuis le
„ Cerf juſqu'au Cerf volant, il prolonge les Dé-
„ fences des Sangliers & de l'Eléphant. S'il a
„ le pouvoir de faire germer de certaines Par-
„ ties du Corps plus que les autres dans le Corps
„ même, qui le prépare, il peut l'avoir dans
„ le Corps du Fœtus, qu'il anime. Il peut
„ pouſſer le Sang avec plus de force dans les
„ Artères de l'Oreille, ou du Bec, & l'objec-
„ tion eſt réſoluë (a).

„ IL eſt bien vrai, que ma réponſe n'explique
„ pas le comment, ni le méchaniſme, par le-
„ quel le Sperme du Mâle réveille le Germe de
„ l'Oreille, & en grandit le développement.
„ Mais je ne dois pas être obligé à expliquer
„ ce comment, pourvû que mes Faits ſoyent
„ avérés. L'influence du Sperme ſur l'accroiſ-
„ fement de la Barbe & des Cornes, eſt démon-
„ trée, quoi que le comment en ſoit peut-être
„ ignoré pour toûjours."

AVANT & après la publication des *Poulets* de

(a) Il me ſemble que cela ne ſuffiroit pas pour rendre raiſon
des changemens ſurprenans qui s'opèrent dans l'Organe de la
Voix du Mulet. Voyez ce que j'ai dit là-deſſus dans les Articles 332. & 336.

Mr. DE HALLER, nous nous étions souvent entretenus par Lettres sur la *Génération*, & j'avois eu bien des occasions de m'affûrer que nous penfions de même fur le *développement*, & fur *l'influence* de la Liqueur féminale. Cette conformité, dont je fais gloire, m'a donné un peu de confiance pour mes premières idées, & m'a engagé à les retoucher avec plus de foin, à les aprofondir davantage, & à les enchainer plus étroitement les unes aux autres. C'eft ce que j'ai tâché d'exécuter dans ce Chapitre.

UNE des difficultés que j'ai le plus preffées avec Mr. DE HALLER, a été celle que préfente l'accroiffement des Oeufs dans les Poules *vierges*. *Les Oeufs croiffent dans ces Poules*, lui difois-je; *le Germe y croît donc auffi. Pourquoi ne peut-il par le même moyen achever de fe développer? Pourquoi lui faut-il le fecours de la Fécondation? Nous répondons que les fucs de la Mère peuvent bien faire développer le Jaune, mais non les Parties offeufes du Germe. Cependant les fucs de la Mère font développer fes propres Os beaucoup plus durs. Je dis là-deffus que les Parties offeufes du Germe ne peuvent fe développer que par l'action de fon Cœur, & que s'il bat avant la Fécondation, c'eft trop foiblement.*

LA réponfe de mon Illuftre Confrère a été telle que je l'avois prévûe. *J'ai déjà parlé*, m'écrivoit-il, *de la faculté irritante du Sperme Mâle dans ma Phyfiologie. Je crois la chofe vraye. Car d'où vient que l'Embrion qui vivoit ne croiffoit point? c'eft que fes Vaiffeaux n'étoient*

*pas dilatés. Et pourquoi ne l'étoient-ils pas?
c'est que le Cœur ne battoit pas avec assez de force. Et pourquoi cette force nouvelle après l'accouplement? il ne s'est rien passé d'essentiel que
l'aproche du Sperme du Mâle: la seule agitation
de l'accouplement ne réveille pas, sans elle, l'Embrion.*

346. *Nouvelle considération sur la Multi-plication sans accouplement.*

J'AI essayé dans l'Article 73, de répondre à
la question, comment se fait la Multiplication
sans accouplement? J'ai présentement une nouvelle considération à offrir. Les Insectes qui
multiplient sans accouplement, & ceux qui multiplient de Boutûre, sont tous très mols: la plûpart sont même gélatineux. Leurs Embrions
doivent être bien plus mols, bien plus délicats
encore. Les Parties de ces Embrions résistent
donc infiniment peu. Le Cœur ou l'Organe qui
en tient lieu, pourroit donc avoir assez de force pour ouvrir par lui-même les Vaisseaux, &
pour surmonter la résistance de Solides qui n'ont
guères que la consistence d'un Fluïde. Les Insectes soumis à la loi de l'accouplement ont plus
ou moins de Parties écailleuses & très-dures,
qui originairement résistent davantage que celles
qui doivent rester toûjours molles ou même gé-
latineuses.

AINSI dans les *Androgynes*, les sucs préparés
que la Mère envoye aux Embrions, suffisent
pour les faire développer. Les *Muës* des Oi-

feaux, celles des Infectes nous offrent des exemples d'un développement analogue dans les Touts
très-organifés. Les Germes des nouvelles Plumes, ceux des nouvelles Peaux fe développent
fans autre fecours que celui des fucs qu'ils reçoivent de l'Individu. C'eft encore de la même
manière ou à peu près, que la Chenille fait croître le Papillon (*a*), que l'Ecreviffe pouffe de
nouvelles Pattes (*b*), le Polype une nouvelle
Tête, &c. (*c*) Et comme je le difois dans
l'Article 73, la Multiplication fans accouplement
nous paroîtroit la plus naturelle, fi elle nous
étoit plus familière. Il eft bien plus furprenant
que pour produire un Individu, il faille le concours de deux autres Individus.

(*a*) Art. 160 & 161.
(*b*) Art. 262.
(*c*) Art. 264.

CHAPITRE VIII.

Confidérations fur la Formation des Monftres.
Conclufion.

347. *Difpute célèbre fur les* Monftres.

MON plan n'eft pas de traiter à fond des *Monftres.* Cette matière auffi variée que difficile, fourniroit feule à un gros volume. Je ne l'ai que très légèrement effleurée dans le Chapitre III. du Tome I. On connoit la longue & fameufe difpute de MM. LEMERY & WINSLOW, qui ne finit que par la mort de l'un des combattans. On combattoit de part & d'autre avec des Monftres, & quand la victoire balançoit, on recouroit aux fubtilités de la Métaphyfique. Mr. LEMERY foutenoit que la formation des Monftres étoit duë uniquement à des caufes accidentelles, qu'il affignoit, & qu'il favoit employer avec beaucoup de fagacité & d'efprit. Mr. WINSLOW laiffoit là tout cet attirail d'explications phyfiques, & le fcapel à la main, il prétendoit trouver dans certains Monftres des preuves inconteftables que leur formation étoit duë uniquement à des Oeufs originairement monftrueux. Un Hiftorien (*a*) digne de juger les deux célèbres Adverfaires,

(*a*) Mr. DE FONTENELLE.

nous a donné la rélation abrégée de leur combat. On la lira avec plaifir dans l'Hiftoire de l'Académie Royale des Sciences pour l'année 1740.

348. *Faits favorables à l'hypothèfe des caufes* accidentelles.

Ce n'eft point à moi à décider une queftion qui a partagé, & qui partage encore les plus grands Phyficiens ; mais je dirai bien, que divers Faits me paroiffent confirmer le fentiment de Mr. LEMERY. J'en indiquerai quelques uns.

Si l'on nomme *Monftre* une Production organique, dont la conformation extérieure & intérieure diffère de celle qui eft propre à l'efpèce, les *Mulets* feront de véritables *Monftres*. Faudra-t-il pour expliquer de tels Monftres recourir à des Oeufs originairement monftrueux ? Je m'affure qu'on ne le penfe point. Et puis, comment un Germe de *Mulet* viendroit-il fe préfenter à point nommé, au moment qu'un Ane féconderoit une Jument ? Voilà donc déjà une efpèce de Monftres qui doit fa formation à des caufes purement *phyfiques*, & l'on a vû dans le Chapitre précédent la manière *naturelle* dont j'ai tenté d'expliquer cette formation.

Une Branche fe colle à une autre Branche, un Fruit à un autre Fruit, une Feuille à une autre Feuille, &c. & cette union *accidentelle* devient fi intime, que les deux Touts n'en forment plus qu'un feul. Le quatrième Mémoire de mes *Recherches sur l'usage des Feuilles dans les Plantes* , présente des exemples frappans & variés de cette sorte de *Greffe* , & des Monstruosités qui en résultent.

LES *Greffes* que l'Art exécute soit sur les Végétaux , soit sur les Animaux, donnent naissance à d'autres Genres de Monstres. Je m'en suis beaucoup occupé dans cet Ouvrage , lorsque j'ai entrepris de rendre raison des *Réproductions* végétales & animales. Ces Monstres ne résidoient pas originairement dans des Germes qui les représentoient en petit. On pourroit les nommer *artificiels* , par opposition aux Monstres purement *naturels*.

CE qui se passe au grand jour entre deux Branches qui se collent l'une à l'autre, se passe dans l'obscurité d'un Ovaire ou d'une Matrice entre deux Oeufs qui viennent à se toucher par quelque point de leur surface. Deux Fœtus humains qui ne sont unis que par l'Epine , imitent fort bien deux Branches ou deux Fruits greffés *par aproche*.

ON voit quelquefois des Oeufs qui renferment deux Jaunes. Ils renferment donc deux Germes. Si ces Germes parvenoient à s'y développer, il est bien clair qu'ils pourroient facilement s'unir ou se greffer par différens points de leur extérieur. Telle étoit apparemment l'origine de ce Poulet monstrueux à quatre Jambes & à quatre Pieds, que Mr. DE REAUMUR
trouva

trouva dans un Oeuf couvé pendant dix-neuf jours (*a*). Cet excellent Physicien recourt lui-même à l'explication que je viens de donner, & il ne croit pas qu'on puisse mettre la chose en question. „ Il y avoit eû, dit-il, „ un Germe de plus dans cet Oeuf, que dans „ le commun des Oeufs ; les deux Germes s'é- „ toient réunis, & il n'étoit resté à l'extérieur „ que les deux Cuisses, & les deux Jambes „ de l'Animal d'un de ces Germes. Tout ce- „ la, ajoute-t-il, n'est pas nécessaire à prou- „ ver.”

J'AI insisté bien des fois sur la délicatesse prodigieuse des Parties de l'Embrion. Je les ai représentées comme presque fluïdes. Elles sont donc alors très-pénétrables. Dans cet état, il est facile que deux Germes se confondent en tout ou en partie. Une confusion entière entraîneroit la destruction totale des Organes : mais, des Organes *semblables* qui ne se confondroient qu'à moitié, pourroient se réunir par celles de leurs moitiés correspondantes qui subsisteroient, & ne former ainsi qu'un seul Organe, un seul Tout individuel. C'est de cette manière que Mr. LEMERY rendoit raison d'un Monstre humain à deux Têtes sur un seul Corps. La dissection faisoit, pour ainsi dire, toucher au doigt la réunion des deux moitiés de deux Fœtus, qui étoient parvenus à n'en composer

(*a*) *Mém. sur les Insectes*, Tom. II. pag. 42. & 43.

plus qu'un feul. Il faut lire dans l'Hiftoire de l'Académie de 1740. le précis très clair & très ingénieux des obfervations du fçavant Anato-mifte.

SUIVANT cette hypothèfe, les Monftres *par excès*, ou qui ont un ou plufieurs Membres *furnuméraires*, les tiennent d'un autre Germe dont tout le refte a péri.

349. *Monftres* par accident, *dont la formation ne tient pas à l'union de deux Germes.*

MAIS, il eft d'autres Monftres *par excès*, dont l'origine eft très différente, & ceci mérite qu'on y faffe attention. Un Fœtus humain à 26 Côtes appartient bien à la claffe des Monftres *par excès*. Mr. HUNAULD, qui poffédoit à un fi haut point l'art de voir & de difféquer, a démontré que ces Côtes furnuméraires ne font duës qu'à un développement exceffif d'une efpèce d'appendice offeux des *Apophyfes transverfes* de la feptième Vertébre. Je ne détaillerai pas ce Fait remarquable : je dois renvoyer mon Lecteur aux Mémoires de l'Académie des Sciences de 1740. pages 377. & fuivantes de l'Edition in 4°.

LEs mêmes caufes, ou des caufes analogues, peuvent donner lieu à d'autres *excès*, & conféquemment à d'autres *Monftruofités*, dont il ne faudroit pas chercher l'origine dans la confufion *partiale* des Germes ou dans leur réunion par une forte de *Greffe*. Le Sperme de l'Ane qui agrandit les Oreilles du Cheval & modifie fon Larynx , agit à peu près comme les caufes dont nous parlons.

D E S caufes contraires produiront les Monstres *par défaut*, les plus faciles de tous à expliquer. Une certaine preffion fur des folides encore gélatineux & qui fe touchent prefque , pourra auffi les réunir en une feule maffe. Des Fœtus humains qui n'ont que 20 ou 22 Côtes font des efpèces de Monftres *par défaut*. Mr. HUNAULD démontroit encore que ce *défaut* provenoit quelquefois de la réunion de deux Côtes en une feule (*a*). L'on a vu une femblable réunion dans les Doigts , & dans quantité d'autres Parties foit molles , foit offeufes. Que dis - je ! on a vu un Enfant de vingt-deux mois, privé d'Articulations , & dont toute la Charpente , ne compofoit en quelque forte qu'un feul Os (*b*).

O N imagine affés des caufes naturelles capables d'altérer dans le Germe divers Organes, d'en fuprimer l'Evolution en tout ou en partie, de changer leur forme , leurs proportions , leur arrangement refpectif , &c. Ces changemens qui paroiffent prodigieux dans le Fœtus à terme , & plus encore dans l'Enfant, parce que

(*a*) *Mémoire de l'Académie* 1740. page 377.
(*b*) Mémoire de Mr. LEMERY fur divers Monftres. Mém. de l'Acad. 1740. pag. 439. & fuivantes.

l'Evolution groffit tout, peuvent ne tenir dans le Germe qu'à très-peu de chofe. Une *Gelée* cède facilement aux moindres impulfions, & revêt aifément de nouvelles formes. Au lieu de s'étonner des Monftres, on devroit bien plutôt s'étonner qu'ils ne foyent pas plus communs encore.

350. *Divers exemples de Monftres.*

Je ferois un Livre plus volumineux que celui-ci, fi je voulois feulement indiquer tous les Monftres & toutes les Monftruofités de différens genres, dont les Anciens & les Modernes nous ont donné des defcriptions. Tantôt c'eft une efpèce de Cyclope, fans Nez ni Bouche, & qui n'a qu'un Oeil au milieu du Front (*a*). Tantôt c'eft un Fœtus abfolument privé de Sexe & d'Anus (*b*). Tantôt c'eft un Enfant qui porte fon Cœur pendu au Col comme une Médaille (*c*). Une autre fois, c'eft un Fœtus fans Cerveau, fans Cervelet, fans Moelle épinière, au moins apparens, car on a vu de tels Monftres qui ont vécu plufiéurs heures, & qui ont pris de la nourriture (*d*). Ailleurs c'eft une Maffe prefque informe qui n'a ni Tête, ni Col, ni Omoplates, ni Bras, ni Poumon, ni Cœur, ni Eftomach, ni Rate, ni Pancréas, ni Inteftin grêle (*e*). Voilà quelques

(*a*) *Ibid.* Mr. Mery 1709.
(*b*) *Ibid.* Mr. Mery 1716.
(*c*) *Ibid.* Mr. de Vaubonais, 1712.
(*d*) *Ibid.* Mr. Mery 1711.
(*e*) *Ibid.* Mr. Mery 1720.

exemples de Monſtres *par défaut*, & de ceux *par tranſpoſition*, pris dans l'eſpèce humaine : en voici quelques autres de Monſtres *par excès*.

ON voit des Monſtres à deux Têtes, placées à côté l'une de l'autre, & dont tout le reſte du Corps eſt conformé comme à l'ordinaire ou à peu près (*a*). D'autres Monſtres ont avec deux Têtes, quatre Bras & quatre Jambes. Ces Monſtres ſe diverſifient par la manière dont ſe fait la jonction des deux Germes. Les deux Têtes ne ſe trouvent pas toûjours placées à côté l'une de l'autre, & la ſituation reſpective des extrèmités change en conſéquence (*b*). Comme il eſt des Monſtres à deux Têtes ſur un ſeul Corps, il eſt auſſi des Monſtres à deux Corps ſous une ſeule Tête, & chaque Corps a toutes les Parties qui ſont propres à l'eſpèce (*c*). Quelquefois la jonction des deux Germes ſe fait vers le milieu du Corps, & l'un des deux ne retient qu'une partie de ſes Membres : on a obſervé une Fille bien formée qui avoit à la région de l'Eſtomach la moitié inférieure & les extrèmités correſpondantes d'un Fœtus (*d*).

DANS les Monſtres *par défaut*, une ou pluſieurs Parties s'effacent, s'oblitèrent, périſſent. Dans les Monſtres *par excès*, une ou pluſieurs

(*a*) *Ibid.* Mr. LEMERY 1724.
(*b*) *Ibid.* Mr. DU VERNEY 1706.
(*c*) *Ibid.*
(*d*) *Ibid.* Mr. WINSLOW.

T 3

Parties d'un Germe s'uniffent, *s'anaftomofent* avec un autre Germe; ou bien deux ou plufieurs Parties d'un même Germe fe réuniffent pour n'en former qu'une feule. *L'analogie* entre les Parties favorife cette union, comme elle favorife celle de la *Greffe* avec fon *Sujet*.

ON diroit que toutes les combinaifons poffibles ayent été faites. Si deux Parties fe réuniffent pour n'en former qu'une feule, une Partie unique fe divife quelquefois pour en former deux diftinctes & femblables. Une Femme qui avoit eu plufieurs Enfans, & qui étoit morte à l'âge de 40. ans d'une maladie de Poitrine, avoit une double Matrice, très bien organifée, & faite en Cœur. Le Vagin étoit fimple, mais il y avoit au Col deux Orifices, qui répondoient à deux Cavités ou à deux Matrices diftinctes & femblables. La lame interne du Péritoine les féparoit & fourniffoit à chacune une enveloppe particulière. L'infpection prouva que toutes deux avoient été occupées, fans qu'on pût dire quelle étoit celle qui l'avoit été le plus fouvent. Les autres Parties du Vifcère, favoir les Ovaires, les Trompes, les Ligamens étoient comme dans l'état naturel (*a*). Une pareille Matrice rendoit les *fuperfétations* faciles: elles font ordinaires chez les Animaux dont les Femêlles ont, comme celle du Lièvre, plufieurs Matrices.

ON voit bien qu'il ne faut pas chercher l'origine de cette double Matrice dans l'union de

_____

(**a**) *Hiftoire de l'Académie des Sciences*, an. 1752. pag. 75 & 76.

deux Germes. Elle avoit dépendu probablement de caufes qui avoient agi fur le Vifcère même, & en particulier fur la lame interne du Péritoine, qui l'avoient prolongée avec excès, & qui en avoient dirigé l'Evolution de manière à en faire naître une duplicature monftrueufe.

351. *Remarques importantes en faveur des Monftres* par accident.
Différences entre le Germe & le Fœtus, rélativement à la forme & à l'arrangement des Parties.
Inégalités dans l'Evolution.

JE ferai fur les Monftres une remarque importante, & qui me paroît très favorable au Syftème des Caufes *accidentelles.* Tandis que le Poulet eft encore dans l'état de *Germe,* toutes fes Parties ont des formes, des proportions, des fituations qui diffèrent extrêmement de celles que l'Evolution leur fera revêtir. Cela va au point, que fi nous pouvions voir ce Germe en grand, tel qu'il eft en petit, il nous feroit impoffible de le reconnoître pour un Poulet. On n'a, pour s'en convaincre, qu'à relire l'Article 146. Le Poulet étendu alors en ligne droite, ne préfente, comme le Ver fpermatique, qu'une groffe Tête & une Queuë effilée, qui renferme les ébauches du Tronc & des Extrêmités. Cette forme & cette fituation de la Charpente, qu'on n'auroit fûrement pas devinée, peuvent rendre faciles certaines unions entre deux Germes, qui deviendroient difficiles entre deux Embrions un peu développés, & abfolument impoffibles entre deux Fœtus prefque à terme. Le Germe n'eft, pour ainfi dire, compofé que d'une fuite de points, qui formeront dans la fuite des lignes. Ces lignes fe prolongeront, fe multiplieront & produiront des furfaces. L'Homme & les Quadrupèdes, dans l'état de *Germe*, ont fans doute auffi des formes & des fituations qui ne reffemblent nullement à celles qu'ils acquierrent par le développement. De là des abouchemens, des anaftomofes entre deux ou plufieurs Germes, qui donnent naiffance à différentes fortes de Monftres, dont la formation exerce la fagacité du Phyficien. On remarque que les Monftres *par excès*, font plus communs chez les Animaux qui produifent plufieurs petits à la fois, que chez ceux qui n'en produifent qu'un ou deux: c'eft qu'il doit arriver bien plus fréquemment dans les premiers que deux Germes fe rencontrent que dans les derniers. La ftructure particulière des Ovaires, des Trompes, des Matrices, & diverfes circonftances qui tiennent à tout cela, peuvent encore influer beaucoup dans ces rencontres fortuïtes.

ENFIN, toutes les Parties du Germe ne fe développent pas à la fois & uniformément: les obfervations fur l'Incubation des Oeufs le démontrent (*a*), & cette inégalité dans l'Evolution doit modifier les effets du contact, de la

(*a*) Confultez MALPIGHI *de Ovo incubato*, & fur-tout le 2d. Mémoire de Mr. DE HALLER *fur la Formation du Poulet.*

preſſion, de l'adhérence, de la pénétration réciproque, de la Greffe, &c. C'eſt encore ici
une remarque importante, & elle n'a pas échappé à Mr. LEMERY. Voici comment Mr. DE
FONTENELLE l'a renduë d'après les réflexions de
l'habile Phyſicien. „ Il ne faut pas, dit-il (*a*),
„ ſe repréſenter les deux Embrions qui ſe dé-
„ truiſent à demi l'un l'autre, comme deux Ani-
„ maux qui ne diffèrent qu'en grandeur d'avec
„ des Animaux venus au jour. Ils en diffèrent
„ plus eſſentiellement, en ce qu'ils peuvent n'a-
„ voir pas encore toutes leurs Parties dévelop-
„ pées, ou en ce qu'ils les auront plus ou moins
„ développées les unes que les autres; car com-
„ me on l'a vu dans l'Hiſtoire de 1739. d'après
„ Mr. LEMERY même, & dans celle de 1701,
„ le développement du Fœtus eſt non ſeulement
„ ſucceſſif ainſi qu'il doit l'être naturellement,
„ mais inégalement diſtribué entre ſes différen-
„ tes Parties; cela dépend de ſon âge. Par là
„ on conçoit aiſément que telle Partie qui aura
„ été détruite par la preſſion naturelle de deux
„ Fœtus, ne l'aura pas été par une preſſion par-
„ faitement égale de deux autres, parce qu'elle
„ n'exiſtoit pas encore dans ces deux derniers,
„ qu'on ſupoſera plus jeunes. Il ſe peut auſſi
„ que deux Embrions de différent âge, ſe cho-
„ quent ou ſe preſſent, de façon que ce qui
„ aura été détruit dans l'un, ne le ſoit pas dans
„ l'autre. Il ſuffiroit même de la ſeule différen-

(*a*) *Hiſt. de l'Acad.* 1740.

,, ce de force avec un âge égal. Il doit naître
,, encore de ces principes généraux beaucoup
,, de variétés. ”

352. *Autre remarque en faveur des Monstres*
   par accident.
Différence entre le Germe & le Fœtus rélati-
vement à la consistence.

LE Germe de l'Homme, celui d'un Quadru-
pède ou d'un Oiseau, ont après la fécondation,
une consistence, qui probablement ne diffère pas
beaucoup de celle d'un Polype. Or, rien ne fa-
vorise plus l'union entre des Touts organiques,
que la *ductilité* des Parties, & la quantité ainsi
que la qualité des sucs dont elles sont continuellement abreuvées. Des gouttes de la même Gelée ou d'une Gelée analogue n'ont pas de peine
à s'unir. Beaucoup moins d'analogie encore, &
plus de consistence n'empêcheroient pas même
que deux Touts organiques ne pussent se greffer.
Combien l'Ergot du Coq diffère-t-il de sa Crête (*a*)? L'Art, & assez souvent le hazard, réu-
nissent des portions de Polype ou différens Polypes, d'où naissent cent sortes de Monstres.
J'ai raconté bien des merveilles en ce genre (*b*).
Si Mr. LEMERY les avoit connuës, avec quel
plaisir & avec quelle dextérité ne les auroit-il
pas fait servir à étayer son hypothèse !

ET qu'on ne dise pas que la simplicité de l'or-

(*a*) Article 271.
(*b*) Chap. XI, Tom. I.

ganifation du Polype, ne permet pas que je le compare ici à l'Homme & aux grands Animaux. Combien de Parties *fimilaires* dans ces derniers! Combien encore de Parties *diffimilaires* que l'Expérience démontre pouvoir fe réunir pour ne former qu'un feul Corps! J'en ai raporté un bel exemple dans l'Article 270, que mon Lecteur voudra bien confulter. Si toutes les Parties qui entrent dans la compofition d'une Cuiffe, peuvent fe refaire & fe réunir, après avoir été coupées & féparées entièrement, pourquoi deux Cuiffes, deux Bras, deux Epines, &c. encore gélatineux, ne pourroient-ils fe greffer *par aproche*? Il eft d'ailleurs des Monftres dont la feüle infpection fuffit pour établir que leur formation eft duë à une pareille Greffe. Mr. Lemery en produit des exemples décififs, & ceux que Mr. Winslow lui objecte, ne me femblent prouver autre chofe, finon qu'on ne fçauroit concevoir dans certains Fœtus monftrueux comment telle ou telle union a pû s'opèrer entre deux Germes. Mais cet Illuftre Anatomifte ne fe rappelloit pas, fans doute, les obfervations de Malpighi fur le Poulet, qui prouvent, comme celles de Mr. de Haller, que la forme & la fituation des Parties du Germe, ne reffemblent point à celles des Parties du Fœtus. Si nous pouvions fuivre les progrès de la Greffe entre deux Germes, obferver les effets divers qu'elle y produit, & les comparer enfuite aux changemens que l'Evolution amène infenfiblement, l'explication de ces Monftres ne nous embaraffteroit plus, & nous

aurions le mot de l'énigme. Il en feroit de même encore, s'il nous étoit poffible d'opèrer fur
deux Germes comme nous opèrons fur deux
Polypes : nous produirions à volonté différentes
efpèces de Monftres humains.

353. *Monftre qu'on cite en preuve de l'exiftence des Germes monftrueux.*
Réflexions fur ce fujet.
*Manière dont on peut concevoir que s'opèrent
certaines divifions* accidentelles.

COMME il eft des unions dont on ne fçauroit
concevoir la manière, lors qu'on vient à les confidérer dans l'Animal développé, il eft auffi des
divifions de Parties dont on ne fçauroit non plus
affigner la véritable caufe, fans que néanmoins
ni les unes ni les autres puiffent être regardées,
en bonne Logique, comme des preuves inconteftables de l'exiftence des Germes *originairement* monftrueux. On allègue cependant comme une démonftration rigoureufe de l'exiftence
de pareils Germes, deux *Cerveaux dans une feule Tête, lefquels,* dit Mr. WINSLOW (a), *on
jugeroit affez facilement avoir été formés par la
confufion de deux Corps unis enfemble; mais,*
ajoute-t-il, *de ces deux Cerveaux fortoient des
Nerfs qui s'accompagnoient deux à deux dans le
même Corps.* Il demande là-deffus *fi ces Nerfs
particuliers étoient de l'autre Corps qui auroit
été anéanti, excepté le Cerveau feul dont ils par-*

(a) *Mémoires de l'Académie,* an. 1742; VALLISNIERI a cité
ce cas.

toient? Il demande encore, *comment ces Nerfs avoient pû être tirés seuls du Corps anéanti, & comment ils avoient pû être si artistement associés avec les Nerfs pareils du Corps conservé?* Assurément, le simple énoncé du Fait prouve que ce Monstre ne devoit pas son origine à la confusion de deux Germes, & à cet égard je pense comme Mr. WINSLOW : je désirerois à la vérité plus de détails. Mais, ce sçavant A-cadémicien ne commet-il point ici le Sophisme qu'on nomme *énumération imparfaite?* parce que le Monstre dont il s'agit, ne devoit pas son origine à la confusion de deux Germes, s'en-suit-il *nécessairement* qu'il la devoit à un Ger-me originairement monstrueux? Ne seroit-il pas possible qu'il y eût des causes *accidentelles*, à nous inconnuës, capables de diviser dans le Germe le Cerveau & les Nerfs? Le cas en question ne seroit-il point analogue à celui de cette double Matrice dont j'ai parlé (*a*)?

ENCORE une fois ; ce que nous ne jugeons pas *possible*, quand nous le considérons après l'Evolution, & qui en effet ne l'est plus alors, pourroit en certaines circonstances, que nous ne sommes pas encore en état d'assigner, s'o-pérer facilement dans le Germe, si différent en tout du Fœtus à terme. Quelle conséquence tirer de la forme, des proportions & de la si-tuation rélatives des Parties du Fœtus, à cel-les des Parties du Germe, qu'on ne prendroit

(*a*) Art. 350.

pas pour le même Animal ? Que favons-nous
même ; car il doit être permis de hazarder ici
des conjectures, quand on a foin d'avertir qu'on
ne les donne que pour telles ; que favons-nous,
dis-je, fi quelques-uns de ces Monftres à vingt-
quatre Doigts, ou au moins à 21 ou 22 Doigts,
dont les exemples ne font pas bien rares, ne
tenoient point leurs Doigts furnuméraires d'une
divifion accidentelle, opérée fur le Doigt voi-
fin, tandis que le Germe n'étoit prefque qu'u-
ne goutte de Fluïde épaiffi ? Dans cet état de
molleffe extrême les Doigts du Germe, les
Tendons & les Vaiffeaux qui y aboutiffent, peuvent être comparés, en quelque forte, au Corps
du Polype, qu'on divife fuivant fa longueur
& qui fe reproduit enfuite. Comme l'AUTEUR
DE LA NATURE a mis en réferve chez les Végétaux & chez les Animaux des Germes pour la
réproduction & pour la multiplication des Touts
organiques (a), IL a auffi mis en réferve dans
chaque Partie d'un Tout organique, des Fibres
& des Fibrilles rélatives aux divers cas fortuïts
qui en exigeroient l'Evolution, & qui pourroient
eux - mêmes la faire naître (b). Ces Fibres &
ces Fibrilles n'étoient donc appellées à fe développer que lors que de tels cas furviendroient,
& la divifion accidentelle en fuprimant l'Evolution de beaucoup d'autres Fibres, détourne au profit des Fibres mifes en réferve, les fucs nourriciers qui auroient été employés à l'accroiffe-

(a) Art. 238. 253. & 257.
(b) Art. 236.

ment des autres. Ces Fibres subsidiaires se
prolongent donc en tout sens, & conséquemment à la détermination fortuïte qu'elles ont
reçuë, & la Partie à qui elles appartiennent se
répare & se façonne. C'est ainsi que je con-
cevrois qu'un Doigt encore gélatineux, divisé
par accident, pourroit fournir dans certains cas,
un Doigt de plus à la main ou au Pied. Des
Vaisseaux, des Tendons, des Os déchirés, coupés, fracturés, rompus de mille manières dans
l'Adulte, se réparent très-bien ; il s'y fait donc
de nouvelles Évolutions, qui supposent la préexistence des Parties à développer. Combien
de playes énormes qui se font parfaitement ci-
catrisées ! Quelles ressources n'ont pas été mé-
nagées dans le Règne végétal & dans le Règne
animal par l'INTELLIGENCE ADORABLE qui a
tout prévu & qui connoit SEULE le fond de ses
Oeuvres ! Je ne puis m'empêcher de rappeller
encore à mon Lecteur la Greffe singulière de
l'Ergot du Coq sur sa Crête, les Bandes liga-
menteuses qui en naissent & qui ne paroissoient
point exister auparavant (*a*), & la belle Expérience que Mr. DUHAMEL a si heureusement
exécutée sur la Cuisse d'un Poulet (*b*). Quelle source d'explications ces deux Expériences
ne nous ouvrent-elles point ! quelles idées ne
nous donnent-elles pas de l'œconomie organique & des richesses de la Nature ! S'il se fait
dans l'Adulte des réparations & des productions

(*a*) Art. 271.
(*b*) Art. 270.

qu'on n'eût ofé prédire, quelles ne doivent pas
être celles qui peuvent s'opérer dans le Germe,
dont toutes les Fibres font fi ductiles, & où
tout eft encore à développer ! Si les Doigts de
chaque Main & de chaque Pied fe touchoient
dans le Germe, il arriveroit trop fouvent qu'ils
fe colleroient enfemble ; car dans des Parties
auffi pénétrables, l'adhérence feroit facile ; je
conçois donc qu'il eft une caufe qui tend à les
tenir féparées & à prévenir leur union. Si cette caufe, quelle qu'elle foit, aidée du concours
de circonftances particulières, agiffoit trop fortement, il feroit poffible qu'elle tendît alors à
divifer les Os du Métacarpe & du Métatarfe,
& avec eux les Doigts correfpondans. Les Os
qui réfifteroient le moins, feroient ceux qui
feroient les plus expofés à cette divifion accidentelle.

354. *Influence que peut avoir la Liqueur fé-*
minale fur la formation des Monftres.

Il exifte peut-être une autre caufe de *Mons-*
truofités plus cachée, & dont il feroit poffible
que les effets fe diverfifiaffent beaucoup & même fe propageaffent. Je veux parler des *modi-*
fications fortuïtes qui peuvent furvenir aux Organes de la Génération des Mâles, en vertu
defquelles ils fépareroient plus ou moins des
Molécules apropriées à telle ou telle Partie du
Germe, ou des Molécules d'une activité &
d'une qualité différentes de celles qui font propres à l'efpèce.   .L'on

L'on a pû juger par l'expofé de mes principes fur la formation du *Mulet*, jufqu'où peut
aller l'influence de la Liqueur féminale fur les
Solides du Germe. Il eft déja démontré qu'elle ne modifie pas feulement l'extérieur, mais
qu'elle modifie encore l'intérieur; & qu'elle
change en particulier toute l'œconomie du Larynx. Nous ne favons pas précifément comment cela s'opère; mais nous fommes très-affu-
rés que le Fait exifte & qu'il n'exifte que par
l'intervention du Sperme. Savons-nous mieux
comment cette Liqueur fait croître un Bois de
Cerf, une Défence, une Crête, &c.?

Il y a donc dans les Organes de la Génération de l'Ane quelque chofe qui correfpond à
fon Larynx, & qui fe communique à celui du
Germe. La conféquence eft légitime, puifque
l'Organe de la Voix du Cheval imite conftamment celui de l'Ane, toutes les fois que le premier a dû fon développement à l'action de la
Liqueur féminale du dernier.

Supposons maintenant que la Partie des Organes de la Génération de l'Ane, qui répond à
fon Larynx, change par accident, & qu'elle
vienne à imiter celle de l'Organe de la Génération du Cheval, qui correfpond auffi à fon Larynx; il en réfulteroit, par la copulation, un
Mulet dont l'extérieur feroit celui du Mulet ordinaire, mais dont la Voix imiteroit celle du
Cheval.

TOM. II.   V

AINSI en suppofant d'autres fortes de modifications dans les Organes de la Génération de l'Individu fécondateur, on auroit d'autres réfultats dans le Germe fécondé.

LE Mulet n'engendre point : les Organes de la Génération du Cheval fouffrent donc un changement par la différence du Sperme qui féconde le Germe. Le Sperme de l'Ane ne peut donc les développer en entier comme le fait celui du Cheval. Le développement parfait de ces Organes dépend donc originairement du concours de la Liqueur fécondante propre à leur efpèce.

MAIS, fi la modification furvenuë dans le Germe à ces Organes, n'étoit pas de nature à entraîner la *ftérilité*, l'Animal en contracteroit la capacité de produire des *Monftres*, qui pourroient eux-mêmes en produire d'autres, avec de nouvelles modifications que la fubféquence des Générations & diverfes circonftances feroient naître peu à peu, & qui changeroient infenfiblement les effets de l'impreffion primitive.

355. *Famille de Monftres qui fe propagent.*

CE feroit fur de femblables principes que je tenterois d'expliquer le plus embaraffant de tous les Faits, & fur la certitude duquel nous ne faurions former le moindre doute. Je ne l'ai encore qu'indiqué, & je redoutois d'avoir à en entreprendre l'explication. Il faut pourtant que je le tranfcrive, & que je tâche de l'analyfer. Si je l'omettois, on auroit droit de me l'objecter. Nous le devons à un excellent Obfervateur, Mr. Godeheu de Riville Commandeur de Malte & Correfpondant de l'Académie Royale des Sciences, qui en a communiqué la rélation à Mr. de Reaumur : la voici telle que cet Illuftre Académicien l'a publiée dans fon *Art de faire éclorre les Poulets* Tome II. pages 377. & fuivantes de la feconde Edition.

„ Gratio Kalleia, né d'un Père qui avoit
„ fept Enfans, eft venu au monde avec fix
„ Doigts aux Mains & aux Pieds; les fix Doigts
„ des Mains font parfaitement bien formés, il
„ les remuë tous avec une égale facilité; celui
„ qui eft de furplus, tient de l'index & du mé-
„ dius. Ceux des Pieds font difformes, & for-
„ ment une efpèce de couronne qui rend le Pied
„ d'une figure défagréable. Ce *Gratio Kalleïa*
„ s'étant marié à l'âge de vingt-deux ans, a eû
„ quatre Enfans, Salvator, George, André &
„ Marie. Salvator l'aîné de tous eft né avec
„ fix Doigts aux Mains & aux Pieds; les Mains
„ ne font pas auffi bien formées que celles du
„ Père, mais les Doigts des Pieds font bien ar-
„ rangés; le fixième Doigt eft un peu plus court
„ que les autres, mais cela n'empêche pas que
„ le Pied ne foit d'une belle forme. Ce Salva-
„ tor s'eft marié à l'âge de dix-neuf ans, & a
„ eu jufqu'à préfent deux Garçons & une Fille
„ avec fix Doigts aux Mains & aux Pieds, &

V 2

„ un autre Garçon qui n'en a que cinq.

„ GEORGE fecond fils de *Gratio*, eſt né avec
„ cinq Doigts aux Mains & aux Pieds. On remar-
„ que cependant une difformité dans les Mains;
„ ſes deux Pouces ſont plus longs & plus gros
„ qu'ils ne devroient l'être, & en les maniant
„ on ſent dans le milieu une eſpèce de ſépara-
„ tion comme s'il y avoit deux Doigts renfer-
„ més ſous une même Peau. Les cinq Doigts
„ des Pieds ſont à l'ordinaire, exceptés les deux
„ premiers Doigts du Pied gauche, qui ſont col-
„ lés enſemble. Ce George s'étant marié, a
„ eu trois Filles & un Garçon; les deux Filles
„ aînées ont chacune ſix Doigts aux Mains &
„ aux Pieds, & la troiſième qui a ſix Doigts à
„ chaque Main & au Pied droit, n'en a que
„ cinq au Pied gauche qui eſt très-bien formé.
„ Le Garçon qui eſt encore à la mamelle n'a
„ que cinq Doigts aux Mains & aux Pieds.

„ ANDRE', troiſième fils de *Gratio*, eſt né
„ avec cinq Doigts bien formés à chaque Mem-
„ bre, & a fait pluſieurs Enfans qui n'ont au-
„ cune difformité.

„ MARIE fille de Gratio, eſt née avec cinq
„ Doigts aux Mains & aux Pieds, mais elle a
„ dans les deux Pouces la même difformité que
„ George. Les cinq Doigts des Pieds ſont à
„ l'ordinaire. Elle s'eſt mariée à l'âge de dix-
„ huit ans, & a eu deux Garçons & deux
„ Filles; un des Garçons a ſix Doigts à un Pied,
„ & les trois autres ſont formés à l'ordinaire.

„ IL faut remarquer que les Enfans de Geor-
„ ge qui ont fix Doigts, font, pour ainfi dire,
„ eftropiés; à peine peuvent-ils fe fervir de
„ leurs Mains pour faire quelque travail; un de
„ ces Enfans a deux Doigts fans ongle, & un
„ autre en a deux crochus, & presque paraly-
„ tiques: la difformité des Mains de George
„ auroit-elle paffé dans fes Enfans? Les Fils
„ de Salvator ont les Mains & les Pieds mieux
„ formés, & ils peuvent travailler. Je m'inté-
„ reffe au mariage de fa Fille, qui a déjà qua-
„ torze ans, & dont les Pieds & les Mains ne
„ font aucunement difformes; je fuis curieux
„ de favoir fi elle aura des Enfans à fix Doigts,
„ quoi qu'elle époufe un Mari qui n'en ait que
„ cinq. Si cela arrive, voilà des exemples con-
„ traires, & alors il fera vrai de dire que le
„ principe de la Génération réfide dans l'un &
„ l'autre fexe. Nous avons déjà pour première
„ preuve, *Marie* Fille de *Gratio*, qui a eu un
„ Garçon avec fix Doigts au Pied gauche, mais
„ la Fille de ce *Salvator* pourra nous fournir
„ quelque chofe de plus inftructif."

CE *Gratio* qui avoit fix Doigts aux Mains &
aux Pieds, mais dont les Pieds étoient difformes, a donc eu trois Fils & une Fille, *Salvator, George, André, Marie.*

SALVATOR eft né, comme fon Père, avec
fix Doigts aux Mains & aux Pieds; ceux-ci
font bien formés, le fixième Doigt eft feulement
un peu plus court que les autres; mais lès Mains

V 3

ne font pas auffi bien faites que celles de fon
Père.

Il a eu deux Fils & une Fille à vingt-quatre
Doigts, & un autre Fils qui n'en a que vingt.

GEORGE, né avec cinq Doigts aux Mains &
aux Pieds, a néanmoins une difformité dans les
Mains; fes deux Pouces font plus gros & plus
longs qu'ils ne devroient l'être, & lors qu'on
les manie, l'on fent dans le milieu une féparation
qui indique qu'ils font doubles. Il a encore une
efpèce de difformité au Pied gauche, les deux
premiers Doigts font collés l'un à l'autre.

Il a eu un Fils & trois Filles. Le Fils a les
Mains & les Pieds conformés à l'ordinaire. Les
deux Filles aînées ont fix Doigts aux Mains &
aux Pieds; mais la Cadette qui a fix Doigts à
chaque Main & au Pied droit, n'en a que cinq
au Pied gauche.

REMARQUEZ que les Enfans de *George* qui ont
fix Doigts, font, en quelque forte, eftropiés,
& qu'ils ne peuvent fe fervir de leurs Mains
pour travailler.

ANDRE, troifième Fils de *Gratio*, eft venu
au monde avec cinq Doigts bien formés aux
Mains & aux Pieds, & il a fait plufieurs Enfans qui n'offrent aucune Monftruofité.

MARIE, Fille de *Gratjo*, eft née avec cinq
Doigts aux Mains & aux Pieds; mais elle a dans
les deux Pouces la même difformité que George
fon Frère.

ELLE a mis au monde deux Fils & deux Filles ; un des Fils a fix Doigts à un Pied. Les trois autres Enfans ne renferment rien de monftrueux.

356. *Effai d'explication des Monftres qui fe propagent.*
Nouveaux éclairciffemens des Principes de l'Auteur fur la Génération.

J'AI récapitulé les principales circonftances du Fait , afin que mon Lecteur les faifît mieux. Voilà donc une Famille de *Monftres* , qui fe propagent, mais avec des variétés plus ou moins remarquables , & que l'ignorance des caufes porteroit à regarder comme des bizarreries. La fréquence & la propagation du phénomène ne permettent pas, ce me femble , de recourir ici à l'hypothèfe des Germes originairement monftrueux.

GRATIO , Monftre à vingt-quatre Doigts, tranfmet donc fes Monftruofités ,en tout ou en partie, à la plûpart de fes Enfans.

COMME il eft démontré que le *Germe* appartient à la Femelle, & qu'il préexifte à la *Fécondation* (*a*), on ne fçauroit refufer d'admettre que les Enfans de *Gratio* ne fuffent originairement bien conformés. Les Germes qui les repréfentoient très en petit n'avoient que cinq Doigts aux Mains & aux Pieds.

(*a*) Art. 142, 154, 156.

V 4

Ils ne font devenus des *Monftres* que par l'acte de la Génération.

Cet acte n'envoye au Germe qu'une Liqueur. Cette Liqueur a donc renfermé quelque chofe qui a fait naître la Monftruofité.

Pour que la Liqueur fécondante aye renfermé cette chofe, fource de la Monftruofité, il a fallu que les Organes de *Gratio* qui l'ont préparée, renfermaffent une autre chofe, qui correfpondiffe à la conformation monftrueufe de fes Mains & de fes Pieds.

Un accident, à nous inconnu, avoit donc *modifié* les Organes de la Génération de *Gratio*, dans un rapport plus ou moins déterminé à la difformité dont il s'agit.

Cette difformité eft *par excès*, & cet excès fuppofe que les Molécules du Sperme apropriées à l'Evolution des Mains & des Pieds, étoient plus actives ou plus abondantes dans *Gratio*, qu'elles n'ont coutume d'être dans l'Homme.

Puisque la Monftruofité s'eft *propagée*, le cas revient à celui du *Mulet*. Le Sperme de l'Ane agit *par excès* fur le Germe du Cheval: il y modifie fingulièrement l'Organe de la Voix. Il y a donc dans les Organes de la Génération de l'Ane quelque chofe *d'excédent*, qui ne fe trouve pas dans ceux du Cheval.

Il y avoit donc dans les Organes de la Génération de *Gratio*, quelque chofe *d'excédent*, qui ne fe rencontre pas communément dans l'efpèce humaine.

CES Organes renfermoient donc chez *Gratio* plus de Vaiſſeaux ſécrétoires d'un certain genre, ou des Vaiſſeaux autrement conſtitués que chez le commun des Hommes.

AINSI la Liqueur ſéminale de *Gratio* a pû agir ſur les Germes de ſes Enfans dans un certain rapport aux difformités de leur Père.

ELLE n'y aura pas engendré de nouvelles Parties, dont les ébauches n'exiſtoient point auparavant: il eſt aſſez établi que rien n'eſt engendré. Mais, elle y aura déterminé avec plus de force & ſuivant des directions contraires à l'ordre *naturel*, l'Evolution de différentes Parties ſoit membraneuſes, ſoit cartilagineuſes ou oſſeuſes du Métacarpe & du Métatarſe. Elle y aura occaſionné des diviſions & un excès d'accroiſſement, qui auront donné naiſſance à ces Monſtruoſités dont nous tâchons de découvrir les cauſes.

LES Solides ſont originairement formés de diverſes lames, que l'Art ſçait démontrer en les ſéparant. Ces lames ſont les rudimens des Parties que le Germe offrira dans la ſuite plus en grand. Ce que l'Art exécute ſur de pareilles lames, des cauſes naturelles ne pourroient-elles l'opèrer auſſi? Une trop forte impulſion d'une Liqueur très-active, ou une certaine manière d'agir de cette Liqueur, ne pourroient-elles ſéparer quelques-unes de ces lames, qui deviendroient ainſi le principe de Parties ſurnuméraires?

IL faut bien que la Liqueur ſéminale produiſe

V 5

cet effet ou un effet analogue, puis que la Monstruosité se propage, & qu'il est prouvé que cette Liqueur n'engendre rien. Il existoit donc avant son action des Parties qu'elle a multipliées, & qu'elle n'a pû multiplier, qu'en les divisant & en les faisant croître avec excès.

L'on juge facilement que cette Evolution contre nature doit être toûjours plus ou moins irrégulière. Les Parties *excédentes* ne sçauroient être conformées extérieurement & intérieurement d'une manière précisément semblable à celle dont sont conformées les Parties qui se développent dans l'ordre naturel. Celles-là doivent différer de celles-ci par des caractères plus ou moins marqués & plus ou moins nombreux. La dissection nous donneroit ces caractères, comme elle nous donne ceux du *Mulet*. Mais, nous n'avons point la dissection des Mains & des Pieds de *Gratio*, ni celle des Mains & des Pieds de ses Enfans. La difformité qu'on remarquoit dans la conformation des Pieds du premier & dans celle des Mains de ses deux Fils aînés & de sa Fille, prouve suffisamment que l'Evolution avoit été irrégulière.

Mais, si l'action d'un certain Sperme modifie *extraordinairement* différentes Parties d'un Germe, cette action peut être modifiée, à son tour, par la constitution particulière & par la résistance de ces Parties dans d'autres Germes de la même espèce : car on m'accordera sans peine que les Germes *spécifiquement* semblables, peuvent ne l'être pas *individuellement*.

Il arrivera de là, que la même Liqueur féminale ne produira pas les mêmes effets essentiels sur tous les Germes qu'elle fécondera. Elle est très-hétérogène, & les Solides des Germes ne le sont pas moins. Et combien de circonstances concomitantes & subséquentes qui peuvent faire naître de nouvelles irrégularités!

Si la constitution *originelle* des Solides est telle qu'ils retiennent leur conformation primitive & qu'ils ne se laissent point diviser ou altérer; la Liqueur féminale du Monstre se bornera à faire développer le Germe, & ce Germe ne sera point un *Monstre*.

C'est ainsi qu'*André*, troisième Fils de *Gratio*, a pû venir au jour sans aucune difformité, au moins sensible, & il n'est pas surprenant qu'il ait fait des Enfans qui lui ayent ressemblé en ce point.

Mais, les Enfans monstrueux de *Gratio* ont fait aussi des Enfans *monstrueux*. Comment la Monstruosité s'est-elle propagée? C'est ici, ce me semble, la partie la plus difficile du problême.

Je n'abandonnerai pas les principes que j'ai tâché d'établir dans le Chapitre précédent Articles 332 & 336. Puisque les Enfans monstrueux de *Gratio* ont engendré des *Monstres*, il faut, suivant mes principes, que la Liqueur féminale du Père ait agi sur les Organes de la Génération de ses Enfans, de manière à modifier ces Organes dans un raport à la Monstruofité en queftion.   On voudra bien confulter encore l'Article 354.

J'ai admis cela pour les Organes de la Génération de l'Ayeul, & j'en ai dit la raifon. En même tems que la Liqueur féminale de celui-ci a agi fur les Mains & fur les Pieds de fes Enfans, elle aura agi encore fur la Partie des Organes de la Génération qui correfpondoit dans les Enfans, à leurs extrêmités fupérieures & inférieures.   Elle aura imprimé ainfi à ces Organes une difpofition à réproduire la Monftruofité.

Je ne fais fi je me trompe; mais il me paroit que la conféquence eft néceffaire.   Pour qu'une *certaine* propagation s'opère, il faut que les Organes qui fervent à la propagation, ayent un *certain* raport avec la chofe à propager.

Je ne puis dire précifément en quoi confifte ce *raport*, parce que la ftructure intime des Organes de la Génération ne m'eft pas connuë. Je conçois feulement que comme le Foye, par exemple, eft conftruit de manière à féparer & à préparer la Bile; il y a de même dans les Organes de la Génération, des efpèces de très-petits Vifcères qui féparent & préparent les Molécules rélatives aux différentes Parties du Tout. Si la ftructure du Foye changeoit, il eft bien évident qu'il ne fépareroit plus la Bile comme auparavant.   De même auffi, quand les petits Vifcères que je fuppofe contenus dans les Organes de la Génération, viennent à changer, les fécrétions particulières doivent changer pareillement, foit en plus ou en moins, foit rélativement aux qualités des Molécules féparées.

Le nombre prodigieux des différens Vaiffeaux, dont font compofés les Organes qui préparent la Liqueur féminale, leurs entrelacemens merveilleux, leurs plis & leurs replis, leurs circonvolutions, leur fineffe extrême, nous donnent les plus grandes idées de la ftructure de ces Organes, & peuvent nous aider à concevoir la poffibilité de la compofition que je leur fuppofe. Combien nôtre admiration ne s'accroitroit-elle point, s'il nous étoit permis de démêler toute cette compofition, & d'obferver nettement la forme, le jeu & les opérations diverfes de cette multitude innombrable de Vaiffeaux fécrétoires! Les belles découvertes de Mr. FERREIN (a) fur la ftructure des Vifcères nommés *glanduleux*, rendent ceci plus frappant encore. Les Anatomiftes favent que MALPIGHI avoit penfé que le Foye, la Rate, les Reins, &c. étoient compofés d'un nombre presque infini de petites Glandes. Ils favent encore que RUYSCH s'étoit élevé contre ce fentiment, & qu'il prétendoit avoir découvert que ces Vifcères étoient formés uniquement de l'entrelacement d'une multitude de petits Vaiffeaux fanguins. Mr. FERREIN, qui a percé bien

(a) *Mémoire fur la Structure des Vifcères nommés glanduleux, & particulièrement fur celle des Reins & du Foye. Mèm. de l'Acad. Royale des Sciences. an. 1749. pag. 489. & fuivantes.*

plus avant que ces grands Phyficiens, dans l'organifation des Vifcères, a démontré la fauffeté de leurs opinions. Il a vû & revû avec é-
tonnement, que la fubftance propre du Foye &
des Reins, étoit toute compofée d'une infinité
de très petits Tuïaux, blancs, cylindriques, repliés fur eux-mêmes de mille manières différentes, & dont l'admirable affemblage n'a rien
de commun, ni avec les Glandules de MAL-
PIGHI, ni avec les Pelotons vafculeux de
RUYSCH. Une injection rouge, fort pénétran-
te, n'a point paffé dans ces petits Tuïaux, &
la couleur blanche de la fubftance *propre*, n'en
a pas été le moins du monde altérée. Mr. FER-
REIN a retrouvé la même ftructure dans d'autres
Vifcères, & DE GRAAF avoit prouvé qu'elle
eft auffi celle de l'Organe qui prépare la Liqueur
féminale.

LA découverte de ce Syftème merveilleux
de Tuïaux, eft un des grands pas que l'Anatomie ait fait de nos jours, & la fagacité de l'habile Académicien brille dans fon expofition. Mais,
il y a bien loin, fans doute, du point où il eft
parvenu à celui où nous défirerions d'aller. Que
de chofes intéreffantes & qui nous feront long-
tems inconnues ne renferment point ces petits cylindres creux, fi artiftement groupés, repliés, contournés! Quelle diverfité ne peut-il
pas y avoir dans leur forme intérieure, dans leur
tiffu, dans leur calibre, dans leurs fonctions,
&c.! fi l'on réfléchit fur tout cela, l'on trouvera, je m'affure, que mon hypothèfe n'eft pas

dépourvuë de fondement dans la Nature ; car ces petits Tuïaux, ou différentes portions d'un même Tuïau, peuvent fournir à l'Organe des *Filtres* de différens ordres. On ne revient point de fon étonnement, quand on fonge, que tous les Tuïaux blancs d'un Rein humain, mis bout à bout, formeroient une longueur de fix-mille toifes : Mr. FERREIN l'a prouvé. J'invite le Lecteur à confulter fon beau Mémoire ; j'ai regret de ne pouvoir que l'exquiffer.

MAINTENANT, je prie les vrais Phyficiens de me dire, fi j'ai jufqu'ici bien raifonné, fi j'ai choqué les Faits, fi j'ai contredit mes principes ?

MAIS, une grande difficulté fe préfente. *Marie*, Fille unique de *Gratio*, née avec cinq Doigts aux Mains & aux Pieds, a eu deux Fils & deux Filles, & un des Fils a fix Doigts à un Pied.

MR. DE RIVILLE en conclud, *que le principe de la Génération réfide dans l'un & l'autre Sexe* (*a*), & Mr. DE RÉAUMUR paroit adopter cette conclufion, lors qu'il dit (*b*), *que ces Faits ne paroiffent pas favorables à la préexiftence des Germes.* Cependant il eft certain que le Germe réfide originairement dans la Femelle (*c*), & ces deux habiles Naturaliftes

---

(*a*) Voyez l'Article précédent.

(*b*) *Art de faire éclorre* &c. Tom. II. pag. 376. feconde Edition.

(*c*) Article 142.

l'ignoroient. Il n'eſt guères moins certain que le Germe n'eſt point engendré dans la Femelle, & qu'il a exiſté de tout tems. Comment concilier avec ces principes le Fait ſingulier qui s'offre à notre examen?

QUOIQUE cette *Marie*, Fille de *Gratio*, eut le nombre ordinaire de Doigts, l'Obſervateur attentif nous fait remarquer, qu'elle avoit aux deux Pouces la même difformité que *George* ſon Frère. Si les Femelles étoient douées d'une Liqueur prolifique, il ſeroit bien facile d'appliquer aux Organes de la Génération de *Marie*, ce que j'ai dit de ceux de ſon Père & de ſes Frères. Mais nous avons vû dans l'Article 338, les raiſons qui ſemblent prouver que les Femelles n'ont point une ſemblable Liqueur.

JE ne recourrai pas à l'imagination de la Mère ; refuge familier à divers Auteurs qui n'avoient pas aſſés médité ſur la Méchanique de nôtre Etre. J'avouerai que je ne conçois point comment l'Imagination pourroit multiplier & façonner les Doigts du Germe, & je demande à mon Lecteur s'il le conçoit.

JE ne dirai pas non plus, que la Liqueur ſéminale de *Gratio* avoit agi ſur un des Germes de la ſeconde Génération, en vertu de *l'Emboitement*. Si cela étoit, *Marie* auroit pû accoucher de ce Fils à vingt-un Doigts ſans avoir eu commerce avec aucun homme ; car le Germe de ce Fils auroit été ainſi fécondé par l'Ayeul.   MAIS

Mais, quelles raifons nous forcent d'admettre que ce Fils de *Marie* tenoit fon Doigt furnuméraire de fa Mère ou de fon Ayeul ? Je prie mon Lecteur de remarquer, que les trois autres Enfans de la Fille de *Gratio* n'avoient rien du tout de monftrueux. Ne me feroit-il pas permis d'en inférer, que le Doigt en queftion ne tenoit pas à la Fécondation, & qu'il étoit l'effet d'une caufe *accidentelle*, concomitante ou fubféquente, qui avoit divifé un des Doigts du Pied, &c. conformément à ce que j'ai expofé dans l'Article 353.? N'a-t-on pas vû des Enfans naître avec un ou plufieurs Doigts furnuméraires, fans que ni le Père ni la Mère, ni aucun des Ancètres renfermaffent rien de monftrueux au moins extérieurement. Si *Marie* n'étoit pas née dans une Famille de Monftres qui fe propagent de Père en Fils, l'on n'auroit pas attribué à la Fécondation l'origine du Doigt excédent d'un de fes Enfans.

Je ne fais ce que Mr. Lemery auroit penfé de nôtre Famille de Malte, ni comment il auroit expliqué ces Monftres qui fe perpétuent. Je foupçonnerois fort néanmoins, qu'il auroit cherché la raifon de ce Doigt furnuméraire du Fils de *Marie* dans l'union de deux Germes, en fuppofant, comme il l'avoit fait pour d'autres Monftres femblables ou analogues, que l'un des deux Germes avoit été détruit, & qu'il n'étoit refté de fes débris que le feul Doigt dont nous parlons.

Tom. II.   X

MAIS, en recourant ici à cette hypothèse, l'on s'expose aux objections tirées de la *Doctrine des Probabilités* que Mr. DE MAIRAN lui a opposées dans l'Histoire de l'Académie Royale des Sciences pour l'année 1743., pages 58 & suivantes, auxquelles je renvoye le Lecteur.

JE prendrai cependant la liberté de faire observer, que les objections de cet Illustre Académicien perdroient, sans doute, de leur force, si nous connoissions toutes les circonstances qui peuvent procurer l'union *partiale* de deux Germes, & produire la destruction presque totale de l'un des deux. Le nombre des *connuës* est bien petit dans ce Problême.

LES Monstruosités qui se propagent, doivent, suivant mes principes, aller toûjours en décroissant de Génération en Génération. L'effet de la première cause, qui devient cause à son tour, ne sçauroit produire un effet qui lui soit précisément égal & semblable : les Germes n'étant pas originairement monstrueux, tendent toûjours à retenir leur conformation *naturelle* & primitive. Ils modifient donc l'action des Liqueurs séminales, qui s'affoiblit ainsi de plus en plus. C'est ce qui se confirmeroit apparemment, si nous avions la suite de l'Histoire des Descendans de *Gratio Kalleïa*, & j'invite Mr. le Commandeur de RIVILLE à nous la donner. Ce sujet est peut-être le plus difficile & le plus intéressant de tous ceux qui peuvent s'offrir à la méditation d'un Physicien. Je souhaiterois d'y avoir répandu plus de jour : j'ai au moins tâché d'aller aussi loin que

mes principes pouvoient me conduire. Je laisse
aux Physiologistes à juger de l'application que
j'ai tenté d'en faire, & j'attends de nouvelles
instructions de leur sagacité & de leurs recherches.

357. *Qu'il seroit possible que les causes* accidentelles *agissent avant la Fécondation.*

J'APERÇOIS une autre source de *Monstruosités* :
l'accroissement des Oeufs dans les Poules *vierges*, ne nous permet pas de douter que le Germe ne croisse avant la Fécondation (*a*). Il
pourroit donc contracter avant la Fécondation,
des dispositions à certaines Monstruosités ; & il
seroit même possible que ces dispositions ne de-
vinssent sensibles qu'après la naissance. Pourquoi en effet n'existeroit-il pas des causes *accidentelles*, qui agiroient sur le Germe avant la
conception, & qui modifieroient la conformation originelle de quelques-unes de ses Parties ?
Il y a peut-être des modifications *monstrueuses*,
qu'on attribuë à la Fécondation ou à des causes
concomitantes, & qui leur sont de beaucoup antérieures.

358. *Individus dont les Viscères sont* transpo-
sés.
Remarques sur cette transposition.

IL existe une sorte d'Hommes, que Mr. LE-

(*a*) Voyez l'Article 341.

X 2

MERY ne vouloit pas , avec raifon , que l'on qualifiât de *Monftres* , & que les Adverfaires des *caufes accidentelles* lui oppofoient avec confiance. Ici la conformation extérieure & intérieure eft précifément la même que chez les autres Hommes, & ces prétendus Monftres s'acquitent de toutes les fonctions propres à l'efpèce. Mais, leurs Vifcères femblent avoir été tranfpofés ; le Cœur & la Rate font à droite, le Foye à gauche , &c. ,, Qu'on imagine , dit Mr. DE ,, FONTENELLE (*a*) , deux Maifons parfaite- ,, ment femblables en tout, hormis que l'une eft ,, tournée de façon que l'efcalier eft à droite de ,, ceux qui entrent, & dans l'autre à la gauche ; ,, la mode fera , fi l'on veut, pour l'efcalier à ,, droite. Mais l'autre Maifon ne laiffera pas ,, d'être abfolument auffi régulière , auffi com- ,, mode, auffi bien entenduë. "

AINSI une pareille tranfpofition ne change rien du tout à *l'effence* de l'œconomie organique, ni par conféquent aux fonctions vitales. Elle ne fçauroit donc être envifagée comme une vraye *Monftruofité*. Auffi le Sujet, où elle a été démontrée pour la première fois, avoit vécû 72. ans, fans qu'il fe fut jamais douté de la fingularité que fon Corps renfermoit.

IL n'avoit pas été marié, & l'Hiftorien de l'Académie ajoute à cette occafion, *qu'il auroit été curieux de fçavoir fi fes Enfans auroient eu les Parties intérieures tranfpofées comme lui , ou du*

(*a*) *Hiftoire de l'Académie*, 1740.

moins fi fes Parens les avoient euës. On voit bien, que fuivant mes idées, une femblable tranfpofition n'eft pas de nature à paffer du Père dans fes Enfans. La Liqueur féminale ne peut pas plus opèrer de tels changemens, qu'elle ne peut produire un Cœur ou un Foye.

CET exemple de tranfpofition générale n'eft point unique (*a*), & fans doute que ces fortes de cas fe multiplieroient plus qu'on ne penfe, fi le nombre des Cadavres qu'on diffèque, n'é- toit pas fi difproportionné à celui des Cadavres qu'on ne diffèque point. Mr. SUE, qui donne le détail & la figure d'une femblable tranfpofi- tion, eft fi convaincu de la fréquence du cas, qu'il exhorte les Médecins & les Chirurgiens à s'en affurer avant que d'agir, & il leur indique les moyens de la reconnoître. ,, Il eft, ajoute- ,, t-il (*b*), des maladies internes, & il fe ren- ,, contre à faire des opèrations Chirurgicales, ,, où le Médecin & le Chirurgien s'expofent à ,, des méprifes, s'ils ne font, avant de traiter les ,, maladies, ou de faire les opèrations, la re- ,, cherche & l'examen d'un pareil changement."

COMME les Germes, dont toutes les Parties ont été originairement *tranfpofées*, n'en don- nent pas des Touts organiques moins parfaits,

(*a*) Voyez l'Hiftoire de l'Académie avant 1699, en Fran- çois, Tome II. page 44. année 1688; & le Recueil des Mé- moires avant 1699, Tome X. page 731.
(*b*) Mémoires des *Sçavans Etrangers* publiés par l'Académie des Sçiences de Paris, Tom. I. page 294. 1750.

moins réguliers, moins fains, Mr. LEMERY admettoit volontiers dans les Oeufs cette transposition *originelle*, & elle lui paroissoit, ainsi qu'à Mr. DE FONTENELLE, une preuve incontestable de la LIBERTÉ DIVINE.

359. *Maladies* organiques ; *dernière raison en faveur des Monstres* par accident.

ENFIN, s'il est, dans l'adolescence & même dans l'âge viril, des Maladies qui peuvent rendre difformes ou monstrueuses différentes Parties du Corps humain, c'est une dernière raison en faveur des Monstres *par accident*, & Mr. LEMERY n'a pas manqué de la faire valoir. Il citte sur ce sujet des exemples de Cerveaux, de Membranes, d'Epiploons, &c. pétrifiés, en tout ou en partie, de courbures extraordinaires de l'Epine, de Cornes qui ont poussé en différens endroits du Corps (*a*). Ce dernier cas n'est pas le moins remarquable : l'on en lit un détail dans les *Transactions Philosophiques* (*b*) qui passeroit pour fabuleux s'il n'étoit attesté par des témoins irréprochables. On nous assure, qu'à l'âge de trois ans, une Fille commença à pousser des Cornes de divers endroits de son Corps, & en particulier des jointures & des articulations. Ces Cornes se multiplièrent d'année en année, & à l'âge de treize ans elle en étoit toute hérissée. Les Mamelles n'en étoient pas même exemp-

(*a*) *Mémoires de l'Académie* 1740.
(*b*) Année 1685. *Observations curieuses sur toutes les Parties de la Physique.* Tom. I. page 230.

tes. Elles reffembloient par leur baze à des Verrües, & par leur extrêmité à de véritables Cornes. Quelques-unes étoient contournées à la manière de celles du Bélier. Il y en avoit une à l'extrêmité de tous les Doigts des Mains & des Pieds, & fa longueur étoit de deux à trois Pouces. Enfin, quand quelques unes de ces Cornes venoient à tomber, il en renaiffoit d'autres à leur place (*a*).

MR. LEMERY tire de ces Faits extraordinaires cette conféquence légitime, que fi de pareilles Maladies *organiques* s'étoient manifeftées dans un Fœtus, on l'auroit nommé un *Monftre.*

360. *Des raifons* métaphyfiques.

JE ne toucherai point aux raifons *métaphyfiques* pour & contre l'exiftence des Germes originairement monftrueux. C'étoit, à mon avis, bien inutilement, que les deux célèbres Antagoniftes abandonnoient la Phyfique, pour fe jetter dans des difcuffions qui lui étoient tout à fait étrangères. Il ne falloit pas dire, cela eft fage, donc DIEU l'a fait: mais, il falloit dire, DIEU l'a fait, donc cela eft fage. Or, on ne démontroit point que DIEU eût fait des Germes monftrueux.

CONCLUSION.

TOUT ce que j'ai expofé dans cet Ouvrage

(*a*) Voyez un Recueil de quantité d'exemples analogues dans la *Bibliothèque des Sciences*, Tome XVI, Ire. Part. 1761, pages 154. & fuivantes.

fur la Génération des Animaux, s'applique naturellement à celle des Végétaux. Rien ne prouve mieux l'analogie de ces deux claffes d'Etres
Organifés, que la belle découverte du *Sexe* des
Plantes. Ce que la Liqueur féminale eft à l'Oeuf,
la *Pouffière des Etamines* l'eft à la Graîne. Je
puis donc raifonner fur celle-ci, comme j'ai raifonné fur celle-là. Si le Poulet exifte dans l'Oeuf
avant la Fécondation, la *Plantule* préexifte pareillement dans la Graîne, & la Pouffière des
Etamines n'eft que le principe de fon développement. Je l'ai montré dans l'Article 178.

J'AI déjà traité affez à fond des *Réproductions*
des Végétaux (*a*): je devrois maintenant traiter des *Variétés* qu'on obferve dans leur Fécondation & dans leur Génération, paffer enfuite
aux *Monftruofités* de tout genre qu'ils nous offrent, & prouver ainfi par de nouvelles recherches *l'univerfalité* de la Loi de *l'Evolution*. Ce
fera peut-être le fujet d'un troifième Volume,
où après avoir expofé, comme dans un tableau,
les différentes manières dont les Animaux & les
Végétaux parviennent à l'état de perfection, je
tâcherai d'aprofondir davantage la méchanique
de *l'accroiffement.*

(*a*) Voyez le Chapitre XII. du Tome I.

à Genève le 22e. de Fevrier 1762.

F   I   N.

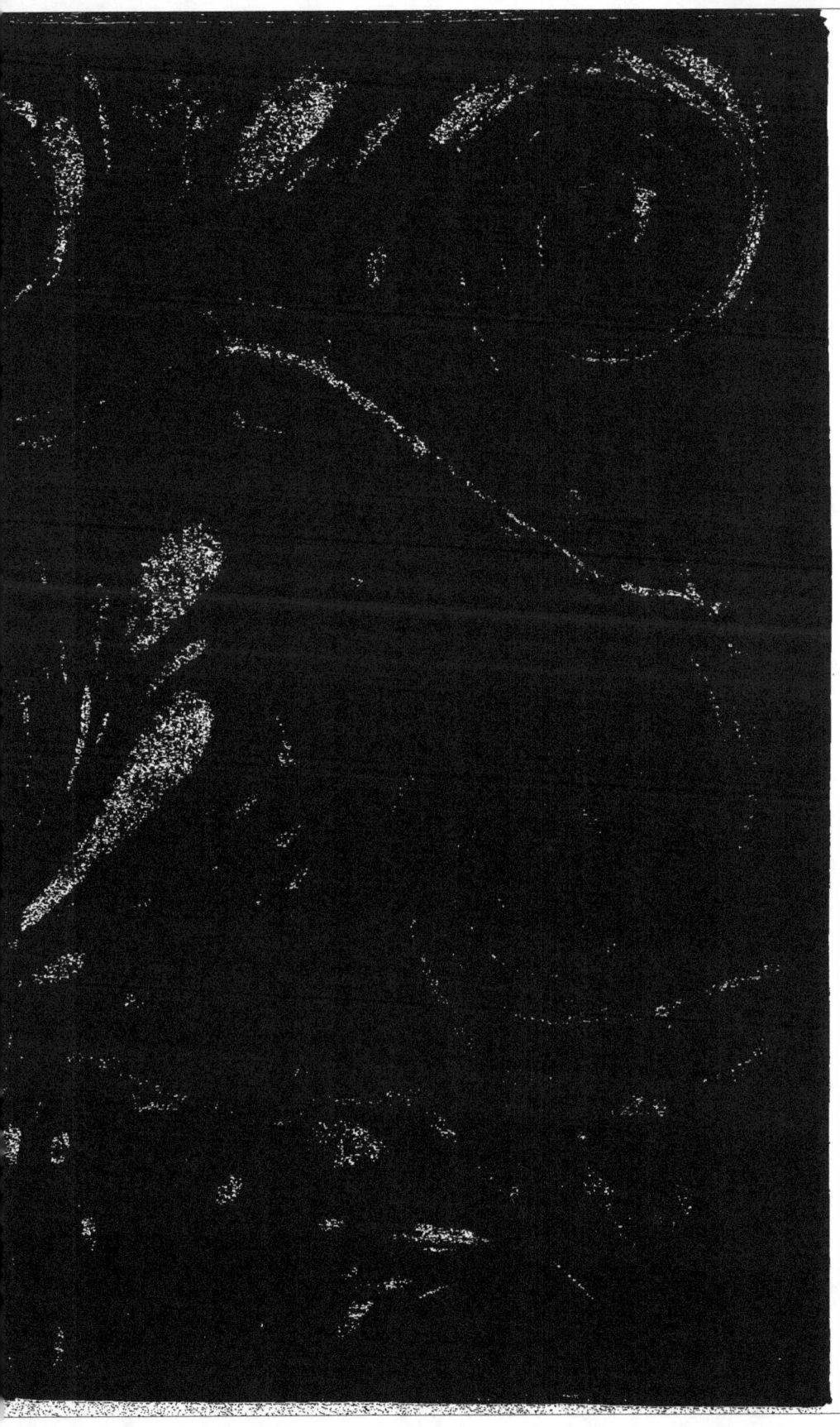